# Je suis comme tous les hommes

Berenice Foussard-Nakache

*A Jean Castarède,*
*Qui a remis une plume dans ma main,*
*des idées dans ma tête*
*et des rêves dans ma vie.*


*A ceux qui m'ont inspirée,*
*parfois sans le savoir,*
*souvent sans l'imaginer,*
*se livrant avec humour et tendresse.*


*Toute ressemblance…*

*Un homme sans défauts est une montagne sans crevasses.*
*Il ne m'intéresse pas.*

*René Char*

Je suis comme tous les hommes. J'aime le café serré, le foot et les blondes. Tous les dimanches, je me réveille une fille différente dans les bras en prenant soin de garder une barbe de trois jours. Je vis la vie vibrante de tous les mâles de ma génération qui n'ont pas encore la corde au cou. Je mange mal, bois trop et dors peu. Je fais le tour du cadran avec ma montre en acier et joue le romantique à la terrasse des cafés bobos de Paris. Je n'écoute jamais mais fais mine de comprendre. J'aime qu'on me voit mais déteste regarder. Je ne mange pas de bonbons mais garde des chewing-gums dans la poche. Je ne me coiffe jamais mais tous mes costumes sont italiens. Je n'aime pas les cyclistes et je prends un taxi pour faire cinq cents mètres. Je parle en citations mais je ne les pense pas. J'éprouve un plaisir inconditionnel à faire crier les feuilles tombées des arbres à l'automne et je hais les lumières blanches des réverbères. J'ai un écran plat qui prend tout le mur de ma chambre mais toujours pas d'ouvre-boîte. Mon frigo est une annexe du rayon boissons du supermarché de la rue parallèle. Je vois plus souvent le livreur de sushi que ma propre mère et j'ai perdu sept fois mes    clefs en neuf mois à peine. J'ai une nièce à qui j'achète une Barbie à Noël, une Barbie pour son anniversaire et un Ken pour les vacances. J'ai quatre pots de gel, deux déodorants et huit parfums mais pas de crème pour douleurs musculaires. Les cols de mes chemises sont à motifs « traces de rouges à lèvres » et la porte de mon placard est constamment ouverte. Mon portable contient plus de deux cents messages qui me demandent pourquoi je n'ai jamais rappelé. Mes lunettes cachent mes cernes et ma bouche porte les marques de mon incroyable tableau de chasse. Je suis comme tous les hommes.

J'étais assis à la terrasse de ce café parisien qui sert le meilleur expresso de la ville. C'était un jour de printemps avec son soleil qui brille, ses oiseaux qui gazouillent et le retour des allergies au pollen. J'étais aussi beau qu'un italien sorti des années soixante : la chemise ouverte, le pantalon en lin et le borsalino. Une cigarette au coin des lèvres. Je savais pertinemment que la fille d'à côté me regardait en espérant que je lui offre un petit sourire. Elle pouvait toujours espérer : je ne perds pas mon temps avec les secondes classes. J'avais posé sur la table bancale mon petit carnet noir dans lequel je notais les filles qui passaient. Hier avait été calme : mis à part une châtain clair à qui j'avais mis un neuf et demi, aucune autre ne méritait plus de cinq ou six et encore, je suis de nature charitable. Cela faisait presque deux semaines que je n'avais pas vu de rousse. Un spécimen en voie de disparition sans doute. Cette activité est une véritable vocation : ne note pas qui veut. Il faut tout d'abord un talent inné qui est pourtant insuffisant dans le cas d'absence de travail. Puis, des heures et des heures de pratique pour arriver à un niveau professionnel et acquérir le titre de chasseur. J'étais venu ce matin encore, améliorer mon clin d'œil de lynx. Pour l'instant, pas de proie extraordinaire. Il fallait que je sois patient, que je reste vigilant. J'étais là depuis bientôt vingt minutes quand je vis la première plante. Grande, plutôt mince mais aux mollets bien trop musclés, une coupe à la Cameron Diaz et une jupe mal repassée. Elle avait un superbe nez qui lui apportait un point de bonus. J'avais hésité pendant au moins quinze secondes mais les cernes sous les yeux lui firent perdre le demi-point pour accéder au huit. Je ne voulais pas lui donner une note trop élevée : je n'ai pas l'habitude de sur noter. Quelques secondes plus tard, une deuxième. Très mince, de belles jambes galbées, perchées sur des talons aiguilles, une petite robe beige qui se fondait avec un teint mat et des cheveux noirs ébènes raidis. La seule ombre au tableau : elle était bien trop petite. Quelques centimètres de plus et elle raflait le dix sur dix sans problème. La vie est injuste... Il y avait eu un moment de calme : j'avais pu me recommander un expresso.

Puis les évaluations reprirent de plus belle. Quelques blondes qui passaient en groupe : cinq, six, cinq, sept, six, huit. La dernière s'était détachée du lot par une peau vierge de tous fond de teint, poudre ou autre autobronzant. Puis, j'avais eu mon paquet de fils de fer : j'avais même eu peur qu'une ou deux s'envolent. Suivirent des jumelles : brunes, de taille passable mais avec des poitrines proéminentes qui valaient bien deux points chaque sein ! Elles avaient obtenu huit et huit et demi, sachant que la seconde avait un grain de beauté au coin de l'œil gauche. Il était presque midi quand je m'étais levé et étais parti m'asseoir à une autre terrasse de café : il était temps de déjeuner.

*

Je déteste qu'on touche à mes affaires. Et surtout quand je ne parviens pas à retrouver celles que l'on a rangées. Ce matin, j'étais déjà en retard quand je me mis à chercher mon col roulé en cashmere couleur sable. Ce pull me va à ravir et ce matin, j'étais dans une colère noire de ne pas le trouver. J'avais d'abord regardé dans la pile des 100% cashmere. Il n'y était pas. J'acceptais néanmoins que ma femme de ménage ne soit pas une experte en la matière. Puis, je mis le nez dans les mi-soie mi-cashmere. Rien. Toujours rien. Je finis par jeter un coup d'œil dans la pile des pulls sans pedigree. Rien. Bien que n'ayant plus tellement envie de le porter, j'étais décidé à ne pas quitter l'appartement tant que je ne l'aurais pas en main. J'étais allé dans la cuisine et j'avais renversé tout le contenu du bac à linge sur le sol. J'avais furtivement étalé le tout avec mon pied : je n'allais tout de même pas touché mon propre linge sale. Aucune trace de mon col roulé sable. Je retournai alors dans ma chambre. D'un bras, tous mes pulls étaient par terre. Puis, je décrochai les cintres un par un en laissant tomber par la même occasion les chemises fraîchement repassées, les vestes de costumes, les pantalons qui revenaient du pressing et les manteaux amidonnés. J'ouvrai ensuite les tiroirs de ma commode,  et en moins de trente secondes, mes chaussettes, mes caleçons et mes préservatifs étaient sortis prendre l'air. Après ma chambre, j'avais fait une halte à la salle de bains. Les serviettes rangées par taille et par couleur finirent toutes sur le carrelage bleu. Je pris le pommeau de douche et aspergeai toute la pièce en insistant sur les miroirs. J'étais d'humeur moins mauvaise mais ayant pour principe de toujours finir une tâche commencée, j'avais renversé tous les DVD et les avais éparpillés à travers le salon. Je commençais à ressentir un certain soulagement. Mon appartement était un désastre où je me déplaçais comme sur un terrain miné. Je venais de détruire des heures de rangement. Je pouvais à présent partir, presque en paix : il me manquait juste mon col roulé sable.

*

J'avais laissé rentrer Mussolini dans mon lit. La réincarnation du Duce avait partagé mes nuits pendant plusieurs semaines, donnant à mon quotidien un petit avant-goût de l'enfer et ses délices. Un dictateur aux bas résilles et à la bouche ourlée d'acide hyaluronique par un des meilleurs chirurgiens de la place de Paris dont la salle d'attente compte plus de sacs de luxe vintage qu'une vente aux enchères chez Christie's. Lucie maîtrisait la propagande avec brio : perfide et nuancée, elle oscillait entre des moments de servitude et des élans de machiavélisme. Comme une péridurale, elle m'avait délicatement endormi.

Je l'avais rencontrée au vernissage de mon amie Astrid. Ses aspirations artistiques hautement discutables, son père avait été désigné comme mécène. Toutes les palettes d'aquarelle qu'il lui avait offertes étant enfant lui coûtaient cher : il devait à présent payer les expositions et même parfois les œuvres. Lucie et Astrid avaient fait de nombreux voyages culturels ensemble : les temples grecs de Mykonos, la faune marine d'Ibiza, les mouvements d'art contemporain de Las Vegas ou encore les ruines Aztèques de Tijuana. Ces voyages initiatiques leur avaient beaucoup apporté, y compris quelques MST.

Une coupe de champagne à la main et une mèche de cheveux blond cendré sur le côté, Lucie riait à gorge déployée avec le propriétaire d'une galerie genevoise réputé pour apprécier les filles au QI inversement proportionnel à la hauteur de leurs talons. Nos regards se croisèrent plusieurs fois avant qu'Astrid nous présente autour d'un plateau de canapé aux asperges et d'une céramique représentant un chat violet librement inspiré de celui d'Alice au Pays des Merveilles. Il était fort possible qu'Astrid ait le même fournisseur de champignons que le félin imaginaire.

Lucie avait ouvert une boutique de bougies et senteurs pour la maison située rue Jacob, elle vivait seule, adorait le yoga et le Pilate, essayait de manger sans gluten (exception faite pour le cheeseburger de Ferdi) et rêvait d'aller au Belize. Ses cheveux tombaient sur la naissance de sa poitrine dans une parfaite négligence. Lucie n'était pas particulièrement belle mais ses expressions galvanisaient. Elle finissait ses phrases par une petite moue révélant des fossettes de chaque côté des joues. Son visage était un village du Club Med que l'on découvre le premier jour des vacances : je promenais mon regard d'un coin à un autre dans un mouvement oculaire rythmé et frénétique.

Ses yeux marrons captaient l'attention instantanément, encadrés par des sourcils foncés et fournis. De forme angulaire, sa figure semblait creusée avec en son milieu un petit nez droit vierge de toute opération chirurgicale. Ses oreilles arboraient trois trous à droite et deux à gauche ainsi qu'à l'hélix, tous occupés par une série d'objets en diamants. Quelques taches de rousseur parsemaient le dessous de ses cernes qu'elle avait tenté de camoufler : je n'avais eu aucun mal à les déceler en dépit de mon hypermétropie et des quelques coupes de champagne troublant ma vision. Faisant mine de ne pas bien entendre ce qu'elle me disait, je m'étais approché de son cou et j'avais senti un parfum poivré. La découverte faciale de Lucie se poursuivit dans le taxi qui nous ramenait à mon appartement. J'avais senti sous son menton un léger creux, semblable à une cicatrice. Il me fallut attendre le petit-déjeuner du lendemain matin pour apprendre qu'il s'agissait d'une séquelle laissée par un coup de pied non-intentionnel lors d'un cours de taekwando. La nuit m'en avait appris davantage et pas seulement au sujet des sports dans lesquels ma jeune aventurière n'avait pas persévéré.

Les premiers jours avaient été idylliques. Lucie s'était montrée douce, attentionnée et insidieuse. Nous partagions des goûts très similaires en termes de tables, de sorties et d'adresses mais nous finissions toujours dans celles qu'elle avait choisies. Au fur et à mesure qu'elle me présentait ses charmants amis, les miens descendaient d'un niveau. Ma garde-robe avait subi quelques métamorphoses me laissant comprendre que les pulls col V n'étaient pas à son goût et que mon écharpe en cashmere grise s'accordait davantage à ses tenues qu'aux miennes. Sa brosse à dents électrique avait rapidement élu domicile près de la vasque droite de ma salle de bains et un matin, j'avais manqué d'insérer dans mon oreille un de ses tampons, nouveaux locataires de mon pot à cotons tiges. Avec tout autant de délicatesse que de subtilité, Lucie avait renversé l'ordre de mon quotidien pour imposer son régime au sein de mon propre royaume. Le putsch visant à reconquérir ma liberté s'improvisa un mardi soir.

La journée avait été calamiteuse et mes nerfs aussi à vif qu'une adolescente larguée un soir de boum, le deuxième jour de ses règles. En mettant la clef dans la serrure, je sentis l'agacement m'envahir : cette soirée aurait une magnitude sur l'échelle de Richter. En ouvrant la porte, je vis une bougie à l'odeur de jasmin posée à la place de mon vide-poche habituel. Les premières secousses ne tarderaient pas. Lucie était assise en tailleur sur le canapé, les cheveux relevés dans des rouleaux en mousse et regardant la télévision, une tasse de thé amincissant dans la main. Lorsqu'elle m'entendit rentrer dans la pièce, elle tourna la tête et me sourit avec un air d'oie blanche prête pour l'abattoir.

« Bah chéri tu étais passé où ? Tu sais que l'on dine avec Alex et Philippe ce soir, va vite te préparer !

- Écoute, je ne suis pas très en forme, j'ai eu une journée affreuse…

- Ah non ! Tu ne vas commencer ! On a réservé dans ce resto depuis trois semaines. Il a fallu que je fasse intervenir ma copine qui pige pour Le Figaro pour avoir une table !

- Lucie, je suis épuisé, je n'ai aucune envie d'aller dîner dans un endroit bruyant où je ne verrai même pas ce que je mange…

- Ton appartement donne sur un grand boulevard et sans double vitrage alors niveau sonore, ça ne te changera pas beaucoup !

- On les a vu la semaine dernière en plus Alex et Philippe…

- Donc le problème vient d'eux ? Tu n'as pas envie de les voir ?

- Non, ce n'est pas ça… Ils sont très gentils mais une visite hebdomadaire, c'est un peu beaucoup pour moi…

- En fait, le véritable problème c'est que tu es un sauvage, n'appréciant que sa propre compagnie et qui s'obstine à ruiner ma vie sociale. Tu ne supportes pas que je puisse avoir des amis qui aiment s'amuser et vivre alors que les tiens sont de parfaits égoïstes, aussi près de leurs sous que de la retraite !

- Qu'est-ce que tu aimes la démesure ma chère Lucie…

- Arrête avec tes phrases toutes faites ! Je vais finir mon *contouring* et quand je reviens, tu as intérêt à être prêt ! Et enlève-moi ces baskets s'il-te-plait : on ne va pas dans une baraque à frites. »

Je restai quelques secondes debout, mon manteau encore sur le dos et le regard plongé vers la bougie. Il me restait une dernière cigarette que j'allumai. Un seul œil maquillé, Lucie sortit de la chambre.

« Qu'est-ce que tu fais ?
- Calme-toi, je serai prêt d'ici dix minutes.
- Non mais ce n'est pas le problème. Je te demande ce que tu fais là ?
- Je m'en fume une petite avant de sortir.
- Et depuis quand tu fumes ici ?
- Pardon ?
- Tu sais que je ne supporte pas l'odeur de la cigarette. Je ne dis rien pour tes vêtements qui empestent mais fumer à l'intérieur, je ne l'accepte pas.
- Et que suggères-tu ?
- Descends fumer dans le hall de l'immeuble. Ou sinon, tu n'as qu'à passer ta tête par la fenêtre et tu fais attention que la fumée ne rentre pas.
- Comment ça ?
- Et bien tu cherches la direction du vent et tu souffles dans le sens inverse. Je viens de me laver les cheveux, je ne

compte pas arriver au restaurant en sentant le cendrier plein de mégots froids. »

Le jour J était arrivé. J'éteignis ma cigarette délicatement et débutai le débarquement de cette envahisseuse aux bonnes manières oubliées.

« La seule direction dont il sera question ce soir, c'est celle de la porte que tu vas prendre. Ramasse ta brosse à dents, tes tampons, ta crème antirides et les gaines que tu as cachées derrière tes petits dessous et va-t'en Lucie. Je t'offre mon écharpe car elle s'est imprégnée de ton odeur de verveine *vegan*, je préfère les fragrances plus goudronnées. Bien le bonjour à Alex et Philippe. »

Elle commença à gesticuler en bégayant. Je la pris par les épaules, lui mis son manteau, lui tendis son sac et la conduisis vers la sortie. Une fois la porte refermée, elle continua à tambouriner en m'affublant de toutes les insultes qu'elle pouvait connaître : elle avait visiblement retrouvé son élocution. Je lançai une playlist *Motown,* repris ma cigarette et l'alluma à nouveau avant de souffler sur la bougie : j'ai horreur du jasmin.

\*

Je suis arrivé avec une heure quarante de retard. Mon patron m'attendait avec son air idiot. C'était un des hommes les plus laids que j'ai connus dans ma vie : un physique à heurter la sensibilité des plus jeunes. Il avait une tête ronde, un corps rond et des lunettes qui collaient à ses yeux quasi-encastrés. Son odeur corporelle n'arrangeait rien. Son gilet jaune décoloré et son pantalon en velours côtelé vert le rendaient plus hideux que jamais. Je ne comprenais pas comment une femme pouvait le toucher. Même une truie aurait été réticente. Il avait sur son bureau une photo de celle qui surmontait cette épreuve quotidiennement : sa femme. Il l'avait mise dans un cadre en plastique offert par la station-service quand on arrive à trois mille cinq cents points. Elle était rousse à la peau blanche. Pas si mal que ça pour un homme comme lui. Il était en train de gueuler sur la petite Claire parce qu'elle avait encore écrit un article sur les fleurs du Languedoc Roussillon. Il pouvait continuer jusqu'à ce qu'il n'ait plus de voix, cela ne servait à rien : cette fille était désolante et même si elle découvrait le scoop du siècle, son article ferait autant d'effet qu'un prospectus de pare-brise. A cet instant, tout ce qui m'importait c'était qu'il ne vienne pas me parler. Je m'assis au petit bureau moisi et la chaise grinça comme tous les matins. J'étais, ce qu'on appelle dans le métier, un homme de lettres et quelqu'un de talentueux. Je n'étais ici qu'en simple transit. Pour préparer mon œuvre, il était préférable que je ne sois pas dans un journal très réputé : on m'aurait accusé de piston. En effet, depuis quelques mois (un peu moins de trente-six), j'écrivais un livre destiné à être un best-seller. Je savais que j'avais une plume exceptionnelle mais je n'aurais jamais imaginé être un aussi bon écrivain. Sans vouloir me vanter, je n'ai rien à envier à tous les prix Goncourt des trente dernières années. Une écriture souple, fluide, aguicheuse, un style unique et une intrigue palpitante. Je considère ce livre comme une renaissance de la littérature française. J'avais sollicité plusieurs éditeurs mais je m'étais rapidement aperçu, après avoir reçu leurs lettres de refus, qu'ils n'étaient en aucun cas le public apte à comprendre toutes les finesses de mon art. Les plus grands ont rencontré les pires difficultés quand ils ont présenté leurs travaux au monde entier. Le génie est une de ces choses qu'il faut posséder pour pouvoir le desceller : il va de soi que ces éditeurs avaient un manque à combler. Je ne désespérais pas et je continuais à avancer vers mon grand avenir car je savais pertinemment que le monde d'aujourd'hui et surtout celui de demain aurait besoin de mes écrits. Je restais pour le moment coincé dans cette petite pièce minable à écrire des articles d'exception pour un tas de feuilles médiocre. Cette situation me rendais malade : toutes ces qualités restreintes sans la moindre possibilité de s'épanouir au grand jour. Quelle déchéance. Quelle déchéance, et quelle douleur pour l'aspiole que je suis.

*

Mes parents sont des vieux ignobles : ils sont aigris, nostalgiques et laids. Ma mère surtout. Toute sa vie, elle a porté des jupes mi- longues et des pulls en cashmere plus mesquins les uns que les autres. Elle en a de toutes les couleurs : vert anis, jaune pisseux, amarante. Les couleurs de ses jupes sont encore pires :

cuivre, glauque, malachite. Son manque de classe s'ajoute à un goût fortement douteux. Ses chaussures tassent ses mollets pleins de varices. Je ne comprendrais jamais comment mon père, lui aussi un homme particulièrement vilain, a pu tomber amoureux, épouser et surtout rester avec une femme comme elle. Pour arroser le tout, mes parents sont des radins notoires. Ma mère cachait des liasses de billets dans un des albums photos du placard de l'entrée. Les billets de cinq cents derrière les photos de guerre de son père, les deux cents derrière les photos de son enfance, les cents derrière son mariage et les cinquante derrière mon baptême. Cette femme vivait dans le passé. Les fins de mois difficiles ou les jours de soldes privées, je prenais un peu de souvenirs de guerre, un peu de mariages et un peu de baptême, histoire de donner vie à mon portefeuille. Déjà au lycée, mes parents me donnaient de l'argent à coup de lance-pierres. Je devais m'humilier pour qu'ils se délestent d'un malheureux billet de cinq cents francs. Nous habitions dans un petit hôtel particulier qui n'avait rien d'extraordinaire et dont le jardin était fleuri de chrysanthèmes et d'aucuba. Comme si leur médiocrité ne suffisait pas, mes parents étaient d'une naïveté affligeante et tombaient dans tous les pièges que les circonstances leurs tendaient. Ils avaient rempli notre maison de vieux meubles déformés de tous les côtés et sentant le moisi. Dès qu'ils avaient fait l'acquisition de l'un d'entre eux, ils me répétaient pendant des semaines que c'était un meuble qui datait de Louis XVI au moins. En vieillissant, rien ne s'arrangeait. Avant, ils ne m'agaçaient qu'une fois par jour car ils avaient des occupations. A présent, ils me bassinaient avec leurs histoires rasantes à longueur de journée. Si seulement ils se décidaient à aller vivre à la campagne, je serais un homme comblé. Une visite à Noël et un coup de fil pour les anniversaires suffiraient amplement. En guise de cerise sur le gâteau de mon existence, mes géniteurs excellaient dans l'art de l'humiliation. La première fois, c'était en maternelle : ma névrosée de mère voulait toujours m'accompagner aux sorties scolaires et me préparait systématiquement des petits sandwichs poisseux que je finissais par revomir aussitôt. Elle savait pertinemment que je ne supportais pas la combinaison du thon et de la mayonnaise qu'elle gardait au frigo trois jours avant. Chaque sortie scolaire était synonyme de cette pourriture. La garce m'obligeait à l'avaler jusqu'à la dernière miette mais refusait de nettoyer le moindre gramme de vomi encore frais. Elle prétextait toujours que si elle nettoyait, elle vomirait le double. Lorsque je suis enfin arrivé, sain et sauf, au lycée, mon père prit le relais. Il s'était pointé le soir du bal de promotion avec sa voiture en pièces détachées et était rentré dans la salle juste au moment où je venais de conclure avec Julie. Cela faisait plus de deux mois que j'attendais et il arriva en toussant. Au début je pensais que c'était mon copain Auguste qui voulait me casser mon coup. Puis au bout de quelques secondes, je me retournai et poussai un cri d'horreur. C'était le pire des cauchemars qu'un jeune puisse faire ; sauf que moi, c'était la réalité. Continuant dans sa lancée, il secoua ses clefs de voiture en ma direction comme un os qu'on fait saliver à un chien. Il me les donna et me tapa sur l'épaule en me lançant un « au revoir fiston ».

Ce fut certainement le pire moment de ma vie toute entière et s'il y a une vie après la mort, je pense pouvoir prolonger. Je revois encore son sourire ballot et ses sourcils en accent circonflexe qui partaient en l'air comme des buissons pendant une tempête. Je peux dire sans exagérer que mes parents ont transformé les dix-huit premières années de ma vie en véritable enfer : je me levais et me couchais dans une géhenne où ma seule source de plaisir était les quelques minutes que je prenais pour offrir mes baisers. Heureusement que ces années de calvaire sont derrière moi à présent et que j'ai le choix et la liberté de ne plus subir la présence de mes parents quotidiennement. Je me souviendrais toute ma vie du jour où j'ai quitté leur taudis : c'était un jeudi 12 avril 1998 et je m'étais levé tôt. Il faisait beau mais un peu froid alors j'avais décidé de mettre un pull par-dessus mon polo bleu ciel. Mes cheveux étaient brillants et je savais qu'aujourd'hui je prenais ma vie en main. Mon sac jeté sur l'épaule droite, je poussai la porte de ma chambre puis la porte de la maison. Je sortis dans la rue et me dirigeai vers la boulangerie car il était huit heures et j'avais faim. J'avais acheté un pain aux raisins et un chausson aux pommes. Je sentais la liberté qui m'avait envahi. Je marchais d'un pas décidé vers une destination qui m'était encore inconnue mais que je savais bonne. J'avais descendu l'Avenue du Président Wilson et avais longé la Seine. Les arbres commençaient à retrouver leurs couleurs de l'année précédente. Mes mocassins me faisaient mal mais c'était normal : ils étaient neufs. Mon sac pesait sur le bas de mon dos : certainement le poids de l'indépendance. La Concorde commençait à pointer le bout de son Obélix. Je continuais à longer les quais qui n'avaient pas grand intérêt non plus. Le Louvre, Châtelet, les Halles, le Centre Pompidou. Mes mocassins me faisaient toujours aussi mal. C'est tellement ennuyeux d'être parisien. J'avais acheté un sandwich pour le déjeuner. Un jambon-beurre, pas d'erreur. Je croquai à pleine dent et recrachai aussitôt. Le pain était élastique, le beurre trop salé et le jambon pas assez frais. J'avais alors tenté un crêpe au sucre mais elle baignait dans l'huile. Paris était peuplé de cuisiniers incapables. Je voulais profiter de mon après-midi alors je pris le bateau mouche. Je montai dans le radeau à la coque moisie. Je m'assis mais le siège était très inconfortable. Je m'étais levé et avais demandé où se trouvait la classe supérieure. On m'avait répondu qu'il n'y avait pas de première. Scandaleux. Il fallait que je m'adapte à la simplicité. Le bateau tanguait. Quel désastre. Je ne comprenais pas comment ces touristes pouvaient éprouver quelconque plaisir à visiter Paris avec l'envie de vomir. J'avais éteint l'audio guide, mes oreilles ne supportant plus ses remarques parasites. Je finis par arriver au quai de Grenelle sans avoir laissé aucun morceau de mon maigre repas à bord. La Tour Eiffel. Il était bientôt dix-neuf heures et les poètes commençaient à voir le ciel en rose. Pour moi, il devenait plutôt pesant. Je ne savais pas où j'allais passer la nuit mais cela m'importait peu puisque j'étais libre. Je continuais à marcher. Marcher, marcher, marcher. Je n'avais pas autant marché de ma vie entière. Le soleil se couchait peu à peu. Cette journée avait été d'une inutilité effroyable. Une fois arrivé aux Champs de

Mars, j'assistai à un spectacle terrifiant : si le destin de notre pays était dans les mains des gens devant moi, nous étions dans une sacrée merde. Ils étaient tous assis en cercle comme une secte qui écoute son gourou. Le garçon au milieu tenait une guitare et chantait aussi faux que les personnes qui s'entêtent à croire en leurs talents. Il hurlait des paroles en anglais qu'il prononçait affreusement mal et ses yeux fermés lui donnaient un air encore plus ridicule. Les filles autour étaient vautrées sur un tas de garçons aux cuisses serrées dans des pantalons taille six ans. Leur vernis était écaillé et leurs cheveux collés sur des têtes qui ne contenaient pas grand-chose. Certains buvaient au goulot des bouteilles qu'ils se faisaient passer comme un nectar. Après chaque gorgée, ils plissaient les lèvres faisant mine d'avoir absorbé de l'alcool à 90°. La bière est un antiseptique réputé. J'observais cette triste scène en suppliant le ciel de ne jamais avoir d'enfants comme ceux-là. C'est à ce moment-là que je me suis dit que mes parents avaient une chance inouïe de m'avoir comme fils et qu'ils ne se rendaient pas compte de ce privilège. Un des garçons se retourna et me sourit en me disant d'une voix de faux camé :

« T'en veux un peu ? »

Je regardais la bouteille verte en imaginant toutes les bouches sales qui lui étaient passées dessus. Christelle de la Terminale B avait une concurrente. Il avait le teint si pâle qu'on pouvait le voir dans la nuit. Ses cernes étaient assortis à son pull qui était, lui aussi, trop petit. Il portait un chapeau grotesque qui ne lui allait absolument pas. Ce garçon avait une tête parfaitement sidérante. Il n'avait certainement pas plus de quinze ans et la vie le dégoûtait déjà. Il avait tout vécu et souffert de tous. Il avait été désenchanté par son quotidien d'enfant gâté et ses parents avaient ruinés sa vie en le faisant naître avec une cuillère d'argent dans la bouche : ils auraient tout de même pu en prévoir une en or. Il était incompris par ses professeurs et la société le cataloguait comme un rebelle qui se calmera. Un jour, il enlèverait son pull violet pour mettre une chemise et une cravate. Il échangera son pantalon moulant pour un autre en flanelle grise et à sa taille. Il jettera son chapeau et ses cernes auront disparu pour laisser ses premières rides apparaître. Alors, il aura grandi. Il sera peut être toujours aussi dégoûté par la vie et désenchanté par son quotidien. Il continuera à être incompris et trop gâté mais il boira du champagne millésimé et n'aura plus son copain pour lui dire d'être heureux. Il fera partie de ces gens qui ne connaissent Balzac qu'à travers les Profils et qui nient avoir déjà fumé un joint. Il aura une petite femme qu'il trompera avec la secrétaire. Il aura une maison en Normandie et passera tous ses étés sur la Côte d'Azur. Il aura des enfants encore plus lamentables que lui mais les couvrira de cadeaux. Une voiture pour l'un et une nouvelle paire de seins pour l'autre. Finalement, il avait raison. Il avait raison puisque c'était la dernière fois de sa vie qu'il serait vraiment libre. Libre d'embrasser toutes les filles du cercle, libre de boire de la bière jusqu'à en vomir, libre de chanter aussi faux, libre de vivre un instant qui disparaîtrait bientôt.

Je poursuivis mon périple. Il était deux heures cinquante-deux et je marchais dans Paris. Je me retrouvai Avenue du Président Wilson : c'est bien connu, tous les chemins mènent au Trocadéro. Finalement, je n'avais peut être pas besoin d'indépendance. Je n'avais peut-être pas besoin de liberté non plus. En tous cas, je me contenterais de ma chambre. Je poussai la porte, montai à l'étage et déposai mon sac sur le bureau. Je m'allongeai sur le lit. Et demain, je me ferai masser les pieds.

*

Je déteste les mariages. Les demoiselles d'honneur sont les seules qualités que je leur trouve. Facilement identifiables, on les fait danser un peu, leur offre une coupe de champagne sur le compte des mariés et complimente leur robe. Il ne reste plus qu'à trouver un coin libre à l'écart des regards indiscrets et du cameraman. Les mariages se suivent et se ressemblent mais celui de mon cousin Jacques restera mémorable. Je me souvenais de lui comme étant le boulet qui avait fait chuter ma côte auprès des filles à la colonie d'été 1994 dans les Landes. Il était grassouillet, boutonneux et avec une petite moustache d'une dizaine de poils. Pour commencer, il avait vomi dans le car et j'avais dû lui donner mon Coca-Cola. Comme si cette humiliation ne suffisait pas, son shampoing s'était renversé donnant à tous ses vêtements une odeur de lotion anti-poux. Il avait fallu que je partage ma garde-robe. Ce n'était que le commencement. Durant tout le séjour, il était passé de gaffes en gaffes, me rendant plus pitoyable chaque fois sachant que nous étions associés l'un à l'autre par de ce lourd fardeau que l'on appelle nom de famille. J'aurai donné n'importe quoi pour m'appeler Smith cette semaine-là. J'avais tout de même réussi à sortir avec deux ou trois filles plutôt mignonnes qui n'avaient pas fait le rapprochement. Mignonnes mais peu futées. Je ne l'avais jamais revu depuis. Aujourd'hui, c'était son mariage. J'étais arrivé en retard à l'église mais je le reconnus instantanément : rien n'avait changé, sauf qu'aujourd'hui, il portait un nœud papillon. Sa femme était vraiment pas mal. Il s'en était bien tiré pour quelqu'un d'aussi moche. Elle avait les cheveux blond foncé avec des yeux verts. Petits mais jolis. Sa robe était très décolletée ce qui ne manquait pas de me plaire. Mis à part quelques boutons au front, elle était convenable. Quand il me la présenta, il lui fit un baiser sur la joue. Sans doute la seule façon qu'il avait trouvé pour marquer son territoire. Elle s'appelait Amélie. Pas terrible comme prénom. Nous étions à l'apéritif quand elle s'approcha de moi. Elle avait dans les mains un minuscule petit toast au saumon qui lui graissa les lèvres quand elle l'avala d'une seule bouchée. Charmant. Elle me raconta qu'elle était assistante chez un vétérinaire en attendant de passer son diplôme. Passionnant. Elle avait toujours rêvé de pouvoir aider et soigner les animaux. On avait trouvé la nouvelle Brigitte Bardot. Sa vie était très banale mais ne l'écoutant que d'une seule oreille, je ne m'ennuyais que moyennement. Sa mère arriva. Elle était boudinée dans une robe vert anis qui n'allait absolument pas avec son rouge à lèvre orange.

Elle ressemblait à un petit gâteau d'Halloween que l'on fait passer pour du vomi de citrouille. J'avais tout de suite remarqué qu'elle s'était fait gonfler les lèvres et que l'opération était incontestablement ratée. Sans parler de ses mains toutes fripées avec un faux diamant à chaque doigt. Amélie me présenta à sa mère et celle-ci me sourit en montrant ses molaires. Au bout de dix minutes de cette vaine conversation, mère et fille s'éloignèrent, leurs fesses bougeant de gauche à droite dans un mouvement uniforme comme Amélie et Amélia Jacasse dans *Les Aristochats*.

Je continuais à boire du champagne et manger les microscopiques toasts gras. Mon cousin était aussi grippe-sous que mes parents, ce qui expliquait la qualité médiocre des produits et leur abondance discutable. Je mangeais par instinct de survie. Le serveur vint me proposer des petites cuisses de poulet. Je pris le plat et le posai sur le buffet à côté. Il me regarda avec son air hébété. Je lui dis qu'il pouvait disposer et il fit une grimace qui faisait ressortir ses oreilles surdimensionnées. Encore un frustré. Finalement, je commençais à être calé et le champagne avait perdu le peu de goût qu'il possédait au départ. Cette réception était d'un ennui mortel mais je n'allais pas m'ennuyer encore longtemps. Au milieu du repas, je vis Amélie s'approcher de moi et murmurer quelques mots à mon oreille. Elle me demanda de venir la rejoindre dans le vestiaire qui était à l'entrée. Je restai cinq minutes assis à réfléchir. Cet homme qui allait devenir cocu le jour de son mariage avait ruiné ma première colonie de vacances… Tout vient à point à qui sait attendre… Je me levai et me dirigeai vers le vestiaire. Elle était là, les yeux brillants d'impatience de tromper celui qu'elle venait d'épouser. Nous nous sommes rendus à ma voiture et avons fait ce que nous avions à faire. Vingt minutes plus tard, nous ressortions, en ayant fait davantage connaissance. De retour dans la salle, je le vis au milieu de la piste avec une serviette dans la main. Qu'est-ce qu'il avait l'air niais. Finalement, je lui avais rendu service puisque sa femme était déjà satisfaite. Il avait enlevé sa veste et je pouvais voir à cent mètres les énormes auréoles de sueur qui s'étaient logées sous ses bras. Son gigantesque front ruisselait. Il me dégoûtait. Et je n'étais certainement pas le seul. Il s'amusait comme un gosse de dix ans. Il en avait bientôt trente-quatre. Certains auraient pu se sentir mal à l'aise d'avoir été l'aventure d'une femme fraîchement mariée et qui d'autant plus était devenue de la famille. Mais pas moi. Je m'en fichais. Je m'en fichais royalement. Ce n'était tout de même pas de ma faute si je suscitais de telles réactions. Il était presque onze heures et je recommençais à m'ennuyer. Aucune demoiselle d'honneur seyante à l'horizon, je récupérai mon paquet de cigarettes et quittai cette salle des fêtes de mauvais goût. Je pris ma voiture et rentrai chez moi regarder un James Bond. Je n'allais pas culpabiliser pour quelque chose qui était inévitable. Au moins, ça resterait dans la famille et puis, ils auraient dû choisi des demoiselles d'honneur plus jolies. Un mariage ça s'organise… Toutes ces femmes pour un seul homme. J'en suis navré. Le Monde ne suffit pas…

Ma sœur avait eu un enfant. Puis deux. Puis trois. Pas des plus mignons et même un peu agaçants tant ils étaient formatés. Ils auraient pu hériter d'un peu de mes gênes mais le sort n'avait pas été d'humeur généreuse. Sophie était une sainte nitouche. Une petite tête blonde et des yeux bleus. Un petit nez en trompette et des taches de rousseur parsemées sur les pommettes. On lui donnait le bon dieu sans confession. A l'école, elle était toujours la première mais n'aidait jamais les copains ignorants. Une peste invétérée. Au collège, elle était élue déléguée tous les ans en promettant de donner des cours à ceux qui en auraient besoin. Elle était présidente du Club d'échecs et secrétaire-assistante du Cercle des Jeunes Poètes Amateurs. Autant dire qu'en plus d'être garce, Sophie était célibataire. Au lycée, tout s'empira. Elle continua à être membre du Club de Gymnastique Rythmique et de l'Association des lectrices de romans à l'eau de rose. Il faut avouer que cette époque ne lui réussissait pas tellement. Dès l'âge de six ans, elle dû porter des lunettes à double foyers faisant ressortir ses petits yeux. Ses hanches étaient énormes à cause de l'excès de cassoulet sans parler de sa peau grasse qui attrapait tous les petits boutons possibles et imaginables, comme des moucherons sur une plaque collante en plein camping. Personne ne pensait que nous étions génétiquement liés. Et je ne pouvais que comprendre cette situation. Ma sœur avait toujours été brillante : sa peau autant que ses notes. Il faut avouer que c'était une fille intelligente ou du moins qui travaillait dur. Elle avait obtenu quatre fois d'affilé le diplôme de mérite de l'école et avait été la lauréate 1985 du prix des petits génies. Si son carnet de notes était époustouflant, on ne pouvait pas en dire autant de son palmarès amoureux. Durant toutes ses années de lycée, elle n'avait eu qu'un seul petit copain dont le père avait été muté au Luxembourg. Pas de chance. Sophie était mon aînée de deux ans et elle avait été folle de rage qu'une de ses amies m'invite au bal de promotion. Elle avait supplié mon père de m'empêcher d'y aller mais considérant l'influence inexistante qu'il possédait sur moi, j'avais mis mon plus beau costume noir et avais bu au moins quatre verres de punch. Son instinct de petit chef lui avait valu de tout organiser mais d'arriver seule à la grande soirée. En prime, son choix de robe avait été aussi désastreux que la mode des leggings à motif animal. Cette robe était jaune limonade en taffetas. Elle avait exigé une étole pour cachait ses bras potelés et des hauts talons avec lesquels elle ne savait pas marcher. Ma mère avait eu la bonne idée de la maquiller à outrance comme elle savait si bien le faire : du bleu sur les paupières et du rose sur les pommettes. Elle n'aurait pas pu faire pire, même en essayant. Ce fut un des seuls moments où j'éprouvai de la pitié pour ma sœur qui se dirigeait droite comme un piquet vers le ridicule ultime et inconscient. Quand elle arriva, tout le monde se retourna et certains se cachèrent pour rire. Au final ma sœur n'a jamais eu de chance. Elle n'a ni beauté, ni charme : le portrait craché de ma mère. Une légère révolte lui aurait permis de limiter les dégâts. Elle aurait pu se maquiller plus subtilement et porter des vêtements qui cachaient ses fesses et mettaient en valeur sa maigre poitrine. Mais non. Ma mère lui achetait des jeans taille haute et des soutiens gorge sans armature. Elle avait rencontré son mari dans la banque où elle faisait un stage. Il venait d'ouvrir sa première boucherie et avait besoin d'un crédit. Au passage, il emprunta Sophie. Après quelques mois, ils se fiancèrent et se marièrent dans la foulée. Comme un conte de fée, une version de La Belle et La Bête au mauvais casting. Ils avaient tout fait très vite : un semestre suffit pour accueillir un premier bébé. Puis deux, puis trois. Mes parents avaient adoré dès le départ ces premiers petits-enfants qu'ils espéraient autant que le Messie. Ces gosses étaient pourtant tout ce qu'il y a de plus commun. Blonds aux yeux marrons et sentant les lingettes pour bébés. Quant aux prénoms, on ne pouvait pas dire que ma sœur avait fait dans l'originalité : Marie, Jean et Jacques. Même en essayant, elle n'aurait pas trouvé plus banal. Je ne comprends pas pourquoi les parents ne considèrent pas davantage les prénoms de leurs enfants. On se le coltine toute une vie et il colle à la peau encore plus qu'un caramel vieux de trois ans. Sophie et son boucher paraissaient peu préoccupés par l'avenir de leurs progénitures : chacun ses priorités. A chaque fois que je lui rendais visite, je repartais avec une migraine : les enfants n'arrêtaient pas de bouger et mangeaient en salissant sur un périmètre d'un mètre autour d'eux. Au moindre de leurs faits et gestes mon beau-frère s'emballait. Comme s'ils étaient les seuls à baragouiner et à savoir taper des mains. Les parents souffrent d'un manque tragique d'objectivité. Chez eux, c'est toujours mieux. Les enfants savent mieux parler, mieux terminer un puzzle de quatre pièces en quarante minutes, mieux rire à une grimace pathétique et mieux faire deux pas avant de se vautrer sur le sol en braillant. Je n'avais jamais réussi à avoir un geste de tendresse ou même de pitié pour ces gosses. Rien en eux ne me portait le moindre intérêt et aucun de leurs pleurs ne m'attendrissait, bien au contraire. Dès qu'ils commençaient à pleurnicher, je leur fourrais une tétine dans le bec pour qu'ils se taisent le plus vite possible, le moindre son sortant de leurs petits corps étant inutile.

L'aînée est une vraie poupée : elle se fait belle mais ne lui demandez pas de retenir une poésie ou une ligne de calcul. Sa chambre est envahie de Barbie roses qui sont sa seule source d'inspiration. Son frère suit un chemin aussi glorieux. Il passe des heures à jouer devant sa console essayant de sauter des faux murs en briques pixélisées. Quand j'observe mes neveux, je me fais énormément de soucis pour demain. Je ne voudrais pas avoir de tels boulets comme produits de moi-même. Afin de ne risquer aucune déception, j'avais décidé de ne jamais avoir d'enfant. A quoi bon ? Pour qu'ils soient aussi insensés que ceux qui sont déjà là, je préfère épargner la Terre : quelques idiots de moins lui fera le plus grand bien. On dit que les chats ne font pas des chiens mais ma sœur aurait dû donner naissance à des lapins. Au moins, on aurait pu les manger et se faire un beau col en fourrure. C'est une des tendances de cet hiver.

*

Mes conquêtes n'avaient pas toujours été des plus prodigieuses. Aux côtés des coups de génie que j'avais pu mettre en scène pour faire succomber une fille, des tentatives plus discutables m'avaient permis de leur montrer le chemin vers mon lit à défaut de celui vers mon cœur. Le mensonge avait souvent été mon allié, devenant au fil des années ma langue maternelle : intuitif, presqu'authentique. J'excellais dans cette discipline universelle et si commune. Ma profession n'avait rien arrangé, cultivant ce goût pour l'exagération, la métamorphose des faits, l'altération d'une réalité dont je finissais par croire qu'elle était elle-même mensongère. La déformation professionnelle m'avait gagné. Mes premières années de jeunesse avaient été accompagnées par la peur de se faire prendre, de trahir la supercherie et de flirter avec la confusion. L'excitation des débuts laissa place à un système bien rodé, trop bien peut-être qu'il en perdit son euphorie. L'apprenti avait pris du galon et mon imagination (que beaucoup auraient qualifiée de mythomanie) était devenue pareille à un muscle surentrainé. L'imposture était instinctive, prenant forme comme un soufflet qui monte dans un four bien chauffé. J'avais rencontré Virginie lors d'une pendaison de crémaillère. On disait de cette fille que son cul lui avait ouvert bien des portes, à commencer par celle de son immeuble quand elle rentrait les bras chargés. Chef de projet, ancienne provinciale, nouvelle habituée de la Grande Épicerie et abonnée aux pléonasmes, elle ne tarda pas à me dresser en quelques phrases et plusieurs mimiques, son portrait abrégé mais plutôt représentatif.

Cette fille maîtrisait l'art du *brief*. Elle n'accepta pas mes avances précipitamment, comprenant rapidement que mon impatience aimait parfois être domptée. Lorsqu'elle accepta de venir dîner à la maison après deux longues semaines de cinéma et de verres sirotés à rallonge, elle ne se doutait pas que le véritable jeu débutait alors. Si j'aimais la compagnie de ces dames, je ne supportais pas celles qui s'imaginaient en despote sentimental, amazone assoiffée d'emprise et imprégnée de crèmes amincissantes. Je n'avais jamais cherché à prendre l'ascendant, admiratif des femmes aux caractères bien trempés et à l'intelligence incisive, mais leur ambition de me dominer agissait sur moi comme l'ouverture d'un vestiaire confiné après un tournois de rugby.

Le champagne était au frais, des coupes de fraises et de framboises dressées sur la table basse, les bougies allumées aux quatre coins du salon et le ridicule s'était diffusé dans la pièce comme un parfum d'ambiance bon marché. Elle arriva en retard. Évidemment. Elle retira son manteau et son chemisier laissait apparaître une lingerie excessivement chargée en dentelle et qui avait dû lui coûter la moitié d'un treizième mois. Si elle pensait me faire reculer devant mon entreprise grâce à cela, elle était bien plus naïve que je pouvais l'imaginer. Elle s'assit sur le canapé en croisant les jambes et en posant ses mains sur le haut de son genou bien droit.

« Je te fais visiter ?

-   Avec joie... »

Ses phrases étaient ponctuées d'une sensualité exacerbée qui tournait toute tentative de séduction en caricature. La nuance ne faisait visiblement pas partie du concept.

« Donc le salon, la cuisine avec la cave à vins. Là-bas, tu as la chambre avec une salle de bains.
-   C'est très original cette douche au milieu de la chambre.
-   C'est surtout très pratique.
-   Pour gagner du temps ?
-   Et pour mieux voir aussi.
-   Comment ça mieux voir ?
-   Et bien si tu te mets à trente centimètre du bord du lit côté gauche, tu as un angle de vue direct sur la douche.
-   Et ?
-   Ca me permet d'admirer les filles qui prennent des douches ici, sans passer pour un voyeur. Tu veux te laisser tenter par l'expérience ?
-   Non, je te remercie. »

Virginie était descendue d'un étage mais la dégringolade n'était pas terminée. Son charme s'était amoindri, passant d'un feu ardent à une plaque vitrocéramique que l'on aurait éteinte cinq minutes avant. La visite se poursuivit.

« Là tu as la bibliothèque, le dressing et on retourne dans le salon…

-   Et là-bas ? Y'a quoi derrière cette porte ?
-   Il n'y a rien… Je te resserre une coupe ?
-   C'est un placard ?
-   Non, non c'est pas un placard.
-   Alors c'est une deuxième chambre ?
-   Pas vraiment…
-   Comment ça « pas vraiment » ?
-   Mais ce n'est rien, allez viens que tu me racontes un peu ta journée ma jolie
-   Je ne comprends pas… Dis-moi ce qu'il y a derrière cette porte, c'est ridicule. »

Elle se dirigea vers la porte, sourire aux lèvres et heureuse à l'idée de reprendre l'ascendant. Je lui saisis le bras et lui dis avec un ton aussi solennel qu'une mère prévenant sa fille de faire attention à son verre lors de sa première sortie en boîte :

« Tu peux ouvrir cette porte mais je préfère te prévenir que ce que tu vas y découvrir va tout changer entre nous.

-   Comment ça ?
-   Ouvre cette porte Virginie, je ne t'en empêcherai pas mais choisis : cette porte ou la confiance que l'on se porte l'un à l'autre.

- C'est une menace ?
- Tout le contraire… Tu as les cartes en mains Virginie. »

Nous sommes restés une longue minute dans ce couloir et je sentais son pouls s'accélérer. Elle tentait de dissimuler son malaise mais ses joues cramoisies la trahissaient. Elle retira son bras sèchement et se dirigea vers le salon en reprenant sa place mais pas ses esprits. Fière et encore décontenancée, Virginie resta quelques minutes supplémentaires avant de prétexter une réunion tôt le lendemain. Je l'accompagnai à la porte comme un gentleman que je n'étais pas et elle esquiva les longs au revoir par un très masculin *on se tient au courant !* Le sourire avait migré de ses lèvres aux miennes. Dans le miroir de ma salle de bains, je ne voyais que la poussière oubliée par ma femme de ménage et la pièce mystère n'abritait pas le bordel que j'avais laissé croire : dans ce placard exigu s'entassaient les sacs en papier que l'on garde « au cas où », un aspirateur cassé dont la garantie était périmée, des baskets malodorantes qui auraient contaminé mon dressing et une pile de papiers que je devais renvoyer à ma mutuelle. La réaction de Virginie avait bien valu que je m'endorme seul : ce soir, la satisfaction serait ma seule maîtresse.

*

Sartre avait bien compris la vie. L'enfer c'est les autres. Et surtout ceux qui sont proches de moi. Je vis dans un immeuble peuplé d'êtres tous autant insignifiants qu'insupportables. Le premier étant mon voisin du septième. C'est un homme d'une soixantaine d'années. Un homme aigri et ridé qui aurait aimé ne pas vieillir. Il vit seul dans cet appartement qui n'a pas subi de rénovation depuis l'élection de Valéry Giscard d'Estaing. Il a des chaussures sales et des cravates affreuses. C'est un de ces hommes dont on ignore l'existence jusqu'à ce qu'il vienne pourrir la nôtre. Il a la sale habitude de faire tourner sa machine à laver tous les matins à 6h03. Sa buanderie étant aménagée juste au-dessus de ma chambre à coucher, j'ai la chance d'être réveillé tous les matins par ce tambour acheté pendant les trente glorieuses. Son vrombissement vient frapper mes oreilles de plein fouet comme une claque bien méritée. Je lui avais demandé, dans un premier temps, de bien vouloir éviter de faire sa lessive aussi tôt. Il m'avait répondu qu'il ferait de son mieux. Son mieux s'était avéré très limité. J'avais attendu plus d'une semaine avant de retourner le voir afin de réitérer ma demande. Rien. Il n'avait strictement rien fait et continuait à laver son linge à 6h03. Je perdais doucement patience. Puis, dans un élan de courtoisie improductive, je lui avais suggéré de déplacer sa buanderie. J'avais même proposé de lui envoyer un ou deux déménageurs à mes frais. Il me laissa dans le doute pendant quelques jours avant de me donner sa réponse qui était, immanquablement, négative. J'avais pensé que je m'habituerai à ce bruit comme on s'habitue à un micro-onde trop lent ou à une femme qui rigole tout le temps : au début on ne voit que cela, mais on finit par ne plus y prêter attention. Cinq mois.

Cinq longs et pénibles mois. Pendant près de cent cinquante matins, mon petit être avait souffert de l'ingratitude de cet homme frustré par une vie minable. J'avais tout essayé. Rien n'y faisait. Rien ne pouvait convaincre ce goujat d'avoir un brin de correction. Je refusais d'être traité comme une victime plus longtemps. J'eus alors l'idée lumineuse de prendre mon cher voisin à son propre jeu. Puisqu'il ne voulait pas améliorer mes courtes nuits, j'octroierai le même sort à ses longues journées. J'étais passé à l'acte un soir où je rentrais de boîte. J'avais ma clef à la main. Il était presque cinq heures et il devait dormir bien paisiblement dans un petit pyjama bon marché en fausse soie. J'aperçus sa voiture sale. Je m'approchai lentement, frôlai son engin en insistant sur le rétroviseur. Ma clef attirée comme un aimant contre le vieux métal rouge. Une belle rayure tout le long du côté droit. Une très belle rayure. Je ressentais la satisfaction des jours de gloire. J'avais l'impression d'avoir accompli une chose tellement extraordinaire qu'elle m'avait procuré le pouvoir de déplacer des montagnes. Une œuvre d'art. Je remontai doucement vers la sortie, jubilant de bonheur, décidé à ne pas dormir pour guetter la sortie de mon persécuteur matinal. Après m'être rincé le visage et recoiffé, je me mis à la fenêtre pour fumer une cigarette. Je ne pouvais m'empêcher de sourire en imaginant sa petite tête ronde et son visage gonflé à la vue du désastre. C'était un plaisir que je ne pourrais m'offrir qu'une seule fois dans ma vie. Il était bientôt sept heures et je savais qu'il ne me restait plus qu'une demie heure avant qu'il ne franchisse le seuil de sa porte. Sept heures et quart.

Je commençai à tendre l'oreille. Sept heures vingt. Il devait certainement prendre son parapluie et vérifier qu'il n'avait pas oublié ses clefs. Sept heures vingt-sept. Il fermait les boutons de sa gabardine en vérifiant qu'ils étaient bien tous cousus. Sept heures trente. J'entendis son pas se poser sur le paillasson. Il fermait la porte et appelait l'ascenseur. Il tapotait le mur en l'attendant. A l'intérieur, il se regarda dans la glace et se recoiffa une ultime fois. J'ouvris ma porte et je me jetai dans les escaliers. Je dévalai les marches à toute vitesse. Je n'arrivais même plus à respirer et regrettais amèrement d'avoir oublié mes bonnes résolutions concernant la salle de sport. Je passai par la porte de secours qui me fit arriver dans le parking avant lui. Je me ruai sur ma moto et fis mine d'enfiler mon casque. Il arriva enfin. Son pantalon en velours côtelé trop court d'un côté, son cartable usé et ses chaussures une pointure trop grande : l'uniforme était au complet. Il me fit signe de la tête avec son petit air misérable. Il avait l'allure fière en se disant qu'il avait fini par gagner la bataille de la machine à laver. Il marchait d'un pas régulier sans se précipiter et en faisant attention à ne rien écraser, de peur de salir ses chaussures. Ce personnage me faisait pitié. Un instant de réflexion et je vis sa mine dépitée. Sa bouche s'ouvrit et sa langue tomba comme si on lui avait coupé le souffle. Ses yeux s'écarquillèrent et je crus qu'ils allaient sortir de leurs orbites. Son petit nez boursouflé se souleva et s'étala sur son visage consterné. Il tenta de parler mais aucun mot ne parvenait à sortir. Il se retourna mécaniquement, son cou projeté en avant.

« Vous avez vu ? Vous… Vous avez vu ce qu'ils ont fait ? Vous. Venez … Venez voir ! »

Je m'approchai, paraissant revenir d'une courte nuit. J'ouvris les yeux, m'approchant un peu plus près et regardai pour constater (une seconde fois) l'ampleur des dégâts.

« Mais qui donc a pu vous faire cela ? Quelqu'un pourrait vous en vouloir ? Il ne faut pas laisser passer ça !
- Eh bien, je ne sais pas… Qui pourrait m'en vouloir ? Non mais attendez, regardez bien ! C'est une sacrée rayure : ils ont failli transpercer le moteur !
- Et encore vous êtes gentil ! Ils auraient pu atteindre l'intérieur cuir ! Ne restez pas là ! Rentrez chez vous et appelez votre médecin pour qu'il vienne prendre votre tension et qu'il vous mette immédiatement en maladie. Quelques jours de repos sont absolument nécessaires. Appelez-moi si vous avez des nouvelles ! Je suis juste en-dessous. »

Cet incapable repartit, la tête rentrée dans ses épaules. J'avais son visage ancré dans mon esprit. Son air béat, sa démarche traînante, ses pieds qu'il tirait tant bien que mal. Je lui avais rendu un service inespéré en abîmant son fourgon. J'avais ajouté un peu de piment et d'action dans sa vie aussi plate et monotone qu'un match de criquet passé au ralenti. Je lui avais donné l'occasion de prendre quelques jours de congés et j'avais permis à ses collègues de se reposer de son agaçante présence et de sa croupissante oisiveté. Dans ces moments-là, je me dis que je peux réellement être fier de moi. Je suis comme un envoyé divin chargé de régler les cas désespérés. Je sentis en moi une satisfaction telle qu'en remontant la côte pour sortir du parking, je laissai glisser une dernière fois ma clef le long de la voiture délabrée.

*

Un jour d'ennui, un parmi tant d'autres, je me baladais dans les couloirs du bureau, brassant de l'air en attendant midi. Je passais près du bureau de mon patron quand je prêtai l'oreille et entendis une discussion très intéressante. Il murmurait des petits mots doux. Je pensais tout d'abord qu'il parlait à sa femme mais il se trahit avant de raccrocher :

« Si tu veux, on peut se voir ce soir… Disons vers dix-neuf heures trente… Oui, comme la dernière fois…»

Il avait une liaison. Rien ne m'étonnait d'un personnage si banal. N'ayant rien à faire d'autre que nuire aux personnes m'entourant, je décidai de découvrir l'identité de la victime, seul qualificatif pour définir cette pauvre femme. Dix-neuf heures. Je l'entendis sortir de son bureau prétextant qu'il devait rentrer plus tôt pour son anniversaire de mariage. En plus d'être hideux, il était un menteur invétéré. Dès qu'il eut claqué la porte, je pris mes affaires et me précipitai dehors en utilisant l'entrée de service. Il monta dans sa voiture et je pris ma moto pour commencer ma filature. Il s'arrêta boulevard Haussmann et rentra dans le restaurant qui faisait l'angle. Une jeune femme blonde l'attendait assise à une table près de la porte. Leurs étreintes me firent tourner de l'œil. Je n'avais pas réussi à voir la jeune femme de face mais ce sac en cuir bordeaux m'était familier. Dix minutes plus tard, le suspens était levé : Marianne, la secrétaire. Sous ses airs de petite célibataire endurcie, se cachait en réalité une maîtresse et pas n'importe laquelle. La maîtresse du patron. Je comprenais à présent pourquoi elle avait eu le droit au week-end prolongé de la Pentecôte. Tout s'expliquait : le café en dosette, sa propre tasse en céramique, les cadeaux des fournisseurs, le champagne pour son anniversaire, le fauteuil ergonomique. Cette petite peste avait tout cela en échange de quelques gâteries. Vendre son corps contre quelques figurines aimantées et une bouilloire électrique portable, c'était un peu cher payé. Elle l'embrassait langoureusement devant une foule d'hommes assoiffés de désir. Elle avait remis du rouge aux lèvres et les premiers boutons de son chemisier étaient déboutonnés. Elle avait certainement investi dans un soutien-gorge rembourré. Ne voulant pas perdre une miette de ce délicieux festin, je sortis mon appareil photo et appuyai frénétiquement sur le petit bouton gris en prenant des dizaines de photos en rafale. Je restai là, immobile, dégustant cette scène tombée du ciel. Me sentant rassasié, je rangeai le saint appareil et repartis comme si de rien n'était, bien décidé à avoir une promotion dès le lendemain. Je m'étais levé tôt et avais mis ma plus belle chemise, celle avec le col Mao. Mes cheveux gominés et mes dents étincelantes, je me rendais au journal avec un enthousiasme déstabilisant. Je montais les marches quatre à quatre et j'avais même failli tomber par un tel entrain.

Marianne arriva en retard. Les cheveux un peu décoiffés et des cernes cachés par quelques couches de fond de teint bon marché.

« Courte nuit Marianne ? »

Elle se retourna, cherchant d'où provenait cette question et étonnée que je lui adresse la parole.

«Il faut absolument que je change mon matelas… ».

Et pour moi, il était temps de changer de poste. Je sortis de mon cartable une chemise bleue dans laquelle j'avais soigneusement rangé les photos les plus embarrassantes de la veille. Je me levai d'un bon et me dirigeai vers le bureau du grand patron. Je tapai à la porte. Et c'était comme trois coups brefs que je frappais à la porte du bonheur. Il me somma d'entrer. Il était au téléphone. Il me demanda avec son air de dédain habituel ce que je voulais. Je lui répondis avec un sourire narquois que notre discussion risquait de durer quelque peu. Il raccrocha et réitéra sa question utilisant, cette fois, une voix des plus agacées. Je lui tendis la chemise qu'il ouvrit en me jetant un regard méfiant. A la vue de la première photo, son visage changea subitement de couleur et quelques secondes suffirent à le rendre blême. Il se leva doucement, et ferma la porte à clef. Il retourna à son bureau et voulut me sortir une phrase menaçante. Il échoua lamentablement :

« Je ne sais pas ce que vous cherchez, mais vous êtes en train de faire une grossière erreur mon petit.

- Je vais vous rafraîchir la mémoire et clarifier votre esprit. Je suis rentré dans votre petit journal mesquin, faute de trouver un autre emploi. Je vous ai présenté mon CV mais vous ne m'avez proposé qu'un poste médiocre : c'est vous qui avait fait la grossière erreur de me sous-estimer. Vous m'avez chargé d'écrire des articles les plus minables les uns que les autres, non pas que vous publiez des écrits brillants. Je vous ai sollicité à plusieurs reprises, vous rappelant mes compétences et mes attentes. Rien. Vous n'entendiez rien. Ou plutôt faut-il croire que vous n'écoutiez pas. Alors nous voilà à présent, Monsieur Guibert, vous dans une situation peu confortable et moi dans une vie professionnelle peu réjouissante. Je suis persuadé que ces photographies seraient très mal placées entre les mains de votre délicieuse épouse... Me trompe-je ?

- Continuez mon petit continuez mais...

- Mais quoi Monsieur Guibert ? Vous vous demandez sans doute ce que je viens chercher ? La réponse est bien plus facile qu'elle n'y paraît. Il me semble que vous avez besoin d'un rédacteur pour superviser vos articles en première page. Ce matin en vous réveillant, vous avez eu la subite idée que ce journaliste digne de confiance et regorgeant de talent, vous l'aviez en réalité parmi vos employés ! Quelle idée lumineuse n'est-ce pas ? C'est pour cela que vous m'avez convoqué afin de m'annoncer en personne cette grande nouvelle, avant que je ne reçoive par courrier la confirmation de cette généreuse promotion.

- Où sont les autres photos ?
- Pour vous dire la vérité, mon appareil n'avait plus de batterie donc je n'ai pas eu la chance de vous tirer le portrait à de nombreuses reprises… J'en suis navré.
- Comment pourrais-je vous croire ?
- Enfin Monsieur Guibert. Entre journalistes, nous sommes des hommes respectables… »

Je sortis de la pièce en lui envoyant un dernier petit sourire. C'était une charmante journée. De retour chez moi, je vis sous ma porte un pli. L'enveloppe kraft contenait une lettre à entête du journal dans laquelle Monsieur Guibert m'annonçait qu'il m'offrait le prochain article en première page et que si j'acceptais la proposition, il attendait mon travail mardi sur son bureau. Il avait également ajouté un petit mot pour insister sur son « contentement concernant cette nouvelle collaboration qui s'apprête à être exaltante ». Je trouvai l' « exaltant » à la fin était un peu exagéré. Je pris la lettre et la posai sur le buffet. J'allumai la télévision et ouvris une bouteille de champagne. Ce n'est pas tous les jours que l'on a droit à une promotion.

\*

Chérissant les commerces de quartiers, les spectacles live et les coups du destin, j'avais pourtant cédé aux sirènes des entremetteuses digitales. Curieux d'expérimenter ces rencontres virtuelles, mon doigt avait glissé inlassablement sur les clichés autant retouchés qu'un jeans après un régime hyper-protéiné. Des demoiselles se succédaient en quête d'amour pour les unes, souvent amoureuses de la conquête pour les autres. Comme un trader devant ses écrans, j'étais à l'affût de la moindre secousse, restant pourtant assez frileux face à ce marché capricieux et imprévisible. Adepte et connaisseur, mon copain Sébastien m'avait orienté vers les produits à la rentabilité à court terme et sans engagement : partageant les mêmes ambitions, il ne s'était pas embarrassé à me demander quelles étaient mes aspirations. Alors que je faisais tourner le kaléidoscope depuis plus d'un quart d'heure, je tombai sur une jolie petite brune au teint mat et aux yeux verts ayant préféré un décor champêtre aux prouesses technologiques pour se mettre en valeur. Je reçus quelques minutes plus tard la notification selon laquelle je ne semblais pas lui déplaire. J'engageai la conversation par un ton maladroit qu'elle dut associer à un sarcasme volontaire et maîtrisé puisque les échanges se poursuivirent jusqu'à tard dans la nuit. Mélissa était une trentenaire à la répartie terriblement sensuelle, presqu'aguicheuse. Sans jamais avoir entendu le son de sa voix, j'imaginais aisément un timbre pétillant et grave. Je devinais derrière ses excuses peu convaincantes qu'elle avait dû subir de nombreuses déconvenues, survenues probablement par des rencontres trop précoces. J'attendrai. Elle en valait sûrement la peine et ma patience n'en serait que renforcée. L'effarouchée baissa la garde au bout d'une semaine, prenant l'initiative de me proposer un café chez *Angelina* au Louvre. Connaissant sa sacro-sainte adresse de la rue de Rivoli, j'ignorais que celle à qui l'on prête le meilleur chocolat chaud de Paris avait pris ses quartiers aux côtés de ses copines Mona Lisa et Vénus sortant de sa trempette. Pénétrant sous la pyramide de verre et résistant à l'envie furieuse de faire un détour pour acheter des savons aux éclats d'amande, je demandai mon chemin à un agent de sécurité blasé de ce lieu pourtant si mythique.

« Vous allez tout droit, vous montez par cet escalator et ça sera sur votre gauche. Attendez, Monsieur. Vous devez acheter une entrée au musée avant. »

Prenant place dans la queue des touristes que je n'étais pas, je tentais de m'imaginer les raisons pour lesquelles son choix s'était porté sur cet endroit. C'était bien la première fois que je payais avant même que le rencart commence. Parvenu jusqu'à la ligne d'arrivée, je ne me doutais pas que ce parcours du combattant ne touchait pas à sa fin. A peine assis à une petite table, une charmante serveuse au texte bien appris vint m'informer que l'établissement fermait dans une demi-heure. Mélissa n'excellait pas dans la recherche d'horaires. Je me levai et lui envoyai un message en lui proposant une alternative à son étourderie. Ponctuée d'un savant mélange de points d'exclamation et de suspension, elle avoua avoir confondu avec le *Café Marly*. Je me demandai à présent si elle ne m'avait pas interverti avec un autre Roméo par la même occasion. Je ressortis du musée, promettant au Scribe accroupi et au Tricheur à l'as de carreau de revenir leur rendre visite, et jetai le ticket le plus inutilisé de l'Histoire.

La terrasse était presque pleine et je dus patienter pendant plus d'un quart d'heure : pour la table, comme pour la fille. La ponctualité avait sauté en même temps que le sens de l'orientation le jour de la distribution des qualités. Elle finit par arriver, d'un pas faussement pressé, les yeux écarquillés et le sourire forcé en déballant une série d'excuses préparées en amont comme pour un oral d'anglais. Elle était bien plus petite que ses photos l'avaient laissé imaginer, preuve en est qu'elle aussi maîtrisait l'art du Photoshop. Elle s'assit, le rictus toujours scotché à sa mâchoire et commença la discussion. Nous étions cernés de toutes parts. A gauche, des mères faisant découvrir à leurs jeunes et bruyantes progénitures l'art d'un goûter chic. A droite, un duo d'italiens aux décibels aussi élevés que la température d'une pièce à l'arrivée de Monica Bellucci. La gestuelle incluse. Je tentais tant bien que mal d'entendre les paroles de ma jolie retardataire mais celle-ci semblait avoir contracté le syndrome de la roulette sonore. Commençant ses phrases par un ton audible, elle les finissait decrescendo à la façon des dernières secondes d'un single. J'étais conscient que mon ouïe avait été fortement endommagée par des années de *Walkman* et mon passé de noctambule, que notre environnement n'était pas des plus calmes et que mon attention pas des plus scrupuleuses mais cette fille avait un véritable problème d'acoustique. Je peinais à comprendre ses propos, me préparant à tendre l'oreille sentant la fin de la phrase arriver. Imprégné de cette concentration presque douloureuse, je déchiffrais les paroles, exténué et perplexe. Mais ce déséquilibre technique n'était pas sa seule anomalie. Alors que notre relation épistolaire m'avait laissé croire que Mélissa était dotée d'un caractère incisif et pertinent, je réalisai rapidement que ses convictions avaient la consistance d'un sorbet citron laissé en plein soleil.

« J'adore leur Mont-Blanc ! dit-elle,

- C'est un incontournable ! Mais je préfère le *Paris-New York*

- Les choux avec la crème aux noix de pécan ?

-   Eux-mêmes !
-   Ah oui, ce sont mes préférés !
-   Plus que le Mont-Blanc ?
-   Égalité ! »

Les échanges aussi plats que la poitrine de Jane Birkin allongée, se poursuivirent passant en revue les thèmes voyage, famille, actualité et philosophie niveau débutant avec la même mécanique. Une mécanique qui finit par s'enrayer.

« Le premier concert auquel j'ai assisté, c'était celui des Stones en 1995 ! dis-je,

-   J'adore les Rolling Stones ! J'en suis fan !
-   L'hippodrome de Longchamps était plein à craquer, on sentait le feu dans la foule !
-   Ca devait être phénoménal !
-   *I can't get no satisfaction* a été repris par tout le monde dans un état qui frôlait l'hystérie générale. De tous les groupes, ce sont les tauliers. Ils sont uniques. Et toi, tu aimes plutôt quel genre de musique ?
-   Un peu de tout !
-   Tu dois bien avoir un chanteur fétiche ?
-   Oh j'aime bien tout le monde ! »

C'en était trop. Sa neutralité avait épuisé ma tolérance et mes vieux démons remontèrent à la surface. Mélissa usurpait les goûts et se pliait à des métamorphoses presque bipolaires. Cette jeune femme, que j'avais imaginée téméraire et percutante, n'avait aucun avis, sur quelque sujet que ce soit. Sous cette abstention totale d'opinion se cachait sans doute une peur du conflit et une appréhension maladive de l'argumentation. Cette fille me faisait penser à la Suisse, cultivant une virginité de prise de position. Mais j'ai toujours préféré Courchevel à Megève.

J'attendis quelques minutes, changeai de sujet et commençai la mise en scène de cet acte final.

« Je dois t'avouer que je suis un grand mélomane.
- Moi aussi, j'aime beaucoup la musique.
- Non mais je te parle de la vraie musique, celle qui transporte, qui se vit et se ressent. Je ne voudrais pas te paraître réfractaire à la modernité mais je ne considère pas que l'on puisse appeler « musique » ce que l'on produit aujourd'hui. C'est devenu une industrie alors que la musique se doit d'être un art avant tout. Les Rolling Stones par exemple. C'est du bruit et des gesticulations pour moi. C'est pas de la musique ! C'est surfait.
- Ah oui, je suis tout à fait d'accord !
- Mais attends… Tu ne m'as pas dit que tu étais fan il y a une demi-heure ? »

Elle reprit son sourire crispé et d'un coup, le silence se fit entendre. A gauche, les versions miniatures avaient quitté la table leurs bouches encore parsemées de miettes des viennoiseries. A droite, la pâle copie d'Aldo Maccione et son compère, en grands seigneurs, n'avaient laissé que trente centimes de pourboire en partant. L'esplanade du Louvre était déserte : nous avions visiblement beaucoup parlé pour se dire aussi peu de choses.

Pris de pitié, je relançai un sujet moins hasardeux et laissai Mélissa reprendre ses phrases en demi-teinte, tant dans le fond que dans la forme. En rentrant chez moi ce soir-là, je repensai à toutes ces filles que j'avais quittées, lassé par leurs caractères acérés, leurs sautes d'humeur qui donnent l'impression que leurs règles durent tout le mois, leurs exigences incompréhensibles, leurs caprices infondés, leurs réactions imprévisibles, leurs interprétations exacerbées qui font du banal un phénomène, leurs envies contraires et leurs réponses déroutantes. Toutes ces filles que j'avais réduites au rang d'empoisonneuses d'existences m'avaient été bien plus bénéfiques que je l'avais pensé : elles avaient donné du piment à ma vie. Elles avaient été le tabasco que l'on rajoute dans des penne all'arrabiata, le poivre que l'on mouline un tour de trop au-dessus d'une soupe, le wasabi que l'on sous-estime dans un chirachi saumon. J'avais présumé à tort que les points communs étaient à l'origine d'une étincelle, en oubliant que seul le vent pouvait attiser le véritable feu. J'avais détesté les acquiescements de Mélissa, fantasmant presque du moment où elle me contredirait. Me moquant de ces adolescentes à retardement enflammées par les nouveaux idéaux amoureux à cravache, je ne pouvais que me rendre à l'évidence : j'étais l'un d'entre elles.

*

Je ne l'avais pas vu venir. L'âge auquel on perd ses amis. Pas à cause de leurs voitures qu'on a rayées, de leurs copines qu'on a séduites (involontairement ou pas, nous ne sommes pas ici pour en faire le procès), de ce prêt jamais remboursé, de cet énième mensonge, de leurs mariages que l'on a gâchés, de leur thèse à laquelle on n'a pas assisté (qui a l'idée de devenir docteur un soir de Classico ?), de leurs problèmes d'herpès révélés lors d'un dîner flambant d'alcoolémie ou de se rapprochement avec leur mère fraîchement divorcée. J'avais perdu Fabien à cause de ses nouvelles colocataires, appelées métastases, venues se loger sans bail ni gène dans son foie, lui faisant goûter par avance aux délices de l'enfer. Quelques mois suffirent à le faire chavirer et Fabien nous quitta pour suivre ses petites traînées arrivistes et mal élevées.

Réunis avec ses amis autour de ce cercueil bien trop brillant et aux couleurs jurant avec celle de la peau de son habitant, nous regardions ce corps figé et emmailloté dans un costume qu'il n'avait pas remis depuis son dernier enterrement. C'est précisément pour cette raison que je ne garde pas de costume pour cette occasion : si l'ange de la mort constate que je n'ai rien de correct à me mettre pour le grand voyage, il ira sans doute chercher ailleurs. Nous regardions Fabien, amaigri et maquillé comme une femme désespérée. Alignés sur les chaises de l'Église Saint-Sulpice, nous attendions que la cérémonie commence, aussi attentifs au discours du prêtre qu'à une assemblée générale de copropriété. Il couvrit le défunt d'éloges et souligna des qualités auxquelles même lui ne croyait pas. Faisant le récit d'une vie qui nous paraissait si étrangère, nous en vînmes à nous demander si nous ne nous étions pas trompés d'horaire. Puis le monologue prit des allures de prêche et nous plongeâmes dans un coma céleste.

« Mes chers enfants, le Seigneur est partout et en tout temps. Il ne reste qu'à vous de savoir le trouver. Qui parmi vous a déjà eu la chance de rencontrer Dieu ? »

Aussi étonnant que cela puisse paraître, je l'avais rencontrée. Un mardi après-midi dans un café spécialiste des orthographes de prénoms improvisées. J'allais franchir la porte, mon thé au jasmin brûlant enroulé dans la manche étirée de mon sweat, lorsque la jeune étudiante apprentie barista annonça que le Latte au caramel de Dieu était prêt. Vu les circonstances, je pouvais attendre : ce n'est pas tous les jours qu'on a la chance de croiser la route de personnalités de Hauts-Lieux. Et mon étonnement fut aussi grand que si j'avais vu la Vierge. Elle bouscula délicatement les gens agglutinés devant ce micro-comptoir, et tendit son bras qui avait l'allure d'un présentoir pour bracelets ethniques vendus sur les croisettes des villes balnéaires. Le voyage continuait dans sa chevelure asséchée et pleine de petites tresses colorées. Lorsqu'elle se tourna, je vis un visage lumineux de naturel, des traits estompés et une candeur éloquente. Une fille ne m'avait pas étourdi de la sorte depuis Mathusalem. Parole de saint homme. Je l'accostai et poursuivis la conversation pendant plus de vingt minutes, le temps de remonter tout le Boulevard Haussmann. Une procession pendant laquelle j'avais appris que cette jeune fille en fleurs de cannabis, âgée de vingt-deux printemps, étudiait la biologie moléculaire à Paris Diderot. Elle sentait le parfum bon marché aux essences de synthèse vanillées et son crayon noir, seule empreinte cosmétique, coulait dans les coins arrondis de ses yeux, pareils à deux bougies chauffe-plats. Arrivés en bas de son immeuble, elle me remercia pour la compagnie et referma la porte verte et lourde, sans que je puisse reprendre mes esprits. Je laissai cette apparition sortie tout droit d'une campagne de publicité pour festival musical pendant quelques jours avant de retourner en pèlerinage sur les lieux de notre séparation. Conscient que la chance ne serait pas celle qui frappe toute bonne comédie américaine, je m'étais installé au café qui faisait l'angle avec un bouquin de quatre cent cinquante pages et sa suite. Les yeux fixés sur le porche du numéro 28, j'étais prêt à attendre sans horaire ni expectation. Certains s'enferment pendant des années, renonçant aux plaisirs de la chair et aux délices des réconciliations sur l'oreiller : je pouvais bien sacrifier une journée pour retrouver Dieu. Mon intuition fut bonne. Je dus patienter pendant plus de six heures assis à cette terrasse, dégustant tour à tour un café et sa petite sœur (ainsi que tout le reste de la tribu), une omelette champignons, un Perrier citron et un riz au lait fait maison. Et la demoiselle arriva. Aucune breloque ne manquait à l'appel. Mon argumentaire ne devait pas être si mauvais puisqu'elle accepta de prendre un verre. Le café à l'angle m'irait ? Bien évidemment, je connaissais très peu le quartier et j'adorais découvrir de nouveaux endroits... Je repris place et la serveuse haussa les sourcils en me voyant commander mon huitième expresso de la journée. Dieu me raconta que son drôle de prénom lui venait de parents anciens hippies, ayant tapissé les murs de leur appartement de clichés de Woodstock, Bob Dylan, Grace Slick, John et Yoko. Allant au bout de leur militantisme sans jamais dépasser le péage de l'A47, Laurent et Sylvie avaient prénommé leur fille de cette divine manière pour donner une existence à Celui qu'ils cherchaient. Leurs initiales LSD sur l'interphone n'étaient pas pour leur déplaire non plus.

Dieu tenait toutes ses promesses : cette fille était imprévisible et apaisante. Mes connaissances de 3ème vaguement mémorisées, je pouvais passer des heures à l'écouter me parler du pouvoir catalitique des macromolécules, du cytosquelette ou encore du transport vésiculaire par lequel elle me menait au bout d'un monde aussi abstrait que les toiles de la garderie du Musée d'Orsay. Je cultivais cette fascination de jour en jour, allant jusqu'à acheter des manuels me permettant de combler quelques lacunes qui s'avéraient être de véritables gouffres. De temps à autre, je lui glissais quelques mots savants appris dans le lexique en fin de livre. Dès qu'elle surenchérissait sur un sujet qui m'échapperait assurément, je lui souriais et m'approchais d'un geste brusque, faisant d'un baiser mon ultime argument. Je ne comptais plus les épisodes d'*Allo Docteur,* d'*Urgence* et de *Docteur Quinn, femme médecin* que je me passais en boucle, profitant des soirs où elle devait réviser pour rattraper un retard que je ne comblerais jamais. Un soir, à quelques jours d'un partiel et en souvenir de vieux fantasmes étudiants, j'avais rejoint Dieu pour partager de nouveaux apprentissages. La surprise ne fut pas celle escomptée. Un détail m'avait échappé : Dieu ne pouvait se passer de ses apôtres et la mienne en avait plus de douze... Les bras chargés de mes bouquins, d'un plateau de fromages et d'un Saint-Emilion, je fus accueilli par Ludovic. Je voulus tout d'abord chercher un lien de parenté, de voisinage ou de cursus scolaire mais la réalité me rattrapa aussi rapidement que la réaction d'un Mentos dans un verre de Coca-Cola. Touchée par la grâce, Dieu ne chercha aucune excuse mais fit preuve d'un certain étonnement : n'avais-je pas compris qu'elle était adepte de l'amour pluriel ? Je redescendis de mon nuage, arroseur arrosé d'eau bénite et l'hostie encore en travers de la gorge. Élevée par des parents qui lui avaient peut-être trop répété qu'il fallait faire l'amour et pas la guerre, cette fille avait sans doute pris leurs enseignements (trop) au pied de la lettre. L'oraison funèbre de Fabien m'avait rappelé le doux souvenir de cette jeune libérée qui au-delà de son instruction biomédicale, m'avait appris que les relations en mitose ne sont pas l'apanage des chromosomes XY. J'avais bien rencontré Dieu et elle m'avait donné une sacrée leçon.

*

Je m'engouffrais dans le métro, happé par cette odeur épouvantable d'urine et de bière, et prêt à reverser le cappuccino que je venais de boire. Les affiches décollées et taguées tombaient sur les gens qui attendaient assis les uns à côté des autres. Je me dirigeai vers la machine à sucreries. Je pris un chocolat et un paquet de bonbons acides. Avant que la proximité ne soit ma seule option à l'intérieur du wagon, j'optais pour le sans contact. Ils étaient vieux d'au moins quatre ou cinq ans. Je m'assis sur le bord d'un siège en prenant garde qu'aucune affiche ne me frôle. Combien de temps ce métro mettra-t-il pour arriver ? Une femme s'assit à côté de moi. Je tournai la tête pour savoir si c'était jouable. Encore une. Encore une femme enceinte. Y avait-il une épidémie ? Elle regardait dans le vide, les mains caressant son ventre disproportionné. Elle portait un jeans uni et large en bas, un petit haut col V qui laissait entrevoir la naissance d'une poitrine de taille standard, le tout enroulé dans une veste en laine noire qui commençait à s'effilocher. Ses yeux étaient fatigués et un peu rouges. Elle se mordillait les lèvres comme si elle était sur le point de pleurer. Je lui proposai un bonbon puisqu'ils étaient immangeables. Elle en prit un. Le rouge. Celui que je préfère. Elle me raconta qu'il lui restait deux mois et demi à tenir. Je les voyais plutôt comme deux mois et demi durant lesquels elle pourrait utiliser sa grossesse comme un alibi pour son embonpoint. Chacun son point de vue. Le métro arriva enfin. Je crus que son énorme postérieur ne réussirait pas à rentrer dans un si petit espace. Les portes se fermèrent et le métro démarra à toute vitesse.

« Alors comme ça c'est pour bientôt ?
- Je vous ai dit que c'était dans plus de deux mois.
- Mes félicitations.
- Il n'y a pas de quoi me féliciter. Je vais donner naissance à un être qui n'a rien demandé. Je vais l'obliger à vivre dans un monde où les gens n'ont plus de valeurs, plus d'ambition, plus rien. Vous par exemple, êtes-vous heureux ?
- Et bien c'est-à-dire…
- Non. Vous ne l'êtes pas. Et vous ne le serez d'ailleurs jamais parce que vous avez un métier que vous détestez et que votre patron vous méprise. Vous rentrez chez vous le soir et personne ne vous attends mis à part Claire Chazal qui va encore vous raconter qu'il y a eu vingt-trois morts au Moyen-Orient, un incendie meurtrier en Espagne, un tsunami en Thaïlande et une cinquantaine d'enfants qui sont morts de faim en Éthiopie. Vous vous endormirez satisfait parce que vous avez gagné un minable petit pari sportif.
- Mais…

- Mais quoi ? Vous allez me dire que vous vivez heureux dans la maison du bonheur ? Avec une femme merveilleuse qui vous est fidèle ? Et des enfants qui sont votre fierté ? Arrêtez. Arrêtez de penser que ce monde un jour changera. Arrêtez de penser qu'un jour ce monde vous remerciera d'avoir trié vos ordures, d'avoir jeté votre chewing-gum dans une poubelle verte. Arrêtez de croire qu'un jour ce monde fera sourire les gens qui l'habitent. Arrêtez de croire à tout cela. Vous n'avez plus le droit d'y croire. Vous avez dépassé la limite d'âge. Alors il vous reste une soixantaine d'années à vivre malheureux ou inconscient. A vous de choisir.

- Mais pourquoi vous me dites tout cela ? Vous êtes…

- Je suis quoi ? Déprimée ? Non. Lucide. Tout simplement lucide. Je ne me cache pas derrière les rondelles de tomates de mon Big Mac. Vous voyez, le problème c'est qu'il y a trop de personnes comme vous sur Terre. Je vous assure que c'est un plus gros problème que le réchauffement climatique. Tant que les gens n'auront pas compris que nous sommes fichus et que l'apocalypse est la seule chose que nous pouvons attendre avec impatience pour le bien-être de tous, les choses ne feront qu'empirer. Vous mangez de la salade ?

- Tout le monde mange de la salade…

- Non. Pas tout le monde. Moi je ne mange pas de salade. Et vous savez pourquoi je ne mange pas de salade ?

- Vous n'aimez pas ?
- Parce que je ne suis pas un animal. Je ne suis pas comme vous autres, moutons qui suivaient le troupeau. Pauvre peuple. Au final, vous êtes comme eux. Vous vous contentez d'une misérable petite vie. Une vie dérisoire et insignifiante. Vous pensez que l'humanité a besoin de vous ? Faites-moi rire. Vous êtes une plaie. Une véritable plaie. Et pas uniquement pour la société mais pour tous ces pauvres gens qui ont le malheur d'être à vos côtés. Regardez-vous ! Vous êtes blanc, moche et votre barbe pousse dans tous les sens. On ne peut pas féliciter vos géniteurs. Remarquez pour celui ou celle qui est là-dedans non plus. L'abruti qui m'a engrossée est un lâche. Un pauvre lâche aussi inutile et laid que vous. Lui aussi se cache derrière une gabardine noire et des gants en cuir. Lui aussi... »

Je restai estomaqué devant cette créature à l'aigreur inaccoutumée. Sentant le wagon ralentir, je me levai et sortis, la laissant terminer sa séance de défoulement en solo. Station « Filles du Calvaire ». J'étais perdu à cause de cette délurée. Après tout, les taxis ne sont pas fait pour les chiens.

*

Mes séjours linguistiques en Angleterre avaient été source de grands apprentissages. Entouré pendant plusieurs jours d'une ribambelle de jeunes hommes en manque d'inspiration et en surplus de testostérones, je m'exerçais à enchaîner les conversations grammaticalement estropiées et à retenir pendant quelques instants, des mots aux consonances agressives et parfois même fantasmagoriques. Si la langue de Shakespeare demeurait moins active que la mienne, j'avais adopté avec brio les us et coutumes d'outre-manche. Oswald, jeune genevois à l'expérience discutable mais admiré par une audience touchée par la niaiserie, nous prodiguait les conseils nécessaires pour tirer profit de ces escapades hors des murs de ces geôles nous servant de résidences principales. Doyen de cette assemblée pré pubère, nous buvions ses paroles l'air béat et l'esprit plus tordu que jamais. Conseiller amoureux à ses heures perdues (mais surtout perdu pendant une bonne partie de la journée), Oswald tendait l'oreille aux épris maladroits en joignant le conseil à la doléance. Loin d'avoir besoin de sa contribution théorique, j'appréciais néanmoins sa compagnie et ses conversations toujours pleines d'intérêts.

« Encore deux jours, et j'aurai atteint ma *perfect week*.

- Ta quoi ?

- Ma *perfect week* ! Une fille chaque soir pendant une semaine ! »

Oswald semblait m'initier à un concept que j'ignorais et décelant mon ignorance à travers ce mutisme, il me fit don de plus amples explications.

« Sept filles en sept jours. La semaine parfaite. »

Ce cher Oswald était un doyen à la santé de fer.

De ces années d'initiation, j'avais gardé quelques phrases me permettant de commander des œufs Bénédicte dans un café de Beverly Hills et un taxi pour se rendre chez Harrods. Pour toutes les autres demandes, j'étais adepte du langage des signes et parfois de celui de l'amour. Cette *perfect week* avait germé dans mon esprit pendant de nombreuses années, prenant parfois forme après trois ou quatre soirées en charmante compagnie. J'avais même complété certaines de ces semaines, sans y voir un défi de grande envergure. Si je souhaitais élever le niveau de cette compétition aussi absurde que stimulante, il me fallait faire jouer mon ambition et mon goût pour l'exotisme. Aux sept jours, j'ajoutai les six continents, délaissant le projet de trouver un iceberg auquel me heurter. L'idée m'était venue après avoir fait la connaissance de Marija, architecte originaire de Croatie et de Jessica, étudiante en philosophie, tout droit débarquée de Melbourne. En quarante-huit heures, j'étais passé des mosaïques de la basilique Euphrasienne aux théories de l'évolution selon Kim Sterelny, en comprenant pourquoi les femmes domineraient un jour le monde : autour d'un oreiller, elles avaient toute notre attention. J'avais été invité le soir d'après à l'inauguration d'un centre culturel balinais pour lequel mon grand-père avait fait un don astronomique déductible de ses impôts. Un don qui lui avait également valu de remporter l'appel d'offre d'un complexe hôtelier dont les propriétaires nourrissaient une philanthropie désintéressée et presque touchante. Errant comme à mon habitude parmi cette foule à l'esprit aussi ouvert qu'une boite de cassoulet qu'on veut manger sur deux jours, j'avais fait main basse sur la dernière bouteille de champagne que le maigre budget alloué à cet événement avait pu s'offrir.

« Il n'y a plus de champagne ? »

Son rouge à lèvres estompé trahissait un taux d'alcoolémie déjà bien avancé.

« Cette bouteille est vide ? »

Je continuais de simuler une surdité mais la demoiselle semblait imperméable à la subtilité.

« Excusez-moi, cette bouteille est vide ? Pourriez-vous me servir une coupe ?
- Cette bouteille est vide.
- Donc il n'est pas complétement sénile le Monsieur.
- Je vous demande pardon ?

- Je pensais que c'était votre âge qui agissait sur votre ouïe mais je me rends compte finalement que c'est votre goujaterie. »

Je ne sais plus si c'était son insolence ou ses mensurations aphrodisiaques qui me firent me tourner davantage, et lui servir les dernières gouttes. Les dernières gouttes de cette bouteille furent rapidement suivies du reste de martini blanc qui trainait chez moi depuis ma pendaison de crémaillère dans une cave à vins réhabilitée, puis d'une canette de bière japonaise offerte par le restaurant de sushi à titre commercial et qui partageait le premier étage du frigidaire avec la bûche du Noël passé. Après ce début de semaine très instructif, je perdais le rythme de cette remise à niveau culturelle, n'obtenant de cette aventure imbibée comme un baba, son seul prénom : Yuni.

Depuis mardi, j'avais fait le parcours d'un Kofi Annan en pleine tournée de pré-retraite. Nous étions vendredi et je sentais la fatigue refoulée des trentenaires me gagner. Le choix des territoires se resserrait, je devais recentrer mes troupes. En cette soirée de Saint-Patrick, je décidai de me mêler au peuple, pourvu qu'il soit né sous le signe de l'Oncle Sam. Dans ce bar plein comme les seaux d'ailes de poulets d'un fast-food réputé pour sa productivité, je repérai un groupe d'étudiantes américaines dont la longueur des robes était inversement proportionnelle à celle de leurs chevelures peroxydées qui ne manquaient pas de me rappeler l'aligot que l'on étirait à la brasserie de Madame Gensac. Décidément, j'avais faim ce soir. Miranda me permit de franchir une nouvelle étape de mon tour du monde : les américains prenaient à cœur les grandes causes. Samedi soir, je quittai le Michigan pour la Bolivie. Ou était-ce le Paraguay ? Les décibels des percussions de ce bar latino mêlés aux verres de tequila qui retombaient sur le comptoir en bois, offraient à Luisa une multitude de nationalités : peu m'importait la contrée, pourvu qu'elle soit du sud. En me levant dimanche matin, le nez humant encore l'huile de coco dont elle était enduite, je réalisai qu'il ne me restait qu'une étape pour boucler mon périple. Les prouesses physiques de ces derniers jours avaient quelques peu endommagé mon capital sommeil et c'est ainsi que plein de sagesse, je préférai m'accorder une escale et franchir ma ligne d'arrivée le lendemain. A court d'idées (ou sans doute à bout de forces), je sortis la carte Joker et composa le numéro d'Aïda. Rencontrée à l'été 2003 suite à une priorité à droite que je lui avais refusée, elle accepta mes excuses et les hortensias livrés chez elle le lendemain. Aïda s'était toujours montrée d'une grande aide. Elle connaissait les meilleurs restaurants de fruits de mer, avait des potins sur Tout-Paris, jouait ma compagne aux dîners de famille et rédigeait les texto de ruptures à merveille. En plus de son humour misogyne et de sa ligne de sourcils impeccable, son esprit était aussi ouvert que ses cuisses : cette fille était une symphonie. Notre amitié m'obligeait à une totale transparence concernant cette requête particulière. Aïda ne sembla pas surprise mais m'interrogea sur la validité de sa candidature : ne fallait-il pas que je réussisse à séduire la jeune femme pour que celle-ci puisse être comptabilisée ? A l'écoute de notre conversation, les ligues féministes auraient saisi tous les tribunaux et auraient même repris la Bastille, avec culottes cette fois. Nous avions finalement tranché que l'éligibilité d'Aïda serait acceptée si je l'invitais à dîner au préalable. Le désert fut des plus plaisants. Près de vingt ans après la découverte d'Oswald, j'avais fini par surpasser ce précoce en ponctuant cette semaine de tous les fantasmes par une touche d'universalité. Une fierté qui serait de courte durée. Mon bon ami Aurélien me rappela que si Verdi avait fait d'Aïda une héroïne éthiopienne dans l'opéra éponyme, la mienne était née à Beyrouth. Ce jour-là, je compris l'utilité des cours de géographie de Madame Grinberg du CE2 B. Pour le compas, j'attends toujours…

*

8h40. On sonna à la porte. Je me levai et me pris les pieds dans le drap. Une bonne journée qui s'annonçait. La sonnette retentit à nouveau. J'ouvris la porte et je découvris, devant mes yeux encore endormis, ma sœur avec mon neveu à bout de bras. Elle me poussa et rentra, ses fesses disproportionnées manquant de nous coincer entre les deux battants de la porte. Je rentrai le ventre et tout ce que je pouvais. Elle passa. De peu. Elle commença à parler à une vitesse telle que je ne comprenais qu'un mot sur quarante-deux. Elle reprit son souffle et repartit dans sa course effrénée. Je ne comprenais toujours pas … Je la vis poser son fils sur mon canapé en velours beige. Elle lui déboutonna son manteau, l'embrassa sur le front et revint vers moi.

« Il n'a pas pris son petit déjeuner donc faut que tu ailles lui acheter une brioche. »

Elle m'embrassa et s'en alla. Je regardai le gamin. Il était assis sur le canapé et n'avait pas bougé d'un cil. Lui non plus n'avait pas tout compris.

« Maman a dit que tu pourrais t'occuper de moi parce que y'a pas d'école aujourd'hui.
-   Et comment on s'occupe de toi ? Faut te donner quoi ?
-   J'ai faim.
-   Oui je sais elle me l'a dit…
-   J'ai faim maintenant.
-   Bon écoute Jacques…
-   Non moi c'est Jean. Jacques c'est mon petit frère et il n'a que trois ans.
-   Tu as quel âge toi ?
-   Bientôt six ans.

-   Tu es donc un grand garçon. Tu vas pouvoir te débrouiller tout seul…

-   J'ai faim. »

Nous sommes descendus à la boulangerie qui était devenu une supérette caméléon avec un stand viennoiserie, un bar à salades, un coin pour la Poste et des promotions sur les packs de lessive 2 en 1. Encore quelques mois et je pourrais venir y faire mes prises de sang. Jean marchait en faisant bien attention de mettre un pied devant l'autre.

« Pourquoi tu marches comme ça ?

-   Pour ne pas marcher sur mon pied ou salir mes chaussures.

-   Tu t'en fiches de tes chaussures…

-   Moi oui mais pas Maman.

-   Tu t'en fiches de ta mère…

-   Tu t'en fiches toi de ta maman ? »

Je préférai ne pas répondre et poussai la porte vitrée du magasin.

« Qu'est-ce que tu veux ?

-   Ce que tu veux….

-   Ce n'est pas moi qui vais le manger. Dis-moi ce que tu veux. Pain au chocolat ? Croissant ? Pain aux raisins ?

-   Je peux avoir une meringue ?

-   Une meringue ?

-   Si tu ne veux pas, je prends une brioche au sucre comme a dit Maman.

-   Non, non pas du tout. Si tu veux une meringue, on prend une meringue. »

Il avait les yeux rivés sur le panier.

« Nous prendrons une meringue et un pain aux raisins.

-   Tu dis pas s'il-te-plait ?

-   S'il-vous-plait Mademoiselle. »

La jeune fille sourit. Elle regarda Jean qui lui sourit en retour.

« Tu as de très beaux yeux ! C'est ton papa qui te les a donnés ?

-   Lui c'est pas mon papa, c'est le frère de ma maman.

-   Ah ! Excuse moi je ne savais pas ! Au temps pour moi.

-   Je peux avoir ma meringue ?

-   La voilà jeune homme ! »

Elle lui tendit le petit sachet. Il me regarda et l'ouvrit tout doucement. Sur le chemin du retour, je lui demandai pourquoi il avait hésité à prendre une meringue. Il sortit sa petite langue et essuya le sucre qu'il avait tout autour de la bouche. Il leva la tête et me regarda droit dans les yeux.

« Tu promets que tu diras pas à Maman que tu m'as acheté une meringue ?

- Si tu veux, mais pourquoi ?
- Tu promets ?
- Oui je promets mais dis-moi pourquoi ? Tu n'es pas allergique au moins ?
- Non mais j'ai pas le droit de manger ça.
- Pourquoi ?
- Parce qu'il y a beaucoup trop de sucre.
- Et alors ?
- Ta maman elle t'a jamais appris qu'il fallait pas manger trop sucré, trop salé et trop gras ?
- Si mais si on n'a pas le droit de manger ce qu'on veut à ton âge…
- Si je mange trop de sucre, j'aurai des caries et je devrais aller chez le dentiste pour qu'il m'arrache les dents. Et quand je deviendrais vieux, j'aurais du diabète et je devrais faire des piqûres tous les jours comme grand-père Antoine. »


Ce gosse avait à peine six ans et il parlait déjà comme son père. On remonta chez moi et je lui allumai la télévision. C'était les vacances, il y aurait forcément des programmes de dessins animés. Je pris une douche et revins pour m'asseoir à côté de lui. Pendant un instant, je cherchai à savoir de quoi parlait le dessin animé.

L'écran était complètement rouge. Je n'osai pas lui demander de quel personnage il s'agissait.

« Ca à l'air d'être sympa ce que tu regardes.
- Je sais que tu ne sais pas ce que c'est.
- Pourquoi tu dis ça ?
- Parce que je ne pense pas que tu trouverais un voyage dans un pancréas sympa.
- Un voyage dans un pancréas ?
- Tu vois que tu n'as pas compris !
- Mais pourquoi on vous fait visiter un pancréas ?
- Pour apprendre les parties du corps ! »

Il haussa les sourcils. Aux yeux de cet enfant de six ans, je paraissais ignare. D'où viennent les enfants qui aiment faire des visites virtuelles de pancréas ? A mon époque, on préférait Maya l'Abeille. Peut-être moins instructif certes… Il était bientôt midi et je me disais qu'il n'allait pas tarder à avoir faim à nouveau. Les enfants ont toujours faim ou soif. Mon intuition masculine ne tarda pas à se révéler véridique. Un peu plus d'un quart d'heure après, il se leva du canapé qu'il n'avait pas quitté depuis près de deux heures. Il secoua sa petite tête cachée sous une coupe au bol trop longue. Il remit son pantalon droit et baissa son polo qui s'était quelque peu remonté comme Harry Roselmack avant le lancement du portrait de la semaine dans *Sept à Huit*. Il vint vers moi et me tapota le haut de la cuisse. Je baissai les yeux et le vis plissant les lèvres.

« Je crois que c'est l'heure pour manger.
- Tu veux manger quoi ?
- Ce que tu veux.
- Je t'ai déjà dit que c'était toi qui allais manger donc c'est à toi de choisir !
- Et bien je voudrais bien manger des frites et du poisson pané…
- Tu ne veux pas qu'on aille au Macdonald ?
- Si tu veux mais promets que tu ne le diras pas à Maman.
- Mais oui ne t'inquiète pas… Aller. Mets ton manteau on y va. »

Il se rua sur le fauteuil et prit son manteau avant de l'enfiler en moins de quatre secondes. Il était prêt, attendant devant la porte, le bonnet sur la tête et l'écharpe autour du cou. Avant d'arriver, il me prit la main et me tira le bras pour que je me baisse. Il mit sa main devant mon oreille et chuchota si doucement que j'eus du mal à comprendre.

« Tu es sûr que Maman ne le saura pas ? »

Je fis un signe affirmatif de la tête et nous entrâmes dans le restaurant. Il y eut un vent d'odeurs graisseuses et j'arrêtai de respirer pendant quelques secondes. Nous nous installâmes et je lui apportai son plateau. Il regarda pendant au moins cinq minutes le repas qui se trouvait devant lui. Il avait les yeux écarquillés, pétillant de bonheur. Je voyais qu'il hésitait pour choisir ce qu'il allait goûter en premier. Finalement, il prit une frite et en croqua un bout. J'avais l'impression qu'il dégustait un toast au foie gras. Il ferma les yeux pour apprécier encore plus le goût de la frite, autant que le goût de liberté qu'il découvrait. Il mangea tout doucement, en me regardant de temps à autre avec un petit sourire malicieux aux coins des lèvres. Quand il eut terminé, nous partîmes l'estomac trop rempli. Nous marchions dans la rue, l'un à côté de l'autre. Le bout de son nez était devenu rose écarlate et de petites larmes faisaient miroiter ses yeux. Quand nous arrivâmes chez moi, je le vis qui soufflait péniblement. Je lui proposai de le porter et il inclina la tête comme s'il ne voulait que personne ne le voit. Je le pris dans mes bras et nous montâmes dans l'ascenseur. Il appuya de toutes ses forces sur le bouton. Arrivés au troisième étage, il avait déjà les yeux fermés. Je l'allongeai sur le canapé et le recouvris d'un plaid.

Je mis un DVD en attendant que ma sœur vienne récupérer son paquet. Je le regardai en réalisant finalement que j'avais de la peine pour ce petit être. Ses parents avaient rongé son enfance en l'empêchant de manger, de jouer, de se faire mal, d'éprouver le plaisir de sauter dans la boue et le bonheur d'entendre son pantalon craquer. Ils avaient gâché sa vie en l'empêchant d'être un enfant et ils avaient fait de lui un homme avant l'âge. Je sais pertinemment que je ne serais pas un bon père et que mes enfants, si j'en ai, seront sans doute mal élevés et affreusement souillons mais au moins, ils seront des enfants. Des vrais eux. Ils connaîtront les rhumes causés par les jeux sous la pluie, la barbe à papa collée dans les cheveux, l'odeur de la tarte grillée et le bruit des chaussures qui courent. Ils vivront avec ce goût d'innocence dans la bouche, au moins jusqu'au jour où ce même goût sera remplacé par celui d'une cigarette cachée ou du premier verre de bière. Il avait déjà enfilé les lunettes de la vérité et des choses qu'on aimerait ne pas voir. Pas tout de suite. Pas encore. Après cette journée improbable j'avais bien besoin d'un café. Le bruit de la machine à expresso, similaire à celui d'un paquebot à l'abordage, masquait la petite voix de Jean qui chantait. J'essayai de tendre l'oreille et ne fus pas déçu de cet effort.

« *J'suis pas ta catin Djadja…* »

Pensant que le ristretto m'était trop rapidement monté à la tête je demandais à Jean si cette douce mélodie était une chanson apprise à la chorale.

« Non c'est une chanson que ma copine Alex chante tout le temps. D'ailleurs, tu sais ce que c'est une catin Tonton ? »

Jean me prouvait une fois de plus que de vouloir en savoir plus, on finissait par devoir en dire trop.

« - Une catin, une catin... Et bien c'est une personne qui rend service... qui est toujours à l'écoute des besoins de ceux qu'elle rencontre... qui n'a pas peur de fournir certains efforts pour faire plaisir aux autres...

- Comme Mamie Hortense ?
- D'une certaine manière...
- Mais alors qui c'est Djadja ? Tu le connais ?
- Bien sûr. Djadja est un vieil ami
- C'est vrai ? Comment tu le connais ?
- On était dans la même classe
- Et il était gentil ?
- Très gentil !
- Alors pourquoi la dame de la chanson ne veut pas lui rendre service ?
- Et bien c'est plus compliqué que ça... La dame de la chanson et Djadja se sont rendus beaucoup de services et peut-être que la dame est fatiguée... Tu as compris ?
- Oui en fait c'est vraiment comme Mamie Hortense et Papi George.
- Voilà... »

Après cet intermède musical et cette explication de textes qui auraient valu à ma sœur un infarctus, on sonna à la porte. Sophie avait décidemment le don d'avoir un train de retard. Elle me demanda ce qu'il avait mangé, ce qu'il avait bu et ce qu'il avait pu voir. Je lui répondis en mentant magnifiquement. Je lui dis ce qu'elle voulait entendre et ces deux prisonniers de la vie partirent dans la nuit qui commençait à tomber. Ce pauvre petit avait toute une vie à remplir devant lui, mais sans être passé par la case départ.

*

Je fus réveillé par le tintement strident du message. Un sifflet décuplé par l'état de léthargie duquel il m'avait sorti. L'écran était barbouillé de banderoles. Les lettres et les numéros jaillissaient, portés par la lumière du fond. Je décryptais au rythme de ma résurrection. Les noms familiers apparaissaient. Julien demandait si j'étais toujours chaud pour un tennis en fin d'après-midi, ma mère me suggérait de répondre à l'invitation à dîner de ma tante, L'Equipe.fr me rappelait qu'il restait quelques heures avant le match de ce soir. Seule une suite de chiffres demeurait inconnue. Julien et ma mère attendraient pour leurs réponses, les joueurs de Laurent Blanc attendraient pour mon pronostic. J'ouvrai le message, espérant qu'il serait signé d'une main féminine. La réalité fut au-delà de mes espérances : elle prit rapidement l'aspect cauchemardesque de ma hantise la plus féroce. Les premiers mots coulèrent le long de mon dos en même temps que les sueurs froides auxquelles ils avaient donné naissance. Puis ce fut mon corps entier qui se figea. Je sentis une vague de chaleur remonter le long de mon œsophage, comme la porte d'un four que l'on ouvre après un programme de pyrolyse. Je relus les mots, doucement. Calmement. Un par un. Préférant croire que j'avais une défaillance oculaire, ou même une dégénérescence subite mais éphémère.

*« J'ai longtemps hésité avant de t'envoyer ce message. J'ai conscience que cette nuit, tu ne t'en souviens que très succinctement. Je sais que je n'ai été qu'une parmi d'autres, une autre parmi quelques-unes. J'ai longtemps voulu effacer ton existence de sa vie mais ce n'est plus possible aujourd'hui. De cette nuit à Lisbonne, je garde plus qu'un souvenir : une partie de toi. J'ai longtemps réfléchi à la façon dont je pourrais te l'annoncer, mais aucune de mes idées ne semblait adéquate. Je ne te demande rien, ni pension, ni assistance. Je ne te demande rien en fait puisque la demande vient de lui. Il s'appelle Kylian, il aura quatre ans le mois prochain et il voudrait juste mettre un visage sur celui qu'il devrait appeler* Papa. *»*

J'ai pensé que la correspondante de mauvais augure s'était trompée. Quinze millions de touristes l'année dernière et il faudrait que ça tombe sur moi ?

« *Mademoiselle, vous vous êtes surement trompée de numéro. Bonne continuation dans vos recherches.* »

« *Je me doutais que tu essaieras de nier et de te dérober une nouvelle fois. Mais je suis sûre du numéro et surtout du lâche qui se cache derrière.* »

« *Écoutez Mademoiselle, vous faites erreur. Je compatis beaucoup à votre situation, mais je ne suis pas celui que vous cherchez.* »

« *Mai 2010. L'enterrement de vie de garçon de ton copain Arthur. Le bar* Cinco Lounge. *Vous aviez la table du fond. Une première bouteille de vin, une tournée de cocktails. Une deuxième bouteille. Une troisième. Toujours les mêmes cocktails.* »

L'envie de vomir me saisit. Un goût amer et acide remontait. Je sentais mon front se perler et mon estomac s'alourdir. Le souvenir de cette table ronde, du troisième *Green Destiny* et de la serveuse aux extensions brunes.

« *Comment as-tu dit que tu t'appelais ?* »
« *Sophie.* »
« *Je n'ai jamais couché avec une Sophie.* »
« *Parce que tu demandes leurs prénoms avant peut-être ?* »

*« Je n'ai jamais couché avec une Sophie. Ma sœur s'appelle Sophie. Je n'ai jamais couché avec une Sophie, je suis formel. Tu fabules complètement. »*

*« Tu as une cicatrice sous l'omoplate gauche. Environ dix centimètres, douze tout au plus. »*

La colonne vertébrale se détachait de mon dos. Mes pieds étaient envahis de fourmis et mes mains d'une moiteur écœurante. J'étais incapable de bouger, stoïque et sonné comme si je venais de me recevoir une boule de démolition en plein visage. Je fermai les yeux, réunissant toute la concentration qui me restait pour me remémorer cette soirée dans les détails les plus précis. Nous étions arrivés dans ce bar, avions commandé à boire et à manger. Nous avions fini dans un karaoké au milieu d'un groupe de finlandais qui fêtait l'enterrement d'une autre vie. Aucune fille ne me venait à l'esprit.

« Salut Arthur, c'est moi. Ca va ?

- J'ai pas dormi de la nuit, Élisa fait ses dents et elle…

- J'ai besoin de toi.

- Tu es encore à découvert ?

- Tu te souviens de ton enterrement de vie de garçon ?

- Oui, pourquoi ? Tu veux le nom de l'hôtel ?

- J'étais rentré seul ?

- Mais non, nous étions tous rentrés ensemble.

- Pas à Paris. Après le bar et le karaoké. Est-ce que je suis rentré avec quelqu'un à l'hôtel ?
- Je m'en souviens plus.
- Souviens-toi. Je t'en prie, c'est important.
- Demande à Aurélien, il était dans la même chambre que toi. »

*« Aurélien, rappelle moi très vite. J'ai quelque chose à te demander, c'est vraiment important. Rappelle-moi s'il-te-plait. »*

Mon portable avait cessé de sonner depuis près d'un quart d'heure et pourtant mes tympans retentissaient comme l'écho d'un gong. Un son lourd et silencieux, qui pique l'oreille. Aurélien ne rappelait pas. Et Sophie renvoya un message.

*« Ton mutisme en dit long… Tu ne me dois rien mais pense un peu à ton fils. Grandir sans jamais mettre un visage sur son père… J'aurais dû lui dire que tu étais mort depuis le début. J'ai été si bête… Si bête et si naïve… J'aurais dû me méfier lorsque tu m'as laissé dégringoler les escaliers après que mon talon se soit pris dans une des tringles. »*

Illustration parfaite de ma goujaterie. Je commençais à me reconnaître dans ses dires. Inquiétant constat.

*« Écoute Sophie, je ne sais pas qui tu es, qui a pu te donner mon numéro, comment t'es venue cette histoire de fils illégitime mais je te répète que tu te trompes de personne. Je suis bien allé à Lisbonne et dans ce bar. Mais je n'ai jamais couché avec toi. Je suis désolée de la situation dans laquelle tu t'es retrouvée mais je n'en suis en aucun cas responsable. »*

J'écrivais ces mots sans la moindre conviction. L'angoisse s'était emparée de tout mon corps. Mes mains étaient passées de moites à glaciales, presque cadavériques. Si cette fille disait vrai, j'étais tombé dans le piège que j'avais toujours redouté. J'avais pensé que le coup pourrait venir de celles à qui j'avais accordé un peu trop d'importance, celles que j'avais revues plus de trois fois. Mais comment cela ne pouvait-il pas être vrai ? Les détails étaient trop précis, les coïncidences trop insensées. Je venais de basculer dans une dimension sans autre issue que le poids de cet enfant qui viendrait pourrir mon existence. Aucun rattrapage, aucune alternative à ce tourment. J'étais un condamné sans sursis ni liberté conditionnelle. J'allumai une cigarette qui se consuma avant même que je puisse tirer une deuxième taffe. Nouveau message.

*« Kylian a simplement envie de rencontrer son papa. Essaye de le comprendre et fais ce qui te semble bon… »*

Le désordre s'était établi. Un désordre accablant et que je savais irrémédiable. Mon insatiabilité était la seule à blâmer.

J'étais rentré en plein dans le mur de mon inconscience. J'alternais entre l'envie de pleurer et d'hurler. Et pourtant, rien ne pouvait sortir. Muet comme je ne l'avais jamais été. Ou peut-être une fois. A Courchevel en 2001. J'avais ramené Anastasia au chalet sans me rendre compte que je portais un collant en cashmere quatre fils. Son fou rire me laissa de marbre. Elle quitta la chambre et je demeurai sur le lit : muet comme je ne l'avais jamais été.

A ce moment-là, j'aurai tout donné pour avoir des collants et même un porte-jarretelles plutôt qu'un gosse sur le dos. Alors que je détestais ceux des autres depuis bien longtemps, le mien avait la primeur de ce dégout. Ne me souvenant même pas de sa mère, il y avait de grandes chances qu'elle soit d'un physique peu avantageux et même avec une moitié de bons gènes, cet enfant ne parviendrait pas à ressembler à quelque chose de correct. Je venais de découvrir que mon ADN se baladait depuis près de quatre ans dans la nature et j'avais la quasi-certitude qu'elle n'avait servi qu'à réaliser un brouillon. Kylian, rien que le nom. Je n'ai jamais compris cet engouement qu'ont les parents à prénommer leurs enfants par vague. La dénomination de sa progéniture devrait-elle être cyclique ? Il y avait l'année des Thomas, celle des Chloé, des Kevin, des Sophia, des Lisa ou des Julien. Ce phénomène m'a toujours fait penser aux chiens que l'on nomme en fonction de leurs années de naissance. Lorsque ma sœur est partie faire ses études à Grenoble, mon père a offert un Shar-Peï à ma mère. A poil hirsute, les yeux enfoncés et le corps parsemé de bourrelets : à s'y méprendre avec Sophie. Nous étions en 1998 et les chiens nés cette année-là, devaient avoir un patronyme commençant par la lettre O.

« Que penses-tu d'Offenbach ? Ou Odéon, Oscar ?

- Je te laisse choisir ma chérie, c'est ton chien.

- Onassis ! Comme l'armateur !

- Ou Olga puisque c'est une femelle.

- Olga c'est déjà ma tante…

- Oona ? La jeune épouse de Chaplin.

- Un peu trop court…

- Olympe ? Olander ? Comme le joueur de tennis suédois.

- Je pensais qu'il s'agissait de MON chien…

- Je ne fais que suggérer ma douce.

- Et Ouellebecq ?

- L'auteur des *Particules Élémentaires* ?

- Et pourquoi pas ? J'ai adoré ce bouquin !

- Là n'est pas le problème…

- Je m'en serais doutée… Tout ce que je peux dire doit être contredit avec toi… De sempiternels reproches, des remarques à foison, des critiques intarissables et encore et encore et encore…

- Houellebecq c'est avec un H, pas un O… »

Ma mère s'était tue. Fauchée en plein vol vers une plaidoirie de revendications. Avant de quitter la pièce, j'avais prononcé ces quelques mots :

« Appelez-la Orifice. Comme ça la ressemblance avec votre trou du cul de fille sera complète. »

Aujourd'hui, assis sur ce lit qui sentait la peur et la lâcheté, c'était moi le trou du cul.

Aurélien n'avait toujours pas répondu. Pas d'autres messages de Sophie. Et Kylian qui devait en être à son deuxième bol de céréales devant un épisode d'Olive et Tom. Ou en train de voyager à travers un pancréas en 3D.

Aurélien finit par me rappeler. Il me dit que j'étais rentré avec une fille le soir de l'enterrement de vie de garçon d'Arthur. Je lui demandai quand même si elle était jolie. Il me dit qu'elle avait un certain charme. Ca ne présageait rien de bon quant au physique du petit Kylian. Je finis par lui avouer que ce coup d'un soir s'était transformé en coup du sort. Voir en coup de bambou.

« Il fallait s'y attendre mon grand… Je t'ai toujours prévenu que ta fougue te perdrait… Peut-être qu'elle est sympa cette Sophie après tout…

-   Je t'ai pas dit qu'elle s'appelait Sophie…

- Si, tu m'as dit que c'était la fille que nous avions rencontrée à Lisbonne
- Oui mais à aucun moment je t'ai dit qu'elle s'appelait Sophie…
- Il me semble bien… Enfin je n'ai pas pu l'inventer… »

C'est à ce moment-là que je compris que j'avais été la victime du vice de mes amis. Ils s'en étaient donnés du mal pour que leur plan fonctionne. Mais plus le génie est grand, plus la faille est proche. Aurélien avait acheté un téléphone à puce et mes charmants compères s'étaient réunis un dimanche matin pour perpétrer leur acte depuis un café Place des Vosges où l'on sert de merveilleux croissants aux amandes. La farce ayant prise, ils avaient poursuivi avec des club sandwiches et une salade aveyronnaise.

A la découverte de cette plaisanterie manquant de goût et d'intérêt, je raccrochai. Je ne ressentis ni colère ni rancœur. Juste un sentiment de pitié affligeante. A quel moment leurs vies avaient-elles sombré dans le pathétique ? Avais-je été dans ce même train qui les avait mené à un tel déclin ? Cette pensée m'angoissait bien davantage que ce fils présumé qui n'était plus. Je me levai. L'expresso serait bien plus serré que d'habitude.

\*

Dans la religion que je pratique, le jeudi soir est un jour saint. A l'approche de ce moment sacré, mon âme monte vers les cieux et mes sens se décuplent : c'était comme si chaque semaine, je prenais mon dernier repas. La journée se remplissait des tracas et jubilations divers avant qu'arrive l'apothéose remarquable durant laquelle je franchissais le seuil de ma porte, à la façon de l'empereur partant livrer bataille. Une bataille contre la montre puisqu'au moment divin du jeudi soir, le temps ne s'arrête pas, il coule au même rythme que le gin tonic. Une bataille contre tous les soldats insouciants et téméraires qui empruntent mon chemin. Sur la route qui me mène à celles que je choisis pour conquêtes, la place de mes opposants n'est autre que le fossé. Le combat est loyal mais si disproportionné : ni l'expérience de mes aînés, ni la vigueur des plus jeunes n'ont connu victoire face à l'aura inexplicable du grain de beauté niché dans le creux gauche de mon cou. Le calendrier était structuré et la programmation didactique : je m'assurais d'être un habitué des lieux dont on parlerait dans six mois. A ce jeu, mon instinct était celui d'un Rosenberg flairant le potentiel d'un Picasso. Ce soir-là, le champ de bataille était un *speak-easy* proche de la rue de Bretagne. La façade représentait une onglerie des années 80 avec pour seule vierge la sacro-sainte Madonna. Les apôtres avaient sans doute pris congé aux Bains Douches et le petit Jésus s'était réincarné sous les traits d'un Will Smith au bel air. Le perfecto s'annonçait de bon augure. La messe pouvait débuter. Je pénétrais dans cette pièce en baissant la tête et en levant les yeux. Le plafond était recouvert de capsules de bières.

Je sentais bien que le décorateur avait donné de sa personne et il n'était pas improbable que l'idée soit le fruit de la collecte de matériel. Je commençais l'enivrement hebdomadaire par le parfum bon marché de la barmaid. Un nez aurait pu obtenir un arrêt de travail rien qu'en s'approchant de cette jeune fille coiffée d'une queue de cheval sur la côté. La brassière en skaï et le jean taille haute sentaient la friperie de seconde zone. Le faux tatouage en barbelé qui entourait son bras coulait à l'une des extrémités, quant aux créoles qui lui pendaient aux oreilles, elles oxydaient son lobe lui donnant peu à peu une appartenance au peuple élu des Schtroumpfs. Elle me servit un cocktail à base de grenadine, malabar et rhum. Il en fallut trois pour que je me lève enfin et m'installe dans un canapé deux places à la vue enchanteresse. Un quatrième verre que Tess (que je soupçonnais d'avoir pour réelle identité Chloé ou Jessica) m'apporta sans que je n'ai à le commander et je vis s'approcher une panthère aux reflets auburn et à la jupe très serrée. Elle s'assit à côté de moi, malaxant sa cheville avec les lèvres pincées : j'eus presque peur que le silicone se perce. Je la regardais. Ses yeux étaient charbonneux et son décolleté parsemé de taches de rousseur artificielles. Elle avait ôté sa sandale dorée *Stuart Weitzman* dans laquelle son pied parfaitement pédicuré avait dansé le Mia de trop. La jambe remontait jusqu'au morceau, ridiculement petit, de jersey noir qui lui servait de jupe. Des bagues plein les phalanges et les bras recouverts d'un pull en cashmere noir. Elle était vraisemblablement à la recherche du bonheur selon les préceptes du Saint-Laurent. « *Une femme heureuse, c'est une femme avec une jupe noire, avec un pullover noir, des bas noirs, un bijou fantaisie et un homme qui l'aime à ses côtés ».* J'allais rapidement me retrouver Berger de cette brebis égarée.

« Vous avez trop serré la bride.

- Je vous demande pardon ?
- Vous vous êtes tordue la cheville car la bride était trop serrée.
- Vous êtes docteur ?
- Non, directeur Europe de Monsieur Weitzman. »

Ses yeux s'illuminèrent et ses lèvres reprirent une coagulation normale. Elle se redressa, plaça sa jambe déchaussée sur l'autre, releva la manche gauche de son pull et dans un mouvement d'ultime nonchalance oscarisée, s'accouda au dos du canapé. A la vue de ses mains, je compris que ses vingt-cinq printemps avaient, eux aussi, appartenu aux années 80. Le voyage dans le temps était complet.

« Alors tout ça est de votre faute.

- Une femme de votre élégance ne doit pourtant pas manquer d'expérience.
- C'est vrai que j'ai souvent l'habitude des talons qui se fendent et des étalons qui se cassent.
- C'est que vous les choisissez mal.

- Ils se prétendent tous merveilleux au début.
- Ou qu'ils étaient défectueux à l'origine.
- Et vous assurez le service après-vente ?
- Sans doute, sauf si nous parlons toujours de chaussures. »

Laurence remit sa sandale et posa une gabardine sur ses épaules. Nous sortîmes dans la rue et la magie des douze coups de minuit avait fait disparaître l'entorse qui lui donnait cette démarche disgracieuse. Avec l'air de *Boys Boys Boys* encore dans la tête, je faisais défiler les rues aussi vite que les photos honteuses d'un iPhone. La jupe serrée survécut à l'embarcation en moto et nous arrivâmes au 14 rue de la Tour-Maubourg dans un silence religieux. Je n'eus pas le temps d'observer les deux colonnes de part et d'autre de cette porte qui me mènerait au septième ciel. Elle me prit par la même main qui tenait ses sandales. Je cohabitais à présent avec le mélange Vodka *Red Bull* séché qui masserait sous ses semelles. Quant à ses pieds, je me prenais à rêver qu'ils passeraient par la case douche avant de sonner le glas. L'appartement était dans un état chaotique, ce qui ne présageait rien de bon pour mon envie de grandes eaux. Laurence posa ses sandales sur un guéridon encombré et m'embrassa la tête penchée à quatre-vingt-dix degrés. La dame avait trop vu de films en noir et blanc. Elle me pria de m'asseoir et se rendit dans la cuisine, sans doute ayant dépassé l'horaire de prise de ses cachets pour la ménopause. Enfoui dans un canapé tassé, je vis un cadre en plexiglass posé sur la cheminée. Je me levai observer la photo de plus près. Les cheveux étaient plaqués en arrière, le nez caché dans la main droite, et le reflet du photographe dans le miroir en arrière-plan. C'était une farce du destin : j'avais éprouvé une sensation particulière dans ce lieu mais si cet appartement ne m'était pas tout à fait étranger, c'est que mon œuvre y résidait depuis quelques années. Cette photo en noir et blanc et aux bords décolorés par le nettoyant pour vitres qui s'y était introduit, illustrait le pire souvenir de mon été 1999. Après quatre mois de négociation et une suite de mensonges aussi longue que la chevelure de Cher, je goûtais enfin au croquant d'une jeunesse aseptisée. Le périple avait été pittoresque, la destination mythique. J'avais comme compagnon de route mon ami Virgile, guide spirituel de ce qui allait être mon voyage initiatique. Nous avions quitté la capitale infernale pour atteindre, au fur et à mesure des huit cent quatre-vingt-onze kilomètres, le paradis. Passé la gare d'Aix-en-Provence, purgatoire où nous avions terminé les dernières chips au paprika, je commençais à sentir les trois coups de la divine comédie qui s'annonçaient. Arrivé à la maison de famille, fier de la valise à roulettes que j'avais acheté dans une boutique pour hommes modernes et naïfs, je l'ouvrai en plein milieu du salon rafraîchi par les murs en pierre blanche. Des chemises à déboutonner, un flacon du *Mâle* de Jean-Paul Gaultier encore dans sa boite, le blouson en jean *Chevignon* et les Pascals soigneusement planqués entre deux maillots de bains. Mais celui qui allait me faire passer les plus belles vacances de la décennie 90 était callé entre la trousse de toilettes et les mocassins *Tod's* : mon *Leicka*. Persuadé d'être possédé par le génie d'Avedon, j'étais prêt à immortaliser toutes la faune et la flore de la région : les champs de lavande musicale, les orangers offrant l'ombre aux cachotiers et les petites anglaises nostalgiques de leur reine Mary Quant. Après dix-huit jours de débandade injurieuse, nous allions passer notre dernière soirée plus tranquillement, sur une plage qualifiée d'inconnue mais aussi fréquentée qu'un bar de la porte d'Auteuil un après-midi de finale de Roland-Garros. D'immenses sceaux de peinture waterproof faisaient office de frigo et le rosé prix cassé coulait à flots dans les verres en plastiques et sur les décolletés hâlés des hollandaises dont c'était la première cuite. Virgile avait retrouvé une bande de copains assis près de la rive. Je conversais avec Yann qui avait immédiatement remarqué la beauté de l'appareil. Lui aussi faisait un peu de photo « à l'occasion » mais sa technique avait tout à envier à la mienne. Au bout d'une vingtaine de minutes, il se leva et me demanda de le suivre. Il s'arrêta à la porte des toilettes des filles. Le carrelage du sol était percé de milliers de talons et les lavabos préservés par l'hygiène discutable des utilisatrices.

« Regarde cette scène. Tu es au plus près de leurs intimités, plus sensationnel que si tu regardais à l'intérieur de leurs sacs à main. »

En s'émoustillant devant ces demoiselles qui ne faisaient rien d'autre que se maquiller, il venait de tomber dans les bas-fonds de la virilité et ne représentait guère plus qu'une petite fille de sept ans à frange et aux baskets à l'effigie des Spice Girls. Il prit l'appareil et se mit à mitrailler en se tortillant légèrement selon l'angle. La petite fille était donc gymnaste. Une quinzaine de filles venaient de sortir du temple des retouches maquillages et Yann en accosta une et lâcha le *Leicka* au profit de Samantha. Curieux de voir ce que cette grotesque activité avait de si palpitant, placé à l'angle perdu, je laissais défiler les scènes de genre. Mon doigt appuya sur l'objectif lorsque l'écran se remplit d'une masse noire. Je zoomai en arrière et le sujet fut pris en rafales. Je fus remarqué et l'intéressée vint vers moi les yeux écarquillés.

« C'est ton genre le voyeurisme ?

- Oh ça va détend-toi, je prenais la fille à côté.

- Et menteur en plus. J'espère que tes photos sont meilleures que tes excuses. »

Une insulte aurait été instinctive mais aucune ne me vint à l'esprit à ce moment-là. L'insolente s'appelait Séverine et rentrait en première année de droit. A mon habitude, j'avais changé mon année de Terminale en Licence de Gestion d'Entreprises et mes dix-neuf printemps contre les vingt-deux de mon cousin Jérôme dont la date de naissance me servait de sésame à l'entrée des boîtes. Le jean taille basse avec empiècements en dentelle était d'un assez mauvais goût mais je pardonnais facilement cette faute puisque la nature avait été clémente pour ce qui ne se retirait pas au coucher. Avant de quitter cette plage bondée, la demoiselle que le rosé avait débridée, me donna son numéro et le moyen mnémotechnique pour le retenir jusqu'à Paris.

« 01.44.75.29.81. Le débarquement, Paris, le jeudi noir et Mitterrand. »

La combinaison repassait en boucle dans ma tête, ces quatre images se succédant dans un rythme accéléré.

Le retour à Paris fut neurasthénique. Les gens étaient moins beaux, les trottoirs plus étroits, les pizzas du midi plus sèches et l'air irrespirable de mélancolie. Deux jours après la rentrée, j'avais composé cette suite de dix chiffres et je me demandais, comme Patrick, si la belle Séverine me répondra-t-elle ? J'avais des chances puisque les cours à la Fac ne reprenaient qu'en Octobre. Le destin se mit de mon côté et elle décrocha le combiné que j'imaginais très kitsch et peu raffiné, à l'image de sa tenue estivale. Peut-être un téléphone recouvert d'une fourrure rose ou en forme de canette *Coca-Cola*.

« Je pensais que tu n'avais pas réussi à retenir le numéro.
- J'avoue qu'au premier essai j'avais mis le crash boursier avant le D-day.
- C'est parce qu'elles sont loin pour toi les leçons d'Histoire-Géo.
- Tu cultives bien ton insolence.

- Et toi tu vas attendre combien de perches avant de me proposer un verre ? »

Dans un pur esprit de contradiction, je lui avais donné rendez-vous au cinéma Odéon. J'avais prétendu être en scooter : je préférais qu'elle pense que je n'avais pas de permis plutôt qu'une carte orange. Je la vis de loin, une mini-jupe kaki forme patineuse qui dévoilait l'arrière de ses cuisses encore bronzées lorsqu'elle se mettait sur la pointe des pieds. La mèche de devant avait été particulièrement travaillée au *Babyliss* et le blush mal étalé sur les pommettes. Deux places adultes pour « *La neuvième porte* ».

Ce jeu perdura jusqu'au début du mois de décembre. Pour éviter de passer devant l'immeuble d'une fille à qui j'avais fait croire que j'étais le fils caché de Johnny Hallyday, j'avais emprunté le boulevard Pasteur. Il était dix-sept heure trente et de l'autre côté du trottoir gisait une foule de collégiens dépités pour les uns, émoustillés pour les autres. Les résultats du brevet blanc venaient d'être affichés. Dans cette masse, j'aperçus le sac *Mandarina Duck* porté en bandoulière, reconnaissable entre mille par cette tache d'encre sur la doublure au fond à droite. J'observais cette désinvolture orchestrée, ce mimétisme amateur qui ne confortait qu'elle. L'assurance maquillait son visage sur lequel apparaissaient des expressions exagérées, au rythme d'un métronome invisible mais bien réglé. Elle exultait dans cette foule candide et insolente, impératrice à la prestance bradée. J'aurais pu ce jour-là traverser.

Traverser et lui infliger une correction à la hauteur de sa mythomanie exacerbée. Une humiliation remarquable, ponctuelle, triomphante. J'aurais pu traverser ce jour-là mais avais-je véritablement envie de gratter la fascination d'un groupe aussi misérable ? Je détournai le regard, laissant la démasquée dans l'illusion de sa supercherie : savoir ce qu'elle ignorait était la vengeance la plus délicieuse. Pendant plusieurs jours, je ne répondais pas à ses appels. Elle naviguait dans une incompréhension dont je savourais chaque doute, chaque questionnement. Je ne lui offrirai pas le luxe d'un énième mensonge. Les jours passèrent, et le téléphone continuait à sonner. Les sonneries se succédaient en rafale avant de disparaître pendant une durée indéterminée mais toujours très brève. Tristement brève. Elle était venue en bas de chez moi un soir où j'étais sorti réviser les principes d'économie chez Jordan. Ma mère avait fait preuve d'une finesse involontaire mais admirable en lui répondant que j'étais sorti tout court. Le jour de l'an avait marqué le début d'une nouvelle page et lassé de ce petit jeu, je décidai de mettre fin à ce sordide acte II.

Ma cousine Marion était la SRF (sans relation fixe) de la famille. Un poste qu'elle se faisait un plaisir de mettre à la disposition de tous : accompagnatrice de baptême, de mariage ou d'enterrement, elle officiait également, de temps à autre, en freelance. Ses services étaient payés en nature : chocolats, marrons glacés, tarte tropézienne ou pain d'épices selon la saison. Grande, pas si mince mais maîtrisant l'art du camouflage vestimentaire, Marion se crêpait les racines pour créer une ressemblance capillaire avec Claudia Schiffer et gardait toujours une paire de talon de douze dans le coffre de sa voiture sans permis. Ce jour-là, Marion allait participer à l'acte final de la farce dont j'avais été victime puis tortionnaire. Saisissant toute la gravité de la situation, ma chère cousine avait remplacé la paire de douze par des cuissardes de quatorze. La tête qu'elle me prenait m'avait fait hésiter un moment mais mon désir de représailles avait repris le dessus bien assez tôt. Au bras de Marion et de ses un mètre vingt de jambes, je me dirigeais devant ce lycée où j'avais été bafoué quelques semaines auparavant. La cloche venait de retentir et le trottoir se noircissait peu à peu. Je vis sortir Séverine, un blouson en skaï et les cheveux tressés. L'air naturellement supérieur, elle tenait son sac à dos sur une épaule pour singer le côté nonchalant de Vanessa Paradis à l'heure de ses premières virées. Elle me vit, sa mine décomposée mais prête à me servir un énième mensonge sur le plus beau plateau d'argent. Elle s'approcha, baissa la tête et la remonta doucement, une main dans sa mèche de devant. La scène était d'un pathétique funeste. Toute l'attraction que j'avais pu éprouver pour elle prenait fin à cet instant. Elle s'aperçut de l'existence de Marion et Séverine comprit. Je n'eus pas à ouvrir la bouche, ni même à faire un geste. Le silence avait été mon plus remarquable orateur. Son sourire tomba et la nonchalance qu'elle avait voulu adopter se transforma en une foudre introvertie. Ses yeux se faisaient charge de répondre à mon affront : ils étaient pleins d'insultes, faisant vœux d'un mépris éternel. Je pris Marion par la main, en lançant un « *Tu viens chérie ?* » très débutant. C'est ainsi, presque trop facilement, que j'avais mis un terme à cette amourette dérisoire créée de toutes pièces par l'imagination prodigieuse de deux adolescents.

Un terme éphémère que j'avais retrouvé sur le canapé d'une femme en mal de fougue. Cette famille serait pour toujours un anachronisme à ma vie. Je repris ma veste jetée sur le sol ayant bien besoin d'être revitrifié. Avec toute l'agilité d'un homme en état d'ébriété, je quittai la scène du crime dont je ne pouvais me déculpabiliser : une lâcheté indéniable mais savoureuse. En descendant les escaliers si récemment montés, j'entendis la voix de Laurence. Elle avait donné vie aux insultes que sa fille avait gardées sous silence quelques années auparavant. En plus du goût pour les micros-vêtements et les dialogues à double sens, j'offris à la mère et à la fille un autre point commun : le parfum de mon indélicatesse.

*

J'allais presque tous les jours à *La Fontaine d'Or*. Ce petit restaurant avait l'emplacement idéal. Situé à la sortie de Beaubourg, les visiteurs se ruaient par dizaines pour déguster une entrecôte française de qualité. Les parisiens endurcis affluaient aussi, un journal dans une main et une gabardine sur le dos. Peu importe d'où nous venions, après avoir franchi le seuil de la porte vitrée, nous étions aspergés de *french touch*, un petit accent chic se glissant dans nos voix qui commandaient un bœuf bourguignon ou une tarte tropézienne. En fond, un disque de Brel passait en boucle sans que personne ne s'aperçoive de cet intrus venu du Plat Pays. Le claquement délicat de la vaisselle en porcelaine se mélangeait au brouhaha constant et harmonieux de la salle à manger. Sur les murs, des photos de toutes ces personnalités qui avaient eu la chance de goûter aux coquilles Saint-Jacques ou aux quenelles de brochet. Je m'asseyais toujours en-dessous de Piaf. Cette photo avait été prise dans ce même restaurant plus de cinquante ans auparavant. Elle souriait, la tête penchée sur le côté, les yeux rieurs. Cette femme m'avait toujours fasciné, la considérant comme une grand-mère de substitution. C'est ainsi qu'à chaque fois que j'entrais dans la petite salle lumineuse, mon regard se rivait sur cette table, craignant à chaque fois qu'elle soit déjà occupée. Si elle l'était, j'attendais patiemment qu'elle se libère et se refasse une beauté : mon repas n'en était que meilleur. Je m'installais et je sentais ce regard heureux se poser sur mon épaule. Je me rendis un jour à *La Fontaine d'Or* et m'assis à ma place habituelle. Un serveur m'apporta la carte que j'ouvris sans la lire, sachant déjà ce que j'allais prendre. On me posa une bouteille d'eau pétillante et je vis une femme s'approcher de moi. Elle s'assit à la table d'à côté, la table de Bourvil. C'était une femme qui incarnait à elle seule l'élégance et le raffinement. Elle portait un costume noir et une chemise blanche avec le col relevé. Ses cheveux jais étaient ramassés dans un chignon impeccablement tiré. Ses yeux bridés lui donnaient un regard foudroyant qui contrastait avec son teint d'opale. Une fois assise, elle ôta ses gants en cuir noir. De la même manière pour chaque main. J'étais subjugué par tant de charisme. Elle laissa échapper un discret « merci » quand on lui tendit le menu. Elle l'ouvrit doucement, comme pour s'assurer de ne pas l'abîmer. Je vis qu'elle fronçait légèrement les sourcils. Je lui demandai si elle avait besoin d'aide. Elle m'offrit un délicieux sourire qui regorgeait de toute la timidité qu'elle possédait. Elle accepta en me disant que les plats avaient des noms beaucoup trop complexes pour son maigre vocabulaire. Son charmant accent provenait tout droit du pays du soleil levant. Elle étudiait la littérature française à l'Université de Keio et c'était son deuxième voyage au pays de Lamartine, Balzac et Proust. Nous avons commencé à parler de tout et de rien. Je lui fis part de mon amour fictif pour le Japon : les sushi, Hello Kitty et Katsumi. J'étais admiratif devant tant de richesse culturelle. Elle me cita quelques vers de Verlaine et réussit même à me ressortir un morceau du monologue de Rodrigue dans *Le Cid*. Elle me raconta qu'elle voulait partir à Londres, puis Madrid et Rome. Elle adorait l'Europe. Comme tout le monde. Je lui avais conseillé de prendre un feuilleté au fromage et un verre de bordeaux 1995. Elle suivit mes conseils et nous avons continué à discuter de la sorte pendant près de trois quarts d'heure. Tout d'un coup, elle me questionna sur toutes ces photos qu'elle voyait au-dessus de nos têtes. Je lui expliquai que la dame en question était Édith Piaf. Elle écarquilla les yeux et commença à fredonner *La Vie en Rose*. Je rigolai et félicitai sa culture musicale. Et là, dans un élan de mythomanie, je lui dis que cette dame était ma grand-mère. Ses yeux s'écarquillèrent davantage et j'eus peur qu'ils finissent dans son assiette.

« Vous êtes le petit fils d'Édith Piaf ?

- Oui, enfin un de ses petits enfants puisque nous sommes quatre. »

J'avais revêtu mon costume du parfait fabulateur. C'en était fini. J'avais plongé la tête la première dans un océan de mensonges irréversibles.

Au fur et à mesure que je lui racontais cette vie que je n'avais jamais vécue, elle buvait mes paroles avec la même délectation que pour son grand cru. Je lui avais parlé des tournées à New York et des heures passées à faire mes devoirs près des rings de boxe. Les mensonges coulaient de ma bouche et j'arrivai à un stade où je ne pouvais même plus les contrôler. Mes phrases étaient ahurissantes et je persistais dans cet engrenage avec entrain et assurance. Les dates se mélangeaient et donnaient encore plus d'incohérence à mon discours insensé. Nous en étions au dessert et je lui conseillai le baba au rhum. Le déjeuner prit fin et ses yeux étaient comme vernis. Je l'invitai pour paraître gentleman. Je la raccompagnai jusqu'à la station de taxi la plus proche et en partant, elle me donna un baiser fougueux. Cette fille avait trop vu de films hollywoodiens. C'était un baiser grotesque. Un baiser inutile et de mauvais goût. Je vis le taxi s'éloigner doucement, emportant avec lui une fille bien trop naïve et crédule. Pour une fille qui étudiait la littérature française, elle avait certainement dû omettre le fait que nous sommes de beaux parleurs.

*

Ce matin, mon père m'avait appelé pour me dire que le sien était mort. Je lui présentai mes condoléances en lui rappelant que c'était la vie : tous avaient une fin. Il commença à pleurer et je posai le téléphone en activant le haut-parleur pour que je puisse me faire un café tout en écoutant ses pleurs. Au bout de trois minutes vingt-quatre, je repris l'appareil et simulai un double-appel. L'enterrement était prévu pour dans trois jours. J'avais le temps d'oublier. Soixante-douze heures après ce coup de fil bien trop matinal, j'eus droit au service après-vente, me rappelant l'horaire où le vieil homme serait mis sous terre. Il ne pleuvait pas ce jour-là mais le vent automnal nécessitait un imperméable. C'était l'occasion rêvée de sortir ma gabardine Burberry. Avec sa couleur violette et de son motif intérieur à carreaux, je ne l'avais jamais encore portée. Le jour J était enfin arrivé. J'avais mis la chemise et la cravate assorties ce qui rendait ma tenue d'une insolente élégance. J'avais préféré une coiffure un peu ébouriffée pour illustrer mon désarroi inexistant. Il fallait être au cimetière aux alentours de onze heures trente et la cérémonie commencerait vers midi. Je ne voulais pas arriver en retard pour m'épargner la voix stridente de ma mère me faisant la morale. J'étais là à l'heure, habillé, sobre et sans femme à mon bras. Ils étaient tous en noir comme si c'était la meilleure manière de cacher leur gourmandise d'héritage. Ils se voulaient malheureux d'un mort dont la vie ne leur avait pas profité. Ils se cherchaient des regards vidés par la désolation et des flots de larmes qu'ils n'arrivaient pas à produire. Ils se montraient anéantis en gardant à l'esprit que leurs comptes bancaires ne seraient jamais aussi remplis. Ma mère n'avait pas oublié sa petite voilette et ses gants en dentelle noire. Je regardais cette foule qui était venue rendre hommage non pas à l'homme, mais au chef d'entreprise employant plus de huit mille personnes à travers le monde. Pour la plupart, ils ne connaissaient ni sa femme, ni sa vie mais la couleur de sa carte de visite et l'endroit exacte où il avait implanté sa dernière usine. Il se trouvait là, dans cette camionnette noire surchargée de fleurs bien trop colorées, dans une boîte en acajou, décorée d'une croix dont il s'était fichu toute sa vie durant, et dans un costume de grand couturier qui resterait pour un brin d'éternité sous un amas de terre. Je suis persuadé qu'il aurait préféré être jeté à la mer avec la tenue dans laquelle il avait vécu les deux premières minutes de sa vie. On lui aurait mis un disque de Léo Ferré et il serait parti le sourire aux lèvres, entouré des personnes qui l'avaient vraiment compris. La cérémonie commença et ma sœur augmenta la production de larmes. Mon père restait droit et hochait la tête de temps à autre  pour bien montrer que lui, n'était pas encore dans la boîte. Je suivais ce cortège burlesque, en entendant mon estomac crier famine et mon esprit hurler ennui. Nous arrivâmes à l'emplacement du trou et un silence vint glacer l'assemblée qui respirait l'hypocrisie. Quatre hommes robustes et aux regards ternes soulevèrent le cercueil et le posèrent quelques mètres plus loin devant le curé. Je vis dans cette foule une chevelure blonde. Je m'étirai le plus possible pour voir le corps qui accessoirisait cette crinière dorée. Elle avait des yeux azur et des cils étoffés par un mascara qu'on devinait de qualité. Son petit nez en trompette était aussi charmant que les fossettes qu'elle avait au coin des joues. Le col de sa gabardine noire était remonté et son petit béret lui donnait cet air de Bonnie. Aucun Clyde à l'horizon. Le prêtre continuait d'inventer une vie de mari idéal à mon grand-père. Elle soupirait en jouant nerveusement avec les lanières de son sac. Je cherchais son regard que je finis par trouver. Elle me sourit timidement. Le contact était désormais établi et cet enterrement commençait à me convenir de plus en plus.

Je demandai à ma sœur si elle la connaissait et elle me répondit, essayant de garder son ton dépressif, que c'était la conseillère en images de la société. C'était à elle que l'on devait le nouveau logo et les emballages recyclables. Je comprenais à présent les raisons pour lesquelles le vieil homme avait réussi à tenir jusqu'à près de quatre-vingt-cinq ans : elle avait su en plus de rajeunir l'image de la marque, lui redonner l'envie de travailler. Devant une telle situation, je me devais de la remercier. Je reculai doucement jusqu'à elle. Plus que quelques centimètres nous séparaient. Je pris mon portable et tapotant à toute allure quelques mots, je lui glissai mon petit bijou de technologie dans la poche. Elle sursauta, se demandant ce que c'était, puis quand elle découvrit mon petit texte, tapota à son tour avant de me le rendre. Un fragment de seconde plus tard, on entendit un bip retentir dans le cimetière désert. Le prêtre s'étouffa et tous les regards se tournèrent vers moi. Je fis mine de regarder la petite vieille à moitié folle qui était juste devant. Je lui dis à l'oreille, mais assez fort pour que tout le monde entende, qu'il fallait éteindre son téléphone. La blondinette m'avait envoyé son numéro, me permettant de commencer cette conversation sans paroles. Elle s'appelait Ingrid et avait travaillé près de deux ans aux côtés de mon grand-père. Sa mère était hollandaise et son père, breton. Elle vivait avec sa sœur dans un petit appartement pas loin de l'Opéra. Avant d'arriver à Paris, elle avait vécu à La Baule. Autant dire que la pluie ne lui faisait ni chaud, ni froid. Elle avait fêté ses vingt-huit ans la semaine dernière dans une boîte branchée de la capitale. Elle se remettait à peine de cette orgie dont ses cernes étaient les témoins. Le prêtre continuait à baratiner son public endormi pendant que j'apprenais à connaître cette adorable plante. En l'espace de quelques phrases, mon grand-père était devenu un père modèle, un mari idéal, un fidèle pieux et sage, un patron généreux et compréhensif et un pianiste talentueux. Il avait vécu avec tous les défauts mais était mort avec toutes les qualités. Pour ses derniers instants à l'air libre, il avait eu droit à un torrent d'éloges capable de laver toute une vie de péchés. L'homme en noir termina son monologue et on entendit ma sœur pousser un cri de fausse tristesse. Elle aurait dû être actrice : elle aurait épousé Guillaume Canet ou Benoit Magimel à la place de son raté de boucher. Les quatre robots vinrent rechercher mon grand-père dans son coffret et le posèrent délicatement au fond du trou. Nous nous mîmes en file indienne comme un groupe d'enfants attendant son goûter. J'eus envie de rire en voyant ma sœur trébucher su un petit caillou mais la peur du regard perçant que ma mère me jetterait, m'en dissuada. J'attendis mon tour sagement et fis comme tout le monde en mimant un soupir quand je regardai pour la dernière fois la boîte en acajou et la petite croix en argent. Je savais qu'à présent le plus dur était derrière moi et qu'après le déjeuner qui nous attendait, je pourrais rattraper le temps perdu. Ingrid était encore là. Sa peau avait blanchi à cause du vent froid et sec mais ses yeux brillaient toujours autant. Le soleil à son zénith faisait ruisseler ses cheveux qu'elle avait relevés en une queue de cheval approximative. Je m'approchai d'elle et lui demandai si elle voulait que je l'accompagne jusqu'à la salle. Elle me répondit qu'elle préférait prendre sa voiture mais qu'il y avait une place pour moi. Un clin d'œil fit office de réponse. Je m'esquissai discrètement et nous partîmes du cimetière avant même que le curé eut terminé son ridicule discours de clôture. Elle rit à la vue de ma gueule d'ange et ma gabardine violette. Elle me dit qu'elle imaginait les petits-enfants comme des gauche caviar coincés et désireux de rébellion.

Je lui fis remarquer que ma sœur n'était pas loin de son ravissant portrait sauf pour le caviar peut-être : Sophie préférait l'andouillette. Nous montâmes à bord de sa Fiat 500 qui sentait le neuf et dès qu'elle alluma le contact, j'entendis les premières notes de John Legend. Elle me demanda si la fumée me gênait, je lui proposai une cigarette. Elle rit encore une fois. Ses joues retrouvaient peu à peu leurs couleurs. Elle me demanda quelle relation j'entretenais avec mon grand-père. Je lui répondis en trois mots : Noël, Pâques et Anniversaire. Je le voyais trois fois par an mais c'était à chaque fois un moment de bonheur : un bon cigare, un martini et trois heures à critiquer ma mère. Un délice. Il me racontait que ni mon père ni les autres ne le connaissaient. Ils pensaient qu'il aimait le golf alors que ça le rendait malade de louper le téléfilm du dimanche après-midi. Ils lui faisaient manger des mets qu'il ne digérait pas. Ils jouaient avec sa vie en voulant la rendre toujours plus extravagante, toujours plus incroyable, toujours plus ostentatoire. Ils voulaient une vie sous les projecteurs pour qu'eux aussi aient droit à la lumière. Il n'avait jamais aimé les gens qui l'entouraient. Il trouvait sa femme intéressée, son fils incapable et ses collaborateurs assoiffés de jalousie. Il préférait de loin un chocolat chaud devant un film de John Wayne plutôt qu'une soirée mondaine où il rencontrerait M et Mme De. Personne ne prenait en compte ce qu'il voulait véritablement. Personne ne lui demandait ce qu'il avait envie de manger, ce qu'il avait envie de faire, où il avait envie de passer ses prochaines vacances. On lui dictait sa vie au jour le jour, comme un feuilleton de série B. Il subissait son existence et regardait ses jours filer devant lui sans rien pouvoir y faire. J'étais certainement l'être que mon grand-père aimait le plus sur cette terre car j'étais le seul à ne pas s'intéresser à lui. Je le laissais être celui qu'il voulait être sans se préoccuper du nombre de mains qu'il avait serrées ou du chiffre d'affaire qu'il avait réalisé l'année passée. Ce qui m'importait véritablement, c'était de savoir s'il y avait assez de billets dans son portefeuille en croco pour m'acheter un chocolat liégeois et un sac de billes. A chaque fois qu'il me voyait, il me saluait de la tête en demandant froidement quelles bêtises j'avais faites dernièrement. Un jour, ma grand-mère m'avait dit que j'étais comme lui : aussi insociable, aussi dragueur et aussi négligent des conventions. J'étais tout simplement rassuré de ne pas ressembler à mon père. Ingrid sourit. Sans rire cette fois. Elle jeta sa cigarette par la fenêtre comme une petite fille craignant d'être prise en flagrant délit. Nous arrivâmes au salon où avait lieu le déjeuner. Caviar, foie gras, saumon et blinis frais. Ils n'avaient pas pu faire moins clinquant, moins cliché. J'avalai en vitesse quelques toasts au homard et, un verre de martini à la main, me dirigeai vers la terrasse. Il faisait si froid qu'aucun de ces vautours ici présents n'était sorti prendre l'air. Une asphyxie d'animaux puants la tartuferie. Elle vint me rejoindre. Elle n'avait goûté qu'au saumon qui était trop fumé d'ailleurs. Le champagne piquait et elle aussi avait été étouffée par cet oxygène empuanti. Je la pris par la main et nous partîmes sans dire au revoir à aucun de ces rapaces. Nous sommes rentrés chez moi et avons fait l'amour. Son sein gauche semblait plus petit. Je préférais dire le droit était plus gros. J'ai toujours relativisé. Le lendemain, elle partit avant l'aube et laissa derrière elle un post-it sur la cafetière.

« Merci pour le café. A bientôt. ».

C'est ce qu'il aurait dit. A bientôt.

*

Vendredi 9. Après une journée désolante au journal, je voulais me réconforter en m'offrant une folle soirée. J'avais appelé plusieurs amis qui savaient toujours quoi faire un vendredi soir. Au programme, un bon restaurant qui venait d'ouvrir, suivi d'une sortie en boîte. Je commençais à retrouver le sourire à l'annonce de telles festivités. Je rentrai chez moi aussi vite que possible et me changeai. Mes cheveux n'étaient pas terribles mais comme le reste était parfait, personne ne remarquerait ce détail. Je mis mes chaussures vernies noires, celles que j'avais achetées quelques jours auparavant. Quel bonheur. Elles étaient tout simplement sublimes. J'avais l'impression d'avoir de l'or aux pieds. Je partis rejoindre mes amis dans ce fameux restaurant dont toute la presse mondaine faisait l'éloge. J'arrivai avec un quart d'heure de retard pour ne pas changer le cours des choses. Nous commandâmes tout de suite. *La Fin*. Leur spécialité. Je fus le seul courageux, prêt à me lancer dans cette aventure gustative à mes risques et périls. Quand le plat arriva, je sentis le piment monter jusqu'à mon nez et mes yeux commencèrent à se remplir de larmes. C'était un plat de nouilles extrêmement pimentées mais exquises. Les autres avaient pris des classiques : sushi, tartares et brochettes. Touchante preuve de leur virilité. Le restaurant était sombre et, les spots oranges au-dessus de nos têtes, les seules sources de lumière nous permettant d'avoir une vague idée de ce que nous mangions. Cela faisait longtemps que je n'avais pas dîné avec cette bande d'ignares. J'avais, paraît-il, passé les plus belles années de ma vie avec eux. Quentin avait toujours était le moins simplet. Avocat à la cour, il travaillait à présent dans un cabinet où on ne lui donnait que des litiges entre des vieilles et leurs coiffeurs : la perpétuité pour une permanente qui a mal tourné. Sa copine l'avait plaqué pour un avocat qui venait de monter son cabinet. Romain. Il était monté à Paris pour devenir notaire mais fut vite rattrapé par sa festivité marseillaise qui le poussait à écumer toutes les soirées branchées. Il avait obtenu un poste chez un informaticien où il se contentait de vendre le matériel le plus cher aux entreprises qui tombaient dans son collimateur. Steve. Dernier mais pas moindre. Ses parents avaient voulu lui donner un prénom américain mais on ne pouvait pas dire que cette initiative lui avait réussi. Il riait à tout et de rien, ne comprenant que la moitié de mes phrases. C'était un brave type qui avait passé sa jeunesse à se tuer au tennis en espérant devenir le prochain Yannick Noah. Ce groupe, avec qui j'avais fait les quatre cents coups, n'était pas des plus excitants mais bien utile dans les moments d'oisiveté et d'ennui. J'en étais à mon troisième martini tant mes pâtes étaient piquantes. Je n'avais jamais mangé aussi épicé de ma vie. J'avais l'impression que ma gorge allait bientôt cracher de la lave brûlante. Je n'arrivais pas à finir mon plat. Je préférai m'apaiser en mangeant toute la corbeille de pain arrosée d'un quatrième martini. Pour le dessert, je n'allais pas me faire avoir comme pour le plat, me montrant moins téméraire et plus prudent. Leurs *tunnel blanc* ferait l'affaire : une pavlova aux litchi, le tout en version monochrome. Leur carte était bien trop poétique à mon goût. Quand nous sortîmes de ce restaurant aussi chic que choc, j'avais encore cet arrière-goût de piment dans la bouche, cherchant désespérément un épicier ouvert pour acheter des chewing-gums. Pour la seconde partie de soirée, ils avaient prévu une boîte près des Champs-Élysées. J'étais prêt à tout. Je n'avais plus rien à perdre. Il y avait une queue d'une cinquantaine de personnes. Nous passâmes devant toute cette foule de petites gens. J'ai toujours aimé dépasser les faibles. La boite était pleine à craquer. Des filles à tous les coins qui trémoussaient leurs petits corps frêles langoureusement. Leurs lèvres pulpeuses et leurs yeux aguicheurs. Steve venait d'embrasser une petite dizaine de filles clonées les unes aux autres. Ses connaissances, m'avait-il dit. Une table nous attendait. Je pris la bouteille de vodka et vidai le quart dans un verre que je bus cul sec. J'eus pendant une seconde les yeux dans le vide. Je riais. Je vis une sublime blonde qui se blottissait contre une rampe. Je m'approchai et la saisis par le bras avant de l'emmener vers ma table. Sa main était glacée mais son cou perlait de sueur, collant ses cheveux fins comme un collier en filigrane. Elle me tira par ce qui restait du nœud de ma cravate et m'embrassa goulument comme dans une mauvaise télé-réalité. Puis, elle recula en gardant sa main sur ma cravate. Elle percuta le mur et j'eus peur qu'elle se brisa le dos, tant elle était maigre. Ses yeux étaient fermés et elle ne les réouvrait plus. Elle continuait à danser, la tête se balançant de droite à gauche et sa bouche à moitié ouverte. Je voulus l'embrasser une fois encore mais la sentis tomber. La musique me tapait la tête et les lumières me brûlaient les yeux que j'avais du mal à maintenir ouverts. Elle s'écroula par terre en un petit tas d'os et de chair. Je reculai à mon tour. Je repris la bouteille de vodka que je vidai entièrement dans ma bouche. Je ne sentais plus rien. Plus rien. Je sortis de la boite. Un pied devant l'autre. Je riais. J'avais les mains glacées. J'avais le dos en nage. Je riais. J'avais les jambes tendues. J'avais les yeux rouges. Je riais. J'avais les bras lourds. J'avais la bouche pâteuse. Je riais. J'arrivai place de l'Etoile. L'Arc de Triomphe était illuminé. Je riais. J'entendais encore la musique résonner encore et encore. Résonner toujours dans cette tête folle. Je riais. Maintenant que c'était la seule chose que je pouvais encore faire. Rire. Je riais tant et plus que je finis par tomber à terre, plié en deux. Je me relevai en continuant à rire. Je m'appuyai sur un poteau rugueux. Je fis un pas, puis deux. Je me remis à rire. Encore un pas, encore un deuxième. Je fermai les yeux et j'avançai avec cette musique dans la tête. Je soufflai. J'entendis un rugissement et quand je tournai la tête, une lumière blanche m'aveugla et je tombai en arrière sur les pavés mouillés de la place de l'Etoile. Ça avait été une soirée mortelle.

*

J'entendis un tintement. Un bip. Une voix. La voix de quelqu'un. Quelques mots. C'était la voix de mon père. Je soufflai. Ma sœur. J'entendais sa voix. Il me fallut un moment pour trouver la force d'ouvrir une paupière à moitié. Ma vision était rayée comme une vidéo mal enregistrée. Ma mère était près de la porte avec un café dans la main. Elle faisait mine d'être préoccupée. Mon père se précipita en criant que j'avais ouvert les yeux. J'ouvris le deuxième pour lui faire plaisir. J'avais l'impression de voir en noir et blanc tant les couleurs autour de moi étaient fades. Une infirmière s'approcha et me prit la main. Elle vérifia une poche remplie d'eau ou d'une substance licite qui y ressemblait. Je continuais à cligner des yeux peinant à comprendre ce que je faisais là, pourquoi tous ces gens m'entouraient. Les sourcils froncés, je regardais d'un bout à l'autre de la pièce. L'infirmière nous quitta. Mon père se rapprocha de moi en m'offrant son sourire le plus béat et me demanda comment je me sentais. Mal, bien entendu. J'entendais des échos qui venaient de toutes parts. Que s'était-il passé ? Je ne me souvenais que de l'Arc de Triomphe, là, devant mes yeux dans la nuit noire. J'avais la bouche sèche, très sèche. J'avais du mal à avaler. Je respirais fort et lentement. Pourquoi j'étais dans ce lit avec cette blouse en tissu ?

Que faisaient ces petits fils plantés partout sur mon corps ? J'avais du mal à tourner la tête. Ma mère jeta son café dans la petite poubelle en plastique avant de s'approcher à son tour de moi, arborant un sourire hypocrite. Elle me demanda, elle aussi, comment je me sentais. Elle n'avait rien trouvé d'autre à me dire pour remplir ses fonctions maternelles. Elle tira la petite table où il y avait un plateau en plastique rouge abîmé sur les côtés. Elle souleva la cloche et je découvris une assiette de ragoût beigeâtre. Le plat fumait et venait faire de la buée sur le verre mal nettoyé. Un yaourt et une petite part de flan agrémentaient cet exquis repas. Je pris la cuillère tordue et la plongeai dans cette infâme purée. C'était gluant, visqueux et brûlant. Très fade aussi. Je n'arrivais même pas à distinguer les aliments. Tout avait le même goût, ce goût de rien. Après trois cuillères, je repoussai l'assiette et pris le yaourt. Périmé dans deux jours. Il était hors de question que j'avale une seule goutte de ce poison. J'ôtai le film protecteur pour goûter au flan. Encore ce goût de rien. Je préférais attendre de rentrer chez moi pour ingurgiter quoi que ce soit. Je voulus me lever mais ma mère se précipita pour m'en empêcher.

« Non, non, non ! Le docteur a dit qu'il fallait que tu restes te reposer un peu après ce qui t'est arrivé ! Tu ne bouges pas d'ici, je vais le chercher. »

Elle repartit en trottinant comme les mauvaises actrices de série B qui courent après quelqu'un. Le Docteur Douglas entra dans la chambre. Il était grand, plutôt mignon et avec de très grands yeux. Sa blouse blanche et son stéthoscope lui donnaient une allure encore plus impressionnante. Bien que cet endroit m'était insupportable, je ne comptais pas le contrarier. Il s'approcha comme un boxeur qui monte sur le ring : calme et vif. Je m'enfonçai dans le lit, le dos bien plaqué contre le coussin.

« Bon. Vous vous êtes réveillé. C'est bien. »

Il craqua ses doigt et saisit son stéthoscope d'un seul geste. Le John Wayne du service de réanimation. J'avais retrouvé toutes mes forces en un instant. Il regarda brièvement le paquet de feuilles que lui avait donné l'infirmière. Il n'avait pas l'air très intéressé et je me posai la question de savoir si c'était bon signe…ou pas. Il regarda l'horloge et son portable.

« Il n'y a rien de très grave Je pense que vous pouvez rentrer chez vous mais évitez de boire pendant au moins une semaine ou deux. »

Je me levai et me dirigeai vers le cagibi qu'ils appelaient salle de bains. De l'eau glacée. J'avais l'impression d'avoir le visage brûlé par cette nuit de tous les excès. J'avais besoin de rentrer chez moi prendre une douche. Je m'habillai rapidement et partis. Mes parents voulaient que je reste quelques jours chez eux mais l'emprisonnement avait assez duré. Je profitai du moment où ils remplissaient les papiers pour attraper un taxi et récupérer un peu de ma dignité.

*

C'est bon de retrouver la vraie vie. Je n'avais passé que quelques heures dans cet hôpital, semblables à quelques heures d'éternité. J'avais bénéficié d'un arrêt de travail mais mon patron avait envoyé la sécurité sociale vérifier que j'étais bien chez moi. Deux jours plus tard, j'étais licencié et heureux de l'être. Je décidai de partir un peu pour changer d'air. Je cherchai mon portefeuille. Il n'était pas chez moi, j'en étais certain. J'avais regardé partout : dans le frigo, dans les tiroirs de la salle de bains, dans le coffre, sur l'étagère des DVD, sous le paillasson. Nulle part. La dernière fois que je l'avais ouvert, c'était dans la boite. Depuis, aucune dépense : j'avais su me débrouiller avec les économies de la boîte à gâteaux. Je l'avais probablement oublié à l'hôpital. Je me rendis une nouvelle fois dans cet endroit morbide. Deuxième étage. L'ascenseur puait le liquide pour nettoyer les vitres. Cette odeur me piquait le nez.

« Bonjour, j'ai été hospitalisé il y a quelques jours et je voulais savoir si j'avais oublié mon portefeuille dans… »

Non, je ne bougerai pas. Je m'assis sur un des sièges bancals installés dans le couloir et profitai du va et viens inconsciemment séduisant des infirmières. La légende était fondée. Mon regard s'arrêta tout d'abord sur un trio de métisses. L'une d'elles était accoudée sur le comptoir de l'accueil, le visage posé dans le creux de sa paume. Ses avant-bras nus disparaissaient sous une chemise large laissant place à mon imagination : à vue d'œil, j'aurais misé sur un 85C. Puis une jolie blonde traversa le couloir d'un pas assuré, emmitouflée dans une sur blouse, retirant le chapeau en non-tissé de sa tête. Cet hôpital avait un potentiel non-négligeable. Je tâcherai de m'en souvenir au prochain accident domestique. Mes ardeurs furent calmées par un brancard qui passa devant moi, un drap blanc couvrant le corps. Il n'avait pas eu autant de chance que moi. L'horloge qui pendait au-dessus de ma tête me rendait nerveux. Cet écho incessant des aiguilles qui tournaient, tournaient en un mouvement uniforme, mécanique. Ce bruit me donnait la migraine. Après vingt minutes d'attente dans cette salle de la mort, une infirmière vint me chercher. Elle était plutôt enrobée. Même bien enrobée. Sur ses bras, des plaques rouges d'eczéma et sur ces pieds, du vernis fuchsia cachait la crasse qui macérait sous ses ongles. Elle portait l'uniforme avec disgrâce. En se baissant pour ouvrir le tiroir, je vis sa gaine couleur chair bronzée. Ce morceau de tissu compressait ses cuisses probablement capitonnées. Elle avait une énorme cloque sur le haut du talon gauche ainsi qu'un ongle incarné. En remontant, rien ne s'arrangeait. Ses fesses étaient plates mais larges comme de la pâte à pizza étalée. Elle devait certainement porter une culotte taille extra-haute car je remarquai au niveau de son nombril un pli. Ou peut-être était-ce un énième bourrelet ? Curieusement, elle avait une toute petite poitrine comparativement à son important volume de graisse. Son double menton cachait des marques rouges quand elle tendait le coup. Derrière des lunettes violettes à doubles foyers, ses grands yeux verts me fixaient. Son nez était un véritable nid à points noirs qui laissait pourtant sa place au duvet épais qui recouvrait le contour de sa bouche en tombant sur le côté.

« Le voilà ! »

Elle me tendit le portefeuille et je l'ouvris afin de vérifier qu'il s'agissait bien du mien.
« Je vous remercie beaucoup mademoiselle… ? »

Je hochais la tête pour lui faire comprendre que j'attendais son prénom.

« Oui, oui. Mademoiselle. Pas encore Madame. »

Elle sourit timidement.

« Bon et bien merci et à la prochaine… »

Elle me regarda et fit une sorte de petite grimace.

« Je vous souhaite de ne pas revenir ici de sitôt… »

Elle laissa échapper un léger petit gloussement qui lui donna un certain charme. En réalité, un charme certain. Je finis par me diriger vers l'ascenseur. A peine j'entrai dans la cage de métal que mon nez me piqua à nouveau instantanément, et ma migraine revint de plus belle. Nous nous entassâmes dans cet espace ridiculement petit à l'air presque irrespirable. Au fur et à mesure des étages, les gens partaient et je me retrouvai seul prisonnier. En une fraction de seconde, la lumière aveuglante des néons s'éteignit. Je me retrouvai dans cette cellule aérienne avec pour seuls éclairages les boutons rouges des étages qui scintillaient comme des guirlandes de Noël sur un sapin de supermarché. Je cherchai dans ma poche un briquet que j'avais volé sur une table de café. Je l'allumai. Je fus agréablement surpris quand je vis que je n'étais pas le seul à souffrir d'un tel manque de chance. Elle était près de la porte. L'infirmière à gaine. Penchée sur le côté droit de son corps. Je m'approchai d'elle et je vis ses yeux clos. Je la secouai et elle se réveilla en sursautant. Le nombre minime d'heures de sommeil par nuit ne lui laissait pas d'autre choix que de gratter la moindre minute, entre deux étages, entre deux pauses café. Elle ne me demanda même pas pourquoi l'ascenseur s'était arrêté et pourquoi il faisait si noir. Elle soupira et prit un talkie-walkie qu'elle sortit de sa poche. Elle baragouina quelques mots de jargon puis appuya sur trois boutons en même temps. Elle me regarda et me dit, comme pour me rassurer, que ce n'était rien et que ça arrivait très souvent. J'étais à présent tout à fait rassuré. Quelques secondes de silence total s'écoulèrent avant que je trouve le courage d'ouvrir la bouche et de lui demander combien de temps elle était restée coincée la dernière fois. Elle sourit de la même manière qu'elle l'avait fait en me rendant mon portefeuille et me jeta un bref « quelques minutes » qui me refroidit instantanément. Je fis mine de rester calme mais au bout de quatre minutes, mes doigts commençaient à pianoter le long de la rampe métallique. Il en fallut cinq supplémentaires pour que je sente des gouttes couler derrière mon dos et deux de plus pour qu'enfin je craque et me lève d'un bond. Je tournai et retournai dans tous les sens. Elle ria et me demanda de me rasseoir et me calmer. J'étais pourtant très calme. Très, très calme même. Beaucoup trop calme. Je me rassis. J'avais en réalité la peur au ventre comme jamais. Elle vit mon angoisse et s'approcha un peu plus de moi. Elle prit ma main et m'appuya le plus fort possible. Elle m'expliqua qu'elle venait de me toucher un point censé diminuer mon stress d'une façon considérable. Je ne demandais pas mieux. Je ressentis l'effet de sa réflexologie au bout de quelques minutes. Nous étions coincés dans cet ascenseur depuis bientôt une demi-heure. Je lui demandai si elle travaillait à l'hôpital depuis longtemps. Elle me sourit et répondit poliment qu'elle était sur le point de finir son stage. Intéressant. Elle hésitait encore pour son transfert. On lui avait proposé d'être mutée à Toulouse. Toulouse, c'était joli et agréable en été mais sa famille habitait en banlieue parisienne. Elle ne semblait pas avoir d'attache du type fiancé, chien ou enfant. Toulouse, elle ne connaissait personne et les soirées d'hiver risquaient de lui paraître longues. Je n'avais pas de conseils à lui donner puisque depuis que je suis en âge de raisonner, j'ai tenté de m'éloigner le plus possible de mes géniteurs. Elle me regarda les yeux écarquillés et me demanda timidement la raison de cette indépendance prématurée. Je lui répondis brièvement que les liens du sang ne retiennent pas forcément. Je discutais avec elle depuis plus d'une heure et je ne connaissais toujours pas son prénom. Je relevai la tête et lui posai la question fatidique. Celle que je n'aurai jamais dû poser. Elle s'appelait Clarisse comme l'une des maîtresses de mon père. Je me souvins que je l'avais démasqué le jour de la réunion parents-professeurs de mon année de CM1. A seulement neuf ans, j'avais fait preuve d'une extrême lucidité face à la situation qui se présentait à moi. J'étais rentré plus tôt de l'école pour regarder le Club Dorothée. J'ouvris la porte et courus à l'étage déposer mon cartable, enlever mon pull en laine qui grattait et attraper le paquet de bonbons acides caché sous mon lit. Je dévalai les escaliers une seconde fois et allumai la télé. Je me précipitai à la cuisine pour prendre une brique de jus d'orange et j'entendis le début du générique. L'extase. Quelques secondes plus tard, incapable de contenir mon excitation, je bondissais sur le canapé en lin en jetant par terre les coussins en taffetas que ma mère avait fait venir du Bengale. A la fin du générique, j'entendis la clef dans la porte et mes yeux se rivèrent sur l'horloge Louis XV. 16h07. Ma mère était chez le coiffeur, ma sœur, sans doute, à la bibliothèque et mon père en réunion. Je coupai le son et me cachai en dessous de la table basse. La serrure peinait à céder. Qui était-ce ? S'il s'agissait de cambrioleurs, ils pouvaient se servir mais j'espérais qu'ils épargnent ma collection de chewing-gums.

La porte finit par s'ouvrir et là, j'hésitai entre rire et hurler de rire. Mon père badigeonnait la bouche d'une femme avec des chaussures en daim vert poubelle. Il était encore plus maladroit que moi, malgré ma petite expérience et son vieil âge. Elle lui demanda s'il n'y avait personne. Il lui répondit très vite que sa femme était chez le coiffeur, sa fille à la bibliothèque et son fils en train de faire les quatre-cents coups. Il n'avait pas tout à fait tort. Il enleva sa gabardine et elle jeta son sac sur le pouf. Ils commencèrent à monter les escaliers. J'attendis qu'ils soient arrivés en haut et je rampai doucement. Je chantonnais dans ma tête la bande originale de James Bond, ce qui rendait la chose d'autant plus exaltante. Je finis par arriver au seuil de la chambre de mes parents et donnai un grand coup de pied dans la porte en criant au feu ! Au feu ! Au feu ! Au feu ! Je vis mon père sauter hors du lit et la femme près de lui, à moitié déshabillée, crier en montrant toutes ses dents. Je poussai un autre hurlement pour empirer la situation et finis dans un éclat de rire remarquable. Je tombai par terre, plié de rire, et me tenant le ventre de peur qu'il sorte de mon corps gesticulant. Mon père et son amie dévêtue restèrent de marbre pendant quelques secondes avant qu'elle reboutonne son chemisier et fronce les sourcils. Mon père, furieux et honteux, me prit par le bras et me sortit du lieu d'adultère. Il me demanda de descendre et je lui répondis que j'avais justement un épisode des *Chevaliers du Zodiaque* à terminer. Quelques méchants tués plus tard, mon père et son amie dévêtue rhabillée descendirent comme deux enfants pris en flagrant délit. Elle s'assit à côté de moi et fit mine de s'intéresser à mon dessin animé. Elle me dit qu'elle s'appelait Clarisse et qu'elle faisait de la poterie comme mon papa. Mon père devait apprécier les femmes à gaines puisqu'elle aussi portait la même que ma mère. Elle partit avant même que l'épisode ne soit terminé. Mon père reprit sa place à mes côtés et commença son long monologue pour justifier sa fidélité vacillante.

« Tu sais, tu es grand à présent et je pense que tu es capable de garder un secret… Ce n'était pas vraiment ce que tu penses… J'ai conscience que ce que tu as vu est perturbant mais crois-moi, je ne voulais pas tromper ta mère ! Et puis… »

Il était pétrifié. Pire qu'un premier de la classe dans le bureau du proviseur. Je lui répondis que je m'en fichais, ce qui était vrai d'ailleurs. Si ma mère n'était pas capable de garder son mari, c'était son problème, pas le mien. Je le regardais et soudain, il me vint une idée grandiose.

« Que tu sois avec une blonde, une brune ou une rousse, je m'en fiche. Par contre, tu sais que je suis encore un petit garçon et que les petits garçons ont parfois la langue qui fourche. On ne sait jamais… il pourrait m'arriver de tout raconter à Maman… Sans le vouloir bien sûr mais tu me connais, je suis si maladroit ! »

Il me regardait, voulant me tuer tant il me trouvait vicieux et immoral. J'adorais cette situation. Il ne pouvait rien me refuser. Rien, rien, rien. Je détenais toutes les cartes et c'était à mon tour de jubiler. Je continuais.

« Tu sais papa, ce soir, il y a la réunion avec les professeurs. Ce serait bien que Maman soit fière de moi pour qu'elle puisse me laisser aller à la fête de Margaux samedi soir. Si tu insistes, tu peux aussi, après avoir dit à Maman que je suis un des meilleurs élèves de la classe, lui ressortir le même discours que tu viens de me faire mais cette fois pour la persuader que si je rate cette fameuse fête, je serais mis en quarantaine par toute l'école. Je pense que tu peux garder un secret non ? »

Il souffla un bon coup et se leva. Il partit en direction de la cuisine et prit un tranquillisant. Je finis mon jus d'orange. J'adorais faire du bruit avec la paille. Il revint, prit son manteau et me lança un regard de tueur raté. J'avais pu aller à la fête de Margaux et j'avais eu le droit à un cadeau pour les bons commentaires que mes professeurs avaient fait à mon sujet. Quelques années plus tard, c'était à mon tour d'être coincé avec une Clarisse. J'aurais dû paniquer et être à la limite de la mort. Mais j'étais plutôt calme, serein et je ne sentais même plus les gouttes de sueurs tomber dans mon dos. Elle me demanda ce que je faisais dans la vie. Je préférai rester vague. Au même instant, j'entendis un bruit et les portes de l'ascenseur s'ouvrirent enfin, après plus d'une heure et quart d'enfermement. Je me levai et dégourdis mes jambes. Elle me tendit la main pour m'aider. Nous sortîmes. Elle se retourna et me dit « au revoir » avant de s'engouffrer parmi la foule de malades qui bloquaient le couloir. Je préférais prendre les escaliers pour les quelques marches qu'il me restait à descendre.

*

Aujourd'hui, j'allais à un entretien d'embauche. J'avais la panoplie complète. Le col de la chemise blanche bien repassé, l'ourlet du pantalon tombant juste sur le bout de la chaussure et les boutons de manchette lustrés. Je me rendis à cette interview porte-document à la main, cravate au cou et boule au ventre. C'était un magazine très jeune mais prometteur. Je savais qu'en y entrant, je pourrais enfin écrire des articles qui me ressemblent et qui ne traitent pas seulement des centres d'intérêts de la ménagère de plus de cinquante ans. Leurs bureaux se situaient dans un vieil immeuble du XIe arrondissement, deuxième étage gauche. Une plaque avec le nom du journal était vissée sur la porte peinte en vert. « EXTASE ». J'espérais que ce titre serait prémonitoire. Un jeune homme me reçut. Jeremy ne devait pas avoir la trentaine avec son pull col V et son pantalon en flanelle. Il prit un air sérieux et me posa quelques questions, son iPad ayant remplacé le traditionnel carnet de notes publicitaire offert lorsqu'on commande quinze ramettes de papier. Au bout de vingt minutes d'entretien, je sortis de son bureau le sourire aux lèvres. J'occuperai dans un premier temps un poste dans la rubrique reportage. Je sentais que j'allais enfin obtenir une liberté loin de tout ce que j'avais exercé auparavant et qui n'avait fait que me brimer. Je repartais le pied léger, les idées vastes et l'espoir dopé comme un aspirant au maillot jaune.

Pour faire mes preuves, Jeremy m'avait chargé d'assister un rédacteur senior pour les visuels d'un reportage à paraître. Ça tombait bien, j'avais pris sept ans de cours. Du moins d'après mon CV. Depuis les clichés volés sur cette plage de Saint-Tropez, je m'étais contenté de Kodak jetables. J'espérais que la photo serait comme le vélo… La mission était prévue trois jours plus tard. *Blouse et blues : combien de temps nos infirmières tiendront-elle encore ?* Le ton était donné. Pour cette mise en bouche, j'avais le droit à un bizutage de haut niveau. A peine sorti de ses murs, je m'apprêtai à remettre les pieds dans ce mouroir qui m'avait sans doute sauvé la vie. Devant l'ascenseur, je me dirigeai instinctivement vers les escaliers, peu enthousiaste à l'idée de réitérer l'expérience d'incarcération précédente. Arrivé au deuxième étage, sans souffle ni plan B, je guettais l'annonce d'une directive qui se faisait attendre.

« Et bien allez y mon garçon ! Qu'attendez-vous ? Je ne vais pas appuyer sur le déclencheur pour vous ! »

Prenant mon courage à deux mains, faute de pouvoir prendre mes jambes à mon cou, je m'habillai du costume qui me sied le mieux : celui d'usurpateur. Imprégné du charisme de Newton, de la lumière d'Avedon et des contrastes de Leibovitz, je m'élançai sans filet ni pellicule à la quête de ce cliché qui ferait la couverture. Mon doigt appuyait à un rythme effréné, semblable à un battement de cœur en pleine course poursuite. Je bougeais d'un bout à l'autre de ce couloir duquel j'avais voulu m'extirper sans regret et qui devenait aujourd'hui, le terrain de mon art. Je vissais et dévissais l'objectif dont je ne connaissais pas tellement l'usage, comme la première fois que l'on déshabille une femme, avec cette tendre maladresse que l'on désire masquer et qui réapparait plus perceptible que jamais. Lorsque Francis, le sénior en quête d'une nouvelle jeunesse, eut fini son interview, il désactiva son dictaphone et me fit signe qu'il était temps de quitter les lieux. Comme toutes les personnes ayant l'âge d'avoir voté pour Pompidou, Francis préférait ne pas s'attarder dans cet hôpital aux allures d'hospice.

A mon grand étonnement, les photos étaient plutôt réussies. Jeremy y avait même déniché « une signature », que je n'étais pas certain de pouvoir réitérer mais à laquelle je le laissais croire. L'usage amateur de ce matériel de professionnel avait engendré des distorsions, quelques flous et plusieurs plans mal cadrés. Cette cacophonie visuelle semblait plaire à mon rédacteur en chef qui hésita même entre trois spécimens du genre pour la couverture. Là était la preuve, s'il en fallait encore une, que l'art jouissait d'une subjectivité sans limite ni raison. Je faisais défiler les icônes miniatures de mes nouvelles œuvres lorsque l'une d'elles attira mon attention. Dans ma folle cavalcade, j'étais parvenu à capturer un portrait à la bonne lumière et à la netteté presqu'admirable. Accoudée à un comptoir autour duquel les infirmières tournaient comme des abeilles autour d'une ruche, elle était hors cadre, hors d'un temps qui n'avait pas d'emprise sur elle. Le regard profond et flottant, elle fixait un néant qui semblait gigantesque et prêt à l'absorber. Ses doigts effleuraient un visage posé dans la paume de sa main. Le visage d'une femme nébuleuse et pourtant si rayonnante. Je restai béat devant ses traits ciselés et ajustés. Les éléments qui servaient de fond étaient eux aussi d'une clarté absolue mais elle était seule à éblouir. Était-elle belle ? Je ne me posais même pas la question. Elle était perçante et subtile, ne dévoilant rien sinon des yeux emplis d'une douce intrigue. Elle n'était pas figée et pourtant immobile, ni triste ni mélancolique et pourtant sans sourire. Indéfinissable femme. Envahi d'interrogations, une seule certitude me vint à l'esprit : c'était elle qui devait faire la couverture. Un long discours ne fut pas nécessaire et Jeremy accepta ma proposition, comprenant toute son évidence. Avant de quitter son bureau, il me rappela et me demanda son prénom, énième point d'interrogation de ce tableau indéchiffrable.

« Il me faut son nom et tu lui fais signer cette autorisation de diffuser son image. J'ai pas les moyens de me taper un procès ! »

Qui était cette femme ?

\*

Le cliché imprimé sur une feuille recyclée, je me rendis à nouveau à l'hôpital. Dans cette chasse à la femme, je n'avais d'autre alternative que de rentrer avec mon document signé. L'étage était vide comme si tous ces malades sans appendice, en déshydratation ou à la jambe plâtrée étaient partis en sortie hospitalière avec sandwich dument emballé dans quatre mètres vingt-deux de papier aluminium. Ce calme ne pourrait que jouer en ma faveur et j'espérais que la chance avait décidé de me suivre à nouveau. Je reconnus le comptoir sur lequel la pose avait eu lieu et l'horloge derrière qui indiquait seize heures trente. Je m'approchai d'une infirmière avec toute la diplomatie qui me caractérisait lorsque je me trouvais en compagnie de la gente féminine.

« Bonjour Mademoiselle, excusez-moi de vous déranger mais pourriez-vous me dire dans quel service travaille cette personne ? »

Elle prit ma feuille, dubitative ou peut-être mal réveillée, et l'examina comme la radio d'une double fracture du tibia gauche de Lionel Messi.

« Il me semble que c'est Clarisse… Si elle n'est pas en soin, vous la trouverez au fond du couloir dans le bureau de droite.

-   Je vous remercie Mademoiselle

-   C'est vous qui avait pris cette photo ?

-   Oui pourquoi ?

-   Vous l'avez bien arrangée ! »

Je souris, étonné et quelque peu gêné de cette remarque aussi incisive que typique. Je longeai ce couloir avec l'anxiété d'un collégien allant quémander un Doliprane à l'infirmerie, ressassant la phrase d'approche avec laquelle je pourrais obtenir mon butin. Arrivé à destination, je tapais deux coups secs sur la porte en mélaminé qui avait connu plus d'un accident de brancard. Une femme se retourna en remontant ses lunettes.

« Oui Monsieur. Vous cherchez ?

-   Bonjour Madame, je cherche cette jeune femme. »

Au moment où je lui tendis le papier dont les bords commençaient à se biodégrader, je sentis comme une gêne. Elle approcha doucement la photo et l'examina pendant plusieurs secondes, me laissant suspendu à ses lèvres gercées.

« Vous la connaissez ? Votre collègue m'a dit qu'elle s'appelait Clarisse. Elle travaille bien dans ce service ?

- C'est moi Monsieur. »

De suspendu, j'étais tombé au fond du gouffre. Ma mâchoire m'avait lâché et je restai la bouche entrouverte, prête à accueillir quel qu'insecte qui serait passé dans le coin. La probabilité que cette femme soit celle de ma photo me semblait équivalente à la victoire du Danemark au Championnat d'Europe 1992. Et pourtant...

Je scrutais son visage à la recherche d'un indice me permettant de faire ce lien improbable avant qu'un détail me revienne à l'esprit. Était-ce elle ? L'infirmière avec qui j'avais partagé plus d'une heure d'ascenseur, traitement post-opératoire expérimental en vue de dissuader les trop bons vivants de revenir dans ces lieux. Je reconnaissais les poils sur les bras et les lunettes violettes. Les orteils étaient à présent recouverts d'une couleur prune mais étalée en couche toujours épaisse. Je soupçonnais la gaine de faire toujours partie de l'uniforme. Un toussotement me permit de lui faire décrocher son regard du papier et je pus demander l'autographe tant espéré. Elle ne posa aucune question et me signa l'autorisation avec un curieux détachement. A l'instar de sa délicate collègue, peut-être ne s'était-elle pas reconnue ? Je la remerciai et lui assurai la livraison d'un exemplaire dès parution. Plus d'une femme aurait été subjuguée à l'idée de faire la couverture d'un magazine mais pour Clarisse, le ressentiment était tout autre. Comme un animal sauvage retiré de son habitat naturel, elle était déboussolée et absente, n'accordant que très peu de crédit à ce que je pouvais lui dire. Avant de partir, je lui rappelai notre rencontre impromptue durant laquelle elle s'était livrée avec bien plus d'expansion qu'aujourd'hui. Elle sourit d'une façon crispée, avant de me demander si je savais où se trouvaient les escaliers. En m'éloignant, je ne pus m'empêcher de jeter un dernier coup d'œil à sa silhouette disgracieuse et ses cheveux négligemment relevés dans une pince qui revenait d'un passage à la machine à laver. L'objectif ne portait pas si bien son nom.

Elle arriva avec fracas, insolente et considérable. Elle donna un coup dans la porte de mon existence et fit trembler les murs de cette barricade dans laquelle je m'étais trop longtemps retiré au point de ne même plus croire à sa venue. La gloire. Une gloire surmontée d'une reconnaissance inespérée, comme une chantilly au sommet d'une pyramide de crème glacée, si fragile qu'on attend juste le moment où elle viendra s'écraser parterre. La couverture avait retenu l'attention d'un des rédacteurs d'une émission populaire du samedi soir qui en avait fait un sujet de chronique. La viralité d'internet avait fait le reste : plus de deux millions de vues sur YouTube, une invasion sur les réseaux sociaux et même une dizaine de parutions dans des titres allant du tabloïd au magazine de société. J'étais invité dans les émissions de dix-neuf heures, les demandes de reportages dans nos locaux donnaient lieu à un planning orchestré par un stagiaire journaliste reconverti en attaché de presse, Jeremy n'avait pas raccroché son sourire (ni son téléphone) depuis quinze jours et ma mère se targuait d'avoir toujours su que la passion de son rejeton paierait un jour. Elle pensait davantage aux factures que je pouvais enfin assumer seul plutôt qu'à la reconnaissance de mes pairs. Aussi vils furent-ils, ses encouragements parvenaient à me toucher. Nous avions atteint le graal de notre époque 2.0 : créer un buzz. Une entrée spectaculaire mais pas vaniteuse, qui me donnait le statut si agréable d'un talent déniché. A mon habitude, je délaissais les idées sordides qui pouvaient me faire penser que ma supercherie serait démasquée bien plus tôt que prévu. Je les refoulais inlassablement, m'étant convaincu moi-même qu'il s'agissait d'un don gardé en sommeil pendant des années et que le hasard avait fait éclore pour les meilleures raisons qu'il soit. Chaque matin, on m'apportait la revue de presse qui, à présent, se composait de dizaines de piges me concernant. Mes nouveaux confrères journalistes débordaient d'imagination et je lisais des récits dignes des grandes fresques romanesques, sur les photographes qui m'avaient inspirés ou la façon dont j'avais imaginé et réalisé ce cliché prêt à devenir un étendard de la cause infirmière. Le portrait de Clarisse avait été racheté par des dizaines de titres étrangers dont un qui l'avait renommé *The New Migrant Mother*. Cette photographie prise par Dorothea Lange en 1936 avait provoqué un séisme puisqu'elle reflétait la crise que traversait les États-Unis.

Clarisse marchait sans le vouloir sur les pas de Florence Owens Thompson.

L'ampleur de l'évènement dépassait de loin tout ce que nous aurions pu imaginer : nous n'étions plus si loin du Ministère de la Santé mais une commande démesurée de vaccins inutiles nous rafla la mise. En quelques semaines, j'avais gagné un métier, une reconnaissance, un nouveau terrain de chasse et un compte en banque à cinq chiffres avant la virgule. Et comme une mayonnaise qui prend, l'ascension n'était pas prête de s'arrêter. La consécration ne tarda pas et je fus gratifié de tous les éloges et des indignations habituelles. J'étais tenté de priser les secondes davantage que les premiers. C'était une période faste et rêveuse pendant laquelle je me sentais transformé en Midas des temps modernes, source intarissable d'idées qui n'attendaient que d'être essayées et réussies, imperméable à l'échec et jouissant des plus grandes impulsions. Le journal avait multiplié son chiffre d'affaire par huit en quelques mois et il est inutile de préciser que j'avais gagné l'assurance des divas capricieuses à qui on ne refuse rien et on pardonne encore bien davantage. Les filles qui passaient jadis dans mon lit s'étaient métamorphosées en femmes fières de partager mes nuits et peu regardantes vis-à-vis des jours que je préférais sans attache. Du playboy vaniteux et puant de certitude, j'étais devenu une figure à la tête belle et bien faite, escroquant à Robert Capa, Henri Cartier-Bresson, Robert Doisneau et Brassaï leurs auras dont je manquais et leurs génies que je n'aurais sans doute jamais. Ivre de cette gloire que j'avais tant attendue sans jamais l'espérer, j'en avais presqu'oublié celle qui avait suscité mon succès et que je voyais partout sans la connaître véritablement. Il me semblait impossible qu'elle soit passée à côté du phénomène et lorsqu'on me demandait l'identité de mon modèle, je répondais de la plus évasive façon qu'il soit, craintif de voir ma poule aux œufs d'or sous l'objectif de ceux qui auraient su la sublimer bien mieux que moi. Elle qui n'avait jamais tenté de me contacter suite à notre rencontre furtive, était-elle aigrie de ne pas avoir sa part d'un gâteau aussi important ? La ressemblance avec la photo n'était pas évidente et n'ayant jamais divulgué son nom, je doutais que l'on puisse la reconnaître. Son anonymat était sain et sauf et j'en venais à la conclusion que si elle avait souhaité profiter des lumières des projecteurs qui s'étaient soudainement braqués sur moi, il lui aurait suffi de contacter la presse et d'offrir une exclusivité à un titre qui l'aurait gratifiée d'une seconde couverture. J'avais néanmoins le sentiment que je n'avais pas agi tel que j'aurais dû. Il me fallait retourner voir cette femme et prendre le temps de m'initier à une pratique qui m'était bien méconnue mais pourtant si essentielle : la gratitude. Je fis imprimer son portrait vierge de tous les titres dont il avait été revêtu, la laissant seule et plus profonde que jamais sur ce papier glacé, miroir dans lequel se reflétait mon propre visage. Encadré et emballé dans un papier kraft à l'esprit vintage, j'attrapai mon cadeau et partis accomplir une tâche pour laquelle j'avais bien trop tardé : la remercier.

Je sautais la case accueil de cet hôpital que je finissais par connaître comme un interne spécialité gastroentérologie. Dans le couloir qui me menait au poste de Clarisse, je fus arrêté trois fois, posai pour deux selfies et perdis sept minutes avec une dame prétextant connaître mon hypothétique tante Michelle mais dont je ne réfutai pas la parenté. La mythomanie était un vice délicieux auquel je ne résistais que rarement. Mon bras ankylosé et débarrassé de cette déviation à la langue bien pendue, j'avançai jusqu'à la porte, certain de la trouver.

« Encore vous ? »
Elle avait eu la primeur de l'effet de surprise.
« Je vous cherchais justement !
-    Une autre photo à prendre ?
-    Non mais la vôtre à vous donner ! »

En jetant un rapide coup d'œil de part et d'autre du couloir pour vérifier que personne ne pourrait la surprendre, elle prit le paquet que je lui tendais et l'ouvrit à moitié.

« Je vous remercie. Je ne sais pas où je vais bien pouvoir le mettre mais merci beaucoup de vous être dérangé !
-    C'est à moi de vous remercier ! Je ne sais pas si vous avez suivi tout ce que cette photo a provoqué
-    Vaguement…

- Très sincèrement, je tenais à vous remercier car…
- Excusez-moi mais je dois vraiment y retourner… Si on me voit discuter avec vous alors que la salle des urgences est pleine, je vais me faire souffler dans les bronches…
- Oui, bien sûr, je comprends. A quelle heure terminez-vous ?
- Pardon ?
- Seriez-vous libre ce soir ? Pour un verre ou un dîner. J'aimerai beaucoup vous raconter ce que cette photo a déclenché…
- Je vous assure que ce n'est pas nécessaire, je suis contente pour vous mais il s'agit uniquement de votre travail…
- Et de votre portrait !
- On ne me reconnait même pas dessus ! C'est vous qu'on a arrêté pour un autographe dans le couloir.
- Je vous en prie Clarisse, cela me tient très à cœur. En tout bien tout honneur, je vous promets !
- Attendez-moi au Grand Peuplier à vingt heures dix. C'est la petite brasserie qui fait l'angle. »

Hésitant un instant pour savoir ce qu'elle allait faire du cadre, elle me le rendit en me demandant si je pouvais lui garder et disparut dans la foule qui avait envahie le couloir quasi désert au début de la conversation. N'ayant pas pour habitude d'attendre la gente féminine, je m'exécutai et m'installai à une table du *Grand Peuplier*. Sans livre à portée de main et étant devenu presqu'allergique à mon portable qui comptait plus de mises à jour en attente que Marc Levy de best-sellers, je fis une halte au kiosque et contribuai à terminer la journée de son propriétaire de la plus agréable façon qu'il soit. Ironie du sort, depuis que j'avais officiellement intégré le cercle fermé des journalistes de renom, je lisais de moins en moins la presse. En attendant Clarisse, j'étais parvenu jusqu'aux pages d'horoscope. Elle tira la porte à vingt heures vingt-sept, avant de réaliser qu'il suffisait de la pousser. Je me levai pour lui éviter de passer une nouvelle minute à ma recherche. En s'asseyant sur une chaise qui me sembla trop étriquée pour son généreux arrière-train, elle retira une écharpe en laine boulochée aussi longue que le fil d'Ariane. Elle commanda un jus de tomate et je débutai ma tirade ficelée à la perfection. Je la regardais : quelques grumeaux de pulpe étaient restés collés sur ses dents. Nous parlâmes pendant près de vingt minutes. J'appris qu'elle avait une passion pour les mots anciens et qu'elle vénérait sa collection de cochons. Cette fille était surprenante. Elle avait une photo de son chat dans son portefeuille et le numéro de ses parents gravé sur une gourmette. « Au cas où » m'avait-elle dit. Elle ressemblait tellement peu à toutes les autres filles qui peuplent cette terre, que je me demandai si elle n'était pas le chaînon manquant. A la mort de sa grand-mère, elle décida de porter son parfum à la lavande. Elle savait que la photo avait eu du succès, sans mesurer l'amplitude ni ce qu'elle aurait pu en retirer. A chaque nouveau détail que j'avançais, elle bifurquait vers un sujet des plus insignifiants. Déroutante, elle n'accordait aucune importance à ce que je pouvais lui raconter. L'élevage clandestin de coccinelles dans l'Iowa aurait davantage attiré son attention. Elle regarda sa montre, fronça les sourcils et me dit d'une voix hésitante :

« Je suis navrée mais on m'attend…

- Je vous dépose quelque part ?

- Je ne voudrais pas abuser…

- Non, non ne vous inquiétez pas c'est sur mon chemin.

- Mais je ne vous ai pas dit où j'allais.

- …

- Porte d'Italie ça ne vous fait pas faire un détour ?

- Absolument pas.

- Bon et bien, ce serait bien si on pouvait se dépêcher. »

Je la déposai à l'adresse qu'elle m'indiqua. Dans un élan de liberté, je posai maladroitement ma main sur sa cuisse et elle me répondit avec un superbe sourire :

« La seule chose que j'écarte, ce sont les cons, pas mes cuisses. »

Elle me remercia à nouveau et manqua d'oublier son portrait encadré. Je lui dis de passer le bonjour à ses parents que je n'avais pas encore la chance de connaître.

« C'est très gentil, je leur dirais la prochaine fois…

- La prochaine fois ? Vous n'habitez pas ici ?

-     Si, mais mes parents habitent à Meudon. J'habite avec mon compagnon. Merci, bonne soirée… »

Compagnon. Elle avait un compagnon. Cette fille avait un compagnon et moi j'étais seul. Je restai choqué, regardant mon volant pendant quelques minutes. Cette fille qui collectionnait les cochons sous toutes les formes, avait un compagnon. Ce mot ne passait pas. Comme une boulette japonaise brûlante qui traverse l'œsophage. Cette fille rentrait retrouver son compagnon et moi je rentrais retrouver le douzième épisode de la troisième saison de *Desperate Housewives*.

*

Pour ne pas rester l'homme d'une seule œuvre, il me fallait retourner sur le terrain et prier pour que le dieu de l'escroquerie soit toujours partant pour une seconde partie. Je me rendis alors au jardin des Tuileries. Je m'assis sur un banc mouillé et m'aperçus très rapidement de mon manque fatal d'attention. Tant pis pour mon pantalon en velours. C'était les vacances de février et autour de la fontaine, une foule de petits hommes et petites femmes jouaient avec des bateaux dont tous rêveraient, dans un futur pas si lointain, de posséder une copie taille réelle. Il y avait une petite fille qui ressemblait étrangement à Stena Kojasky, celle qui avait brisé mon cœur d'artichaut un jour de pluie en CE1. Le même minois pâle et relevé par de grands yeux verts aux coins tombant.

Je me souvenais parfaitement de cette Stena. C'était sa sœur Bianca qui lui avait conseillé de m'ignorer. La garce.

« Non. Je ne t'embrasserai pas parce que tu manges comme un cochon. »

Cette phrase résonna en moi pendant des années et je la tiens partiellement responsable de mes quelques échecs scolaires. Comment voulez-vous que je retienne le système cardio-vasculaire quand le mien était plongé dans le plus grand désarroi ? Je restais là à l'observer, elle et les autres insouciants en duffle-coat bleu marine. Non, je ne pouvais pas y croire. C'était elle. Elle était là devant mes yeux. Je me levai doucement et m'avançai, titubant vers cette femme.

« Stena ? »

Elle leva la tête de son livre sans image et après un moment d'hésitation, me sourit et se leva complètement cette fois.

« Oh mon Dieu ! Qu'est-ce que tu fais là ? Mais tu sais que tu n'as pas changé ! C'est incroyable ! Ça doit faire au moins…

- Vingt-six ans. Oui, ça fait longtemps !

- Ah je vois que tu es toujours aussi bon en maths ! Qu'est-ce que tu deviens ? Alors lequel est le tien ?

- Aucun. Pas marié, pas d'enfant et même pas de chien. Et toi ? C'est ta fille ?

\- Oui ! Je ne pense pas que tu aies eu beaucoup de mal à la reconnaître !

\- C'est vrai que tu ne peux pas la renier. C'est ta version miniature cette gosse !

\- Toujours pas marié alors ? Mais que font toutes les filles de Paris au lieu de te passer la corde au cou ?

\- Après m'avoir rencontré, elles ont plutôt tendance à se la mettre autour du leur !

\- En tous cas, elles ont beaucoup de chance, tu es magnifique.

\- Merci mais je peux te retourner le compliment ! Et M. Kojasky ?

\- Si tu le trouves, passe lui le bonjour de ma part... Il est parti deux semaines après que j'accouche... Il ne supportait pas que je sois aussi proche de ma sœur...

\- Il ne sait pas ce qu'il perd...

\- C'est gentil...

\- Ca me ferait très plaisir de pouvoir continuer cette conversation autour d'un dîner.

\- 12 rue des Écoles. Vingt heures trente. Ne sois pas en retard. »

Elle appela sa fille, la prit dans ses bras et me lança un clin d'œil avant de disparaître dans la foule d'amoureux des bancs publics.

J'avais réservé une table dans ce nouveau restaurant où la seule chose que l'on voit c'est la note salée. Je passai la chercher. Elle descendit quinze minutes en retard. C'était bien Stena Kojasky : toujours aussi belle, toujours aussi chiante. Elle avait une robe noire, femme fatale avec un décolleté arborant une poitrine trafiquée mais bien réalisée. Elle ne parla presque pas pendant le trajet mis à part quelques banalités.

Quand nous arrivâmes au restaurant, elle attendit que je vienne lui ouvrir la porte. Ses caprices étaient toujours d'actualité. Nous dînâmes et je l'écoutais, sans pouvoir placer un mot, parler de ses ex, de ses ex et de ses ex : ex- patron, ex-copain et ex-sac. Je ne m'étais jamais autant ennuyé de toute ma vie, aussi exalté qu'en faisant un puzzle de trois mille huit cent quatre-vingt-douze pièces. Je sentais la flamme de séducteur ranimer mon corps en me rappelant ce qui m'attendait à la sortie de ce restaurant beaucoup trop branché pour moi. Un café et l'addition. Je manquai de m'étouffer à la vue de l'écran du terminal de carte bleue. Je la raccompagnai chez elle, roulant le plus doucement possible pour faire durer le plaisir. Arrivés au 12 rue des Écoles, elle s'approcha de moi et me donna un baiser. Je pris son visage délicat entre les mains et l'embrassai dans le cou. En un instant, je reculai. Son odeur. C'était de la lavande. De la lavande pure. Je pensai tout d'un coup à Clarisse. Stena s'aperçut de ce rejet et m'en demanda la raison. Je simulai un muscle bloqué dans le dos. Je me penchai de nouveau pour l'embrasser. Je vis le visage de Clarisse planté devant moi, comme une image qui hante. Je m'efforçai de la chasser de mes esprits et de me concentrer sur cette fille dont j'avais toujours rêvé. Au bout de cinq minutes, je n'arrivai toujours pas à mettre mes idées au clair et quand je rouvris les yeux, Stena était partie, laissant mon bras encercler le vide. J'étais à nouveau seul, dans une voiture nommée Désir.

*

Puisque l'étincelle artistique semblait avoir quitté mon environnement, je faisais rentrer la raison dans l'équation qui continuerait à faire de moi l'étoile montante du huitième art. Piqué par la mouche Doisneau, je donnai rendez-vous à Clarisse à l'Hôtel de Ville. Elle arriva affublée d'une parka aux couleurs passées, à peine passables, et d'un pantacourt qui aurait suscité une comparution immédiate devant le tribunal du style. Si j'avais réussi à lui tirer le portrait avec sa blouse à la poche presque décousue, cette tenue des plus spartiates devrait pouvoir faire l'affaire. Je remarquai que les poils de sa moustache avaient été décolorés, faisant du duvet brun un fin pelage blond, pareil à celui d'un jeune lionceau. Clarisse était curieuse mais les explications que je lui donnais avaient du mal à pénétrer sa mémoire. En quelques heures, elle me demanda plus de quatre fois qui était Rivoli et je finis par abdiquer en faisant passer cette bataille napoléonienne pour un proche de Louis XIV. Je lui fis visiter la Place des Vosges et l'île Saint Louis, je l'initiai aux glaces Bertillon et lui offris quelques segments d'Histoire, de la prise de la Bastille à l'assassinat d'Henri IV. Ses yeux brillaient d'admiration et d'incompréhension, et j'aurai presque pu deviner un précipice dans lequel se noyaient toutes ses informations qu'elle aurait sans doute voulu rescaper. Les capacités de Clarisse étaient touchantes. Tout au long de notre périple, je capturais ses mouvements, ses poses qu'elle ne soupçonnait pas ou bien dont elle préférait faire abstraction. De dos, de face, de profil, dans une pénombre partielle ou dans une lumière artificielle. Je cherchais les angles, je tentais certaines postures, j'explorais les traits de sa silhouette en même temps que les fonctionnalités de mon *Leica*. Des coups de vents me donnaient de temps à autre des coups de pouce et j'avais bon espoir de découvrir quelques pépites à l'heure du visionnage. Nous nous étions arrêtés manger une crêpe beurre sucre rue des Mauvais Garçons.

« Et ça t'est venu comment cette passion pour la photo ?
- Par hasard.
- Épargne moi les réponses toutes faites que tu donnes aux journalistes !
- Je t'assure ! J'aimais écrire à l'origine !
- Comment on passe d'un clavier à un objectif alors ?
- Pour ma première mission, on m'a demandé de prendre les photos qui illustreraient le papier d'un collègue plus expérimenté et ton portrait a fait mouche !
- Fait mouche ou fait tache ? Combien d'heures passées aux retouches ? Je ne me reconnais pas moi-même !
- Aucune, je t'assure ! Simplement la chance du débutant !

- Et quelle chance ! Tes parents doivent être si fiers de ta réussite.
- Je présume.
- Tu ne les vois pas ?
- Pas plus que nécessaire.
- Pourquoi ?
- Nous n'avons jamais été proches. Généralement, ce ne sont pas des choses qui s'arrangent avec l'âge.
- Moi c'est tout le contraire. Je n'envisage pas ma vie sans mes parents.
- Ils ne seront pourtant pas éternels.
- Et pourquoi y penser dès à présent.
- Ce sont des choses auxquelles il faut se préparer.
- Qu'est-ce que cela m'apportera d'être prête au moment voulu ?
- Sans doute peu de choses…
- Alors autant ne pas y penser pour l'instant. C'est comme pour tes photos. Tu auras beau te préparer tant et plus, le cliché réussi arrivera quand tu t'y attendras le moins. »

Elle me sourit et reprit un morceau de crêpe en faisant couler du beurre fondu sur la table et le long de son menton. Le duvet ralentit la chute mais n'évita pas la tâche : le pantacourt était bon pour un cycle court. Elle avait démasqué ma discrétion et avait compris ce que je cherchais. Alors que j'avais eu pitié de sa bêtise, je me rendais compte qu'elle avait été bien plus subtile que moi. Je la raccompagnai jusqu'au métro et elle me remercia pour la visite et les enseignements qu'elle tenterait de retenir « *avec un peu de mal peut-être* ». Subtile et lucide. Je lui avais découvert deux qualités et ça non plus, je ne m'y attendais pas.

*

Comme tous les ans depuis plus d'une décennie, j'avais décidé d'arrêter de fumer. Les méthodes s'étaient diversifiées, passant des patchs aux chewing-gums, de la volonté pure au pari entre amis. J'avais tenté les thérapies de groupes, l'acuponcture chez un praticien aux mains baladeuses, l'homéopathie et la cigarette électronique aux goûts cola, caramel, pomme et même celle aux arômes *Sex On the Beach*. Je plongeais dans toutes les innovations qui se présentaient, espérant me débarrasser de cette amante qui se consumait plus vite que mon intérêt pour bien des femmes. Une seule démarche restait aux abonnés absents : l'hypnose. On me vantait les mérites de cette pratique depuis des mois quand je finis par prendre rendez-vous chez l'un des grands noms de la discipline, champion incontesté toute catégorie de la désintoxication. Je laissai mon scepticisme à la porte de chez moi, espérant découvrir en cet homme à la réputation aussi gonflée que les seins de Pamela Anderson, le sauveur de mes poumons.

La salle d'attente annonçait la couleur par une monochromie des murs, un jardin zen sur la table basse aux pieds de bambous et des prospectus de voyages organisés au Tibet pour seule lecture.

Une femme aux yeux cernés patientait également. Le regard mort et la bouche entrouverte, la séance semblait déjà avoir commencé pour elle. Au sol, chaque patient avait laissé son empreinte sur un tapis en corde où fleurissaient poussière et autres détritus.

La secrétaire vint me chercher au bout d'un quart d'heure, me demandant si je souhaitais boire quelque chose avant de débuter la séance. Je n'osai pas lui demander une Vodka *Redbull* de peur qu'elle me suggère de soigner l'alcoolisme en priorité.

La décoration du bureau concordait en tout point à celle de la salle d'attente, mis à part les photographies du thérapeute et des célébrités qu'il avait traitées, encadrées et soigneusement alignées sur le mur derrière son bureau. Cette mise en scène n'augurait rien de bon quant au prix de la consultation. Adrien Celbot arriva d'un pas décidé, le sourire éclatant et les cheveux gominés d'une brillance équivalente aux LED intérieures d'une limousine un soir d'enterrement de vie de garçon. Il s'assit en face de moi, sortit un paquet de feuilles blanches et un stylo laqué.

« Commençons ! Tu ne vois pas d'inconvénient à ce que l'on se tutoie ? »

Je n'y tenais pas particulièrement mais considérant que cette personne avait le potentiel de m'endormir en un claquement de doigt, je revoyais mes principes de courtoisie à la baisse.

« Tu souhaites arrêter de fumer c'est bien ça ?

- Oui, j'ai déjà tenté plusieurs méthodes qui n'ont pas fonctionné.
- Très bien...
- Je fume depuis une douzaine d'années, environ un paquet par jour.
- Très bien...
- Je n'ai pas de problèmes de santé particuliers mais j'aimerais arrêter.
- Très bien... »

Il noircissait les feuilles blanches comme un élève de troisième lors des cinq dernières minutes d'une épreuve de brevet.

« As-tu un coach de vie ?

- Un coach de vie ?
- Quelqu'un qui t'aide à appréhender les obstacles, à résoudre tes problèmes, à donner le meilleur de toi-même.
- Je ne pense pas en avoir besoin.
- Penses-tu être au maximum de tes capacités ?
- Je vous remercie mais je n'ai pas de problèmes à ce niveau là.
- Te sens-tu comblé dans tous les domaines ?
- Dans ceux qui m'importent en tous cas.

-   Il y a toujours moyen de s'améliorer et je peux t'y aider.
-   Commençons déjà par me débarrasser de la cigarette.
-   Très bien... »

Mon instinct premier aurait été de me lever et claquer la porte au nez de cette pâle copie de Docteur Doug Ross mais ayant réglé la séance par anticipation, mon penchant à ne jamais payer en vain reprit le dessus. Parti comme ça, j'avais le sentiment que nous n'allions pas tarder à arriver à l'évocation des traumatismes de l'enfance, ma pauvre mère probablement condamnée injustement comme investigatrice de ce péché goudronné.

« Comment procède-t-on ?
-   Il faut d'abord savoir que dans ton cas, il faut compter trois ou quatre séances. Au minimum.
-   Très bien...
-   Que tu ressentiras un véritable manque et qu'il est possible que tu combles avec d'autres substances additives, notamment par de la nourriture. Je te conseille d'aller consulter une nutritionniste qui pourra te donner un régime afin d'éviter la prise de poids. Je te donne la carte de mon épouse, elle a l'habitude de traiter des patients dans ton cas.
-   Je vous arrête tout de suite, si je dois ressentir un manque et en plus grossir, je ne vois pas l'intérêt de me faire hypnotiser. Votre méthode est censée faciliter l'arrêt...

- Le manque est inévitable. Tu as bien dû t'en rendre compte avec les autres méthodes que tu as essayées.
- Écoutez je vais vous faire confiance, je suis prêt. Allez-y, hypnotisez-moi.
- Assis toi sur ce fauteuil, détends-toi et ferme les yeux. »

Une musique de fond s'enclencha, combinaison particulièrement ratée de bruits de vagues et de mouettes en rut.

« Tu es sur une plage, une très vaste plage. Il n'y a personne autour de toi, tu es seul face à la mer, loin, très loin. Tu sens le vent frais qui te caresse le visage. »

Je sentais davantage l'odeur du parfum d'ambiance bon marché aspergé dans l'entrée et entendais le bruit des camions qui déchargeaient les palettes de marchandises du supermarché d'en face. Les double-vitrages n'étaient visiblement pas un investissement prioritaire.

« Tu te sens léger.»

Avec le kebab que j'avais mangé à midi, la tâche s'avérait plus compliquée que prévu.

« Tu as la tête libre de toute pensée. »

Ne pas oublier d'aller récupérer mon costume au pressing avant qu'il ferme pour les vacances.

« Tu es détendu, tu es apaisé. »

Ce fauteuil est aussi confortable qu'un siège d'aéroport.

J'ouvrai la moitié d'un œil et aperçus le bienveillant gourou en train de faire une partie de Candy Crush. Visiblement, il m'avait rejoint sur la plage pour partager un moment de détente.

Il me fit revenir de ce voyage spatio-temporel infructueux, satisfait et assuré d'avoir pénétré les voix impénétrables de mon inconscient.

« C'est génial, j'ai senti que tu étais très réceptif. Je sens que ça va très bien fonctionner pour toi l'hypnose.
-    Je ne suis pas tout à fait sur...
-    Tu n'as même pas senti quand je t'ai touché le genou ! »

J'étais tenté de lui demander si c'était avant ou après avoir empilé les lignes de bonbons.

« Je ne suis pas convaincu. Je ne me suis pas senti sur une plage mais en plein cœur d'un marché indien avec le plat au curry que votre secrétaire a fait chauffer pour son déjeuner, votre fauteuil va me déclencher une sciatique et croyez-moi, cher Monsieur, que lorsque l'on me touche quelque part, je le sens : mes terminaisons nerveuses sont bien plus en éveil que la patiente qui attend dans la salle d'à côté. Je vais tout de même aller au bout de l'expérience. Laissons de côté mon problème de tabac. Seriez-vous capable de m'hypnotiser de telle manière à ce que nous échangions nos places sans que je m'en rende compte ?

- C'est tout à fait faisable.
- Très bien mais j'ai une dernière requête.
- Laquelle ?
- Que vous fermiez les yeux.
- Mais pourquoi ?
- Vous me faites bien fermer les miens.
- Oui mais vous êtes le patient !
- Si votre réputation est à la hauteur de votre talent, votre voix devrait suffire. »

Je venais de piquer Maître Corbeau perché sur ses talonnettes.

« Très bien... Fermez les yeux, respirez, vos paupières sont lourdes et vous n'entendez que ma voix.... »

Lentement, je m'extirpai de la pièce, laissant ce virtuose de l'imposture sur sa plage de sable blanc. Au coin de la rue, je mis la main dans ma poche et arrêtai une passante :

« Vous auriez du feu s'il -vous-plait ? »

*

Les beaux jours commençaient à pointer le bout de leurs bourgeons et les feuilles desséchées laisseraient bientôt leurs places au pollen et aux jeunes filles courtement vêtues. Il y avait malgré tout, cette brise glacée des mois d'avril qui vous empêche de succomber aux joies de la chemise en lin. C'est ainsi, mon pull à manches longues et mon perfecto en cuir vieilli, que je montai la rue des Saints-Pères. Je m'arrêtai devant un magasin de gadgets. J'aime savoir qu'ils ne serviront jamais sinon à faire travailler ma femme de ménage. A chaque fois que j'en faisais l'acquisition, je sentais les paroles de ma mère couler sur le paquet imperméable : « *L'argent est dur à gagner et je ne te laisserai jamais le dépenser dans de telles futilités.* » Ces mots, aussi ennuyeux qu'un manuel de code de la route, je les brûlais à l'acide à la seconde où je dégainais ma carte de crédit. A la composition de mon code, ils s'étaient exhumés. Une fois mon achat en main, ils étaient réduits à un tas de cendres et moi, je jubilais d'une telle victoire. Ce magasin rue des Saints-Pères venait d'ouvrir et derrière son style art déco, se cachait en réalité une véritable caverne d'Ali Baba pour Bobos parisiens. Tout était là : des selles de vélos à motif camouflage, des verres à milk-shakes miniatures, des plaids en peau de bêtes, des écouteurs Bluetooth translucides, des pâtes avec vos initiales, des parfums au caviar, des chemises cousues au fil d'or et des batteries externes en forme de Tour Eiffel. J'eus à peine le temps de franchir le seuil de la porte en verre de Murano que je sentais déjà mes doigts délivrer ma carte de son écrin. Des portefeuilles en acier, des ceintures briquets, des cadres photos en strass, des souris d'ordinateurs en cuir, des livres de décoration, de la confiture de cactus et même des peignoirs de bain en cashmere et éponge naturelle.

C'était un paradis pour les amateurs de trucs et machins en tout genre. Je me laissai tout d'abord tenter par des bouchons d'oreilles en soie aux couleurs de l'Angleterre, puis je succombai à la terrible tentation du bac à glaçons en forme de dollars. J'aurai pu sans aucun mal rester des heures et des heures dans ce formidable rendez-vous du chic et du choc. Tout y était. Au détour d'un regard, j'aperçus tout au fond, sur une étagère recouverte de plumes violettes, l'objet avec lequel je devais repartir. Il était présenté dans une boule en plexiglas de la même taille qu'une balle de baseball et tout de velours revêtu. Je connaissais quelqu'un qui serait exaltée de l'avoir...J'achetai ce petit cochon, le fis emballer dans un papier cadeau parsemé de strass avant de sortir de cet Éden plastifié. Je redescendis la rue pour arriver sur les Quais de Seine. Je réussis à attraper un taxi au vol et filai en direction de la Place d'Italie. Je trépignais d'impatience à l'idée de voir la tête de Clarisse en ouvrant mon paquet. J'avais la certitude qu'elle adorerait ce présent pour le moins inattendu. Le boulevard de Grenelle était noir de monde à cause de la brocante. Elle s'étalait sur plusieurs stations : Dupleix, Motte-Piquet, Cambronne. Ils venaient vendre ce qu'ils ne voulaient plus à des gens qui s'en débarrasseraient l'année d'après. Je me souvins que ma grand-mère adorait les brocantes pour l'unique raison qu'elle ne trouvait nulle part ailleurs des prix aussi compétitifs. Pourtant, celles qu'elle fréquentait étaient beaucoup plus au Sud, bien plus petites et plutôt charmantes je dois l'avouer. Le jour de mes sept ans, elle m'avait forcé à l'accompagner et pour me récompenser, m'avait acheté un petit chien en porcelaine que j'avais fini par casser quelques semaines plus tard. J'étais presque arrivé devant l'immeuble de Clarisse. Je sortis du taxi comme dans les films américains : je lui tendis un billet sans attendre la monnaie en retour, laissant généreusement soixante-dix centimes de pourboire. A l'heure des VTC, je m'offrais le luxe d'être vintage. Je montai le perron et cherchai l'interphone. C'est à cet instant précis que je m'aperçus de mon étourderie : je ne connaissais pas son nom de famille. Je tournai autour de l'immeuble mais personne à l'horizon. Je me dirigeai vers la loge de la gardienne mais il était trop tard et elle avait baissé son rideau pour ne pas louper son feuilleton pour déficients intellectuels. Je me souvins que Clarisse quittait l'hôpital aux alentours de dix-huit heures trente et qu'il lui fallait un peu plus de quarante minutes pour rejoindre son domicile. Il était dix-huit heures quinze. Il me restait un peu moins d'une heure à tuer. Je sortis mon portable et commençai à battre tous les records des jeux téléchargés et que j'ouvrais pour la première fois. Cette occupation épuisée, je consultai les messages que j'avais depuis des mois et des mois. Aurore, Isabelle, Anaïs, Claudia, Marie, Tessa, Clémence, Ivana, Hortense, Jade, Joséphine, Lisa, Léa, Eve, Jennifer, Anne, Jessica, Louise, Elodie, Alie, Eléonore, Madison, Neiva... De toutes origines, de toutes contrées plus ou moins lointaines. J'avais toujours beaucoup aimé la géographie. Toutes ces filles, celles dont je me souvenais autant que celles dont j'avais oublié l'existence, avaient un point en commun : je ne les avais jamais rappelées. Il était dès lors logique que tous ces messages se ressemblent à leur tour : elles me traitaient toutes de pauvre con. Je souriais à la lecture de chacun de ces messages, à leurs variantes, à leurs originalités pour certains. Ce petit jeu de retour dans le passé commençait à se tarir et quand je regardai ma montre, je vis qu'il était plus de dix-neuf heures trente. Elle devrait être déjà rentrée mais depuis l'homme du deuxième qui promenait son chat en laisse, personne n'avait franchi la porte vitrée de l'immeuble du 17 rue Coypel. J'attendais. J'attendais patiemment, assis par terre, adossé à un mur glacé, mon paquet à la main. Je comptais les voitures qui passaient en me disant à chaque fois qu'elle était dans l'une d'elles. La prochaine sans doute. Mes yeux commençaient à se fermer petit à petit. Dans un quart d'heure, Cendrillon se transformerait en citrouille. Le problème était pourtant autre. Où était-elle ? J'étais là, assis sur un trottoir du XIIIème arrondissement en attendant Clarisse. Cette fille qui ne ressemble à rien, qui dit des choses ahurissantes et qui a les cheveux gras. Cette fille aussi pitoyable qu'un match de criquet en plein mois d'août, aussi niaise qu'une sitcom qui repasse en boucle sur le câble, aussi pertinente qu'une opératrice à l'autre bout du monde qui vous renseigne sur la rue derrière. Sa bêtise était à la limite du comique et pourtant, je l'attendais depuis six heures, à la porte de son immeuble, sans savoir si elle rentrerait. Je me sentais tout d'un coup aussi stupide que me décrivaient toutes ces filles que je n'avais jamais rappelées. Pourtant, cette fois-ci, je n'avais pas de numéro à composer.

J'avais clôturé la soirée par une promenade, après avoir tenté de joindre tous les réseaux de taxis de la région parisienne. J'errais comme un vagabond désenchanté. Après avoir longé la ligne du métro aérien jusqu'à La Motte Piquet. J'étais rentré chez un épicier et en étais ressorti avec quatre tablettes de chocolats. Je les avais englouties en continuant ma marche nocturne. Arrivé sur le Pont Bir Hakeim, il ne restait plus que celui aux noix de pécan. J'avais une de ces envies de vomir, celle qui vous prend après une cuite. C'était bien la première fois de ma vie que j'étais bourré au cacao. J'avais monté tout doucement les escaliers qui mènent à Passy. Mes écouteurs dans les oreilles avec le volume au maximum. Je ne voulais écouter que des chansons tristes : comme une fille. *Love me tender*. Je soupirais les yeux dans le vague, mon sac en plastique rempli de papier aluminium provenant des tablettes que j'avais dévorées. *I Can't Help Falling in Love With You*. Il était presque trois heures du matin et je n'étais pas encore arrivé. Il me restait cette longue rue de la Tour à monter. *I did it my Way*. La nuit serait courte pour une si longue journée. *Are you lonesome tonight ?*

*

J'avais enfin réussi à devenir indépendant financièrement. Il m'avait fallu tout de même passer la barre des trente-trois ans. Je n'avais plus besoin d'aller fouiller dans les albums de photos, ni même de piocher dans le vaisselier Louis XVI. Je pouvais payer mon loyer, mes frais domestiques et mes petites folies grâce aux revenus gagnés à la sueur de mon poignet. Pour la première fois de ma vie, j'éprouvais une satisfaction qui n'était ni liée à mon salaire ni à mes conquêtes. J'avais l'agréable sensation d'avoir fait beaucoup plus.

Mon caractère s'était terriblement adouci depuis mon accident. J'avais réalisé avant l'heure que ma vie ne tenait qu'à un fil et que si je voulais voir ceux que je n'aime pas mourir avant moi, il me fallait traiter ce fil avec raison et prudence. « *Je les enterrerai tous* ». Voilà ce qu'avait dit mon grand-père trois mois avant que tous ces chiens galeux lui jettent une poignée de terre.

J'avais remarqué que je marchais beaucoup plus qu'avant. J'appréciais ces ballades parisiennes qui rythmaient ma vie, en me faisant découvrir ma propre ville. Ville dans laquelle j'avais traîné les dernières trente-trois années, passé de taxis en taxis sans jamais, ou si rarement, frôler le sol des trottoirs pour lesquels des millions d'étrangers étaient prêts à faire des heures d'avion.

Ce goût soudain pour la marche touristique avait ouvert mon esprit et mes photos s'amélioraient. Je capturais à tout va, des oiseaux sur mon balcon, le bordel sur mon bureau, un gosse qui se cure le nez, les femmes sortant de chez l'esthéticienne, les poteaux désaxés et les rayons des supermarchés parfaitement alignés. Clarisse avait raison : les meilleurs clichés aimaient s'associer au hasard. Je poursuivais ma carrière, aussi improvisée qu'inattendue, à mon compte. Ce nouveau statut m'avait ouvert les portes d'autres rédactions et en plus de savoir prendre des photos, il me fallait à présent prendre des décisions. La négociation était venue s'ajouter à mon arc. Je cultivais cette image de virtuose que les médias m'avaient bâtie et j'entretenais les braises qu'il restait du feu de paille que j'avais allumé. Les critiques sont bien plus indulgentes lorsque le coup de maître a déjà eu lieu. Mon travail n'était pas des plus réussis mais signé de « *celui qui avait pris la nouvelle Migrant Mother* », il jouissait d'une bienveillance imméritée. Ma renommée était surcotée mais c'était elle qui m'insufflait l'impulsion. A être traité comme un maître incontesté, j'avais fini par me prêter au jeu. Et je dois avouer que ce rôle me convenait. Cette frustration, dont j'avais souffert pendant des années, s'était évaporée laissant place aux doux plaisirs de la reconnaissance. J'avais pris la place des gens que je méprisais par leurs talents d'orateur et leurs éruditions incontestables, et dont j'étais en réalité lamentablement jaloux. Avais-je atteint l'âge de raison ?

Était-ce la main sous le menton ? Le regard détaché ? L'horloge en arrière-plan, message subliminal du temps qui passe ? Cela faisait des mois que je tentais de comprendre pourquoi cette photo avait une telle aura. Comprendre pour reproduire. Les portraits pris lors de notre dernière balade n'avaient pas été fabuleux. On ne la voyait quasiment pas, on la devinait à peine. Mon lit assiégé comme tous les samedis matin, je composai son numéro de tête à l'heure où les répertoires avaient pris le monopole de la mémoire. Elle répondit d'une voix étonnée. Forcé de constater qu'elle n'avait pas enregistré le mien, je lui demandai de ses nouvelles pour ne pas rentrer dans le vif du sujet immédiatement. Sans doute, aussi, parce que je ne voulais pas lui avouer que j'avais attendu la moitié de la nuit en bas de son immeuble : j'avais bien trop honte de ce comportement de groupie délurée. Il me brûlait les lèvres de lui demander où était-elle cette nuit-là.

« Tu as vu ce qu'ils ont passé sur la six jeudi soir ?

- Non, j'étais à l'extérieur. C'était quoi ?

- Tu as vraiment loupé quelque chose !

-  Nous sommes à l'ère du replay…

- C'était un direct !

- Ils le rediffuseront !

- J'espère que ta soirée en valait la peine !

- Je ne te le fais pas dire ! Nous avons fêté nos trois ans avec Timothée. Il m'a emmené dîner dans un restaurant italien pas loin de la maison et ensuite, nous avons passé la nuit dans un petit hôtel romantique qui donne sur le boulevard Auguste Blanqui. Il avait même pensé à mettre des roses jaunes sur le lit ! »

J'écoutais son histoire la bouche tombante avec l'envie irrésistible de dénoncer autant de ringardise. Cet être démuni de toute courtoisie semblait ignorer que le jaune prônait davantage l'adultère que l'amour. Comment pouvait-elle avoir quelconque intérêt pour un gringalet qui ignorait le langage des fleurs ? Elle continua à me servir sur un plateau d'argent tous les détails que j'avais voulu entendre.

Au fur et à mesure qu'elle me détaillait le menu, je regrettais amèrement ma curiosité. Elle pensa qu'il était nécessaire de me préciser que son estomac ayant tant gonflé, elle dut déboutonner sa jupe de peur qu'elle lâche. Compris dans la formule, elle ne renonça pas pour autant au dessert, cerise sur la panna cotta. Ne pouvant plus l'arrêter dans son envie de déblatérer, je posai le téléphone et sortis enfin du lit. Balançant des acquiescements de différentes intonations, je repris le fil de la conversation au bout de sept minutes.

« Tu as prévu quelque chose cet après-midi ? J'aimerai beaucoup te prendre à nouveau en photo. J'ai quelques idées de spots intéressants.

- Je suis à la campagne chez ma grande tante mais je rentre après le déjeuner.
- Seize heures place du Palais Royal ?
- Près des poteaux ?
- Tu parles des colonnes de Buren ?
- De Buren ou d'ailleurs je ne sais pas, elles sont noires et blanches.
- Oui, c'est bien cela… »

La leçon d'Histoire de l'Art allait être fastidieuse.

Je pris quelques minutes d'avance pour la voir arriver. La pose d'origine avait été naturelle alors pourquoi ne pas réitérer l'exercice ? Elle avançait hésitante, cherchant au fond de son sac en bandoulière ses lunettes. Le cuir avait morflé. Je lui imaginais une vie passée entre le casier en fer de l'hôpital et le sol du métro aérien, à côtoyer les germes et les sprays antiseptiques. Les cheveux relevés dans une barrette plantée au-dessus de son crâne, je débutai la séance. Après quelques secondes, elle me vit et me fit les gros yeux, tournant son poignet au coin des tempes.

« Tu commences en paparazzi maintenant ?

- J'aime capturer ta spontanéité !

- Elle t'a bien rendu service la première fois !
- Comment était ton déjeuner ?
- Riche en émotion ! Ma tante m'a présenté à son futur mari !
- Félicitations !
- Le cinquième !
- Doux Jésus ! Pour une paysanne, elle ne reste pas beaucoup en jachère. »

Son regard ébahi mit un terme à la discussion et les colonnes de Daniel me firent bifurquer habilement avant que ce blanc ne prenne une ampleur des plus gênantes. Clarisse écoutait avec attention mes explications et j'eus la délicatesse de ne pas relever son étonnement lorsqu'elle apprit que Buren n'avait rien d'un lieu. Elle eut la naïveté de m'avouer qu'elle avait toujours cru que les marques noires et blanches étaient des graffitis. L'art contemporain et le Streetart étaient en berne...

La leçon terminée, je la fis poser. Les positions s'accumulèrent : assise, debout, penchée, sur le côté, accroupie, le regard baissé, le menton relevé, la tête au bord du torticolis, les mains cachant le visage, en plein soleil, plus à l'ombre, pile, face, profil, diagonale. Elle finit par exploser de rire et ses yeux se remplirent de larmes. Elle riait fort et les gens autour la regardaient avec un mépris que je trouvais encore plus risible. Elle se plia en deux, s'excusa à plusieurs reprises et poursuivit le visage cramoisi par les rires qu'elle retenait sans grand succès.

« Excuse-moi mais c'est nerveux ! Nous sommes ici depuis plus de deux heures ! Tu as l'air si concentré et je ne peux même pas compter les gens qui se sont arrêtés pour se moquer de nous ! Ils se demandent tous ce que tu cherches bien chez moi ! Tu ne penses pas que tu te trompes un peu de cible ?

- Mais pas du tout ! C'est toi qui te trompes ! Tu as un potentiel photogénique incroyable ! Tu as conscience du nombre de personnes qui t'admirent ? Autant d'amateurs que de professionnels ! Tu as une vraie « gueule » Clarisse !
- Je te remercie !
- Une « gueule » dans le bon sens du terme ! Tu as quelque chose d'inexplicable !
- Attention, je vais finir par croire que tu me fais du charme !
- Et pourquoi pas ? »

Elle s'arrêta un instant avant de se remettre à rire en basculant la tête en avant, appuyant sur son double menton. Ses larmes avaient fait couler son maquillage bon marché, donnant naissance à deux petites rizières noires aux creux des cernes. Elle se leva et je la remerciai pour sa patience et sa docilité. Je me surprenais devant tant de gentillesse. La reconnaissance n'avait jamais été ma principale qualité.

« Voudrais-tu diner demain soir ? Je connais un restaurant thaïlandais délicieux.

- Oui avec joie ! Mais tu me promets de laisser ton appareil à la maison ?
- Il sera consigné !
- Pardon ?
- Je ne le prendrai pas avec moi !
- On s'appelle pour fixer l'heure ! »

Le sac en bandoulière reprit sa place et en s'éloignant, je la vis sortir des écouteurs fuchsia qu'elle aurait sans doute terminé de démêler en arrivant chez elle. Étaient-ce des petits cochons que je voyais sur les oreillettes ?

*

Je l'appelai pour lui rappeler notre dîner. Elle me demanda à plusieurs reprises le nom du restaurant, l'adresse et l'heure à laquelle nous devions nous retrouver. J'avais l'intention de venir la chercher mais elle refusa prétextant que ce n'était pas nécessaire. Je n'arrivai pas à comprendre la suite. Je lui renvoyais des « oui » hasardeux en me fichant de ses propos ayant eu confirmation de mon invitation. Je doutais que ce fade palet apprécierait une gastronomie aussi subtile mais je prenais le risque. C'était un de mes restaurants préférés. Je pouvais y aller tous les jours sans jamais me lasser de  la soupe Tom Kha Gai, des Mi Krop ou Thot Man pla. Ce soir-là, je partirai un peu plus tôt du journal pour me préparer sans courir derrière la montre, pour une fois. Mes souhaits allaient être grandement contrariés. Au moment de franchir la porte, le nouveau stagiaire arriva dans mon bureau pour me faire signer son rapport et me poser les dernières questions qui lui permettraient de terminer cette œuvre majeure. Une demi-heure plus tard, je réussis enfin à expédier ce jeune homme dont la concision n'était pas des plus développées. Je rejoignais la station de taxis sous une pluie fine et humide qui donnait à Paris des allures de Bombay en pleine période de mousson. Une femme et ses enfants attendaient devant moi. Il lui fallut moins de deux minutes pour trouver son bonheur presque sèche et sauve. Je voulais croire que je bénéficierai d'une chance similaire mais ma lucidité reprit vite le dessus. Un bus fila sur une rigole inondée me permettant de prendre la douche initialement prévue. Il était huit heures vingt et j'avais donné rendez-vous à Clarisse à la demie. Plus le temps de rentrer chez moi me reparfumer et changer de chemise. Il fallait impérativement que j'arrive avec le moins de retard possible à ce rendez-vous de la dernière chance. Les applications de VTC en majoration huit et les taxis aussi nombreux que les habitants du 16ème arrondissement en plein mois d'août, je m'engouffrai dans le métro. Le wagon était plein à ras bord. Je m'étais glissé en bousculant une dame et en écrasant le pied d'un touriste enrhumé. Quelques stations à tenir et je serai enfin à ses côtés. Je suffoquais mais j'attendais ce dîner avec tant d'impatience. J'avais basculé du côté rose de la force. J'étais devenu une de ces guimauves fondues aux testostérones en perte de vitesse. Je m'imaginais mettant sa photo en fond d'écran sur mon portable, programmant un rappel à la date de son anniversaire, réservant un week-end dans un Relais & Châteaux pour la Saint-Valentin. Avant même que je puisse m'en rendre compte, elle règnerait sur ma vie avec en prime, mon consentement. En plus de suffoquer, je commençais à avoir des sueurs froides. Et l'idée me vint qu'un jour, je ne pourrais plus boire de la bière devant un match de foot, ni jouer au poker en me prenant pour un mafioso, ni regarder la partie bikini de l'élection de Miss Univers, ni dormir tout un dimanche, ni partir à Saint-Tropez le temps d'un week-end, ni manger des pizzas pendant une semaine entière et faire des paris que je sais perdus d'avance. L'idée qu'un jour je ne serais plus un homme mais la moitié d'un couple. On ne dira plus « lui » mais « eux ». Comme le sel et le poivre, comme la droite et la gauche, comme le pain de campagne et le beurre salé. J'étais arrivé au restaurant avec un quart d'heure de retard à rallonge. Le serveur m'avertit que Clarisse était déjà là. J'avais réservé la table près de la fenêtre, la toute petite table ronde sur laquelle on ne pouvait mettre qu'un seul dessert à partager. Comme elle se trouvait dans un coin, je serais obligé de toucher, au moins une fois, le pied de mon invitée. Le propriétaire m'avait assuré qu'il nous arrangerait la table avec soin. Je montai l'escalier biscornu. Le rêve s'écrasa soudainement avant même que j'eus le temps de franchir les dernières marches.

Elle était bien là, mais elle n'était pas seule. Assis en face d'elle, un homme maigrichon et vouté qui portait une chemise en satin vert et un pantalon à l'ourlet défait. Une petite coupe au bol et des chaussures de randonnées venaient compléter la panoplie. Que faisait-il dans mon restaurant, à ma table, sur ma chaise et avec mon rencard ? Clarisse m'aperçut et se leva avec un grand sourire. Il se leva aussi et écarta sa bouche en me montrant toutes ses dents. Je ne pouvais pas appeler ce geste un sourire. Sans le lâcher du regard, j'embrassai Clarisse sur la joue droite, celle où elle avait une fossette. Ses yeux restaient figés comme ceux d'un clown hébété.

« Je te présente Timothée.

- Si vous saviez comme elle me parle souvent de vous c'est pas croyable ! Je me suis même dit qu'une fois j'allais être jaloux !

- Timothée est un garçon très drôle ! »

J'avais pu m'en rendre compte.

« Nous sommes arrivés en avance ne t'inquiètes pas. Timothée déteste qu'on soit en retard. »

Aujourd'hui il aurait mieux fallu qu'il n'arrive pas du tout.

« Excuse-moi mais j'ai pris un cocktail parce que j'avais trop soif.

- Tu as bien fait... »

Resté debout pendant plusieurs minutes comme un vulgaire incrusteur, je fis signe au serveur pour qu'il ajoute une assise. Il finit par arriver avec une chaise en bois qui tendait vers la gauche et la posa entre le radiateur et mon invité inopiné. Le sort avait décidé de s'acharner contre moi. J'avais le choix cornélien de coller ma cuisse contre le chauffage brûlant ou contre ce parasite.

J'optai pour la première solution. Mon épaule étant près de la fenêtre, j'avais froid en haut et chaud en bas. Je me trouvais dans un inconfort que je n'avais jamais expérimenté, tant physique que psychologique. Ils ne semblaient pas être gênés de cette situation qui me rendait fou de rage. Cette soirée avait été planifiée jusqu'au plus petit détail et ce minable garçon venait de tout gâcher. J'avais tant misé sur ce dîner et sa présence entachait grandement mes tentatives de rapprochement. Je décidai de ne pas me laisser abattre et de continuer cette bataille qui n'était pas encore perdue. Le serveur vint prendre la commande. Clarisse débuta et je fus coupé dans mon élan lorsque Timothée choisit tout d'abord des nems au homard puis hésita entre des beignets de sole aux truffes et du porc au caramel. Ne parvenant pas à se décider, il prit les deux, invoquant le fait qu'il y aurait toujours quelqu'un pour finir les plats. Je tombai des nues. L'appétit perdu, une soupe de vermicelles me suffirait. Il ajouta un autre cocktail. Le serveur repartit, lui-même étonné par ce Gargantua. Clarisse reprit la parole pour ne plus la lâcher.

« Tu sais que Timothée travaille chez un huissier ! Il est vraiment passionné par son travail !

- Et votre travail consiste en quoi au juste ?

- Je fais les relances. C'est-à-dire j'appelle les gens qui n'ont pas payé les notes qu'ils doivent. »

L'explication supplémentaire n'était pas nécessaire

« Même à l'hôpital on trouve beaucoup d'impayés ! Et je ne parle même pas de toutes les fois où le distributeur de friandises a été cassé et tous les Mars et Kinder Bueno volés ! »

La conversation se poursuivit avec les anecdotes assommantes de Timothée sur les dossiers de recouvrements dont il était en charge. J'avais passé plus d'une heure et demie à écouter les idioties, les fautes de grammaire et même les fautes d'orthographe de ce pauvre sot. J'essayais de comprendre ce qui lui plaisait en cet être si trivial. Il n'était ni beau, ni charmeur, ni intelligent, ni cultivé, ni drôle, ni riche. Mon parfait opposé. C'était un harpagon, profiteur et à la peau si grasse qu'elle luisait malgré la lumière tamisée. Ce type était une plaie véritable, un boulet qui s'accrochait comme un pou sur une chevelure sale. Il mangeait en postillonnant tout autour et en laissant quelques traces de son plat sur lui et sur ses voisins. Il me dégoûtait, me répugnait, m'écœurait. Cette soupe de vermicelles que j'aimais tant, je ne pourrais plus jamais l'avaler. Il m'avait rendu aussi malade qu'une gastroentérite après une crise de foie quand on est enrhumé. Je ne m'étais jamais senti aussi mal de toute ma vie entière. Et pourtant, les moments de déplaisance n'avaient pas manqué. Le premier jour d'école où j'avais mangé du jambon avarié, le bizutage de fac et la bouse de vache dans les cheveux, le coulis de tomate qu'on avait versé dans ma valise en auberge de jeunesse, le vomi qu'on m'avait forcé à boire quand j'avais perdu au poker. Tous ces moments, et tant d'autres, n'étaient rien comparés à cette soirée à laquelle je survivais tant bien que mal. Je voulais me sauver et ne plus jamais voir cet horrible importun. Il me donnait de l'urticaire. J'en étais allergique. Il avalait tout ce qu'il avait à portée de main : il finit même par grignoter un bout de carton qui lui resta collé au palais. Ma seule satisfaction de la soirée. Nous étions finalement arrivés au dessert sans que la souffrance ne s'atténue. Pour m'achever, ils prirent « une rivière à deux », un gâteau au fruit de la passion accompagné d'un coulis au citron vert. C'était le dessert que j'avais prévu pour Clarisse et moi. Le clou d'une soirée qui aurait dû être inoubliable. Après avoir payé une note aussi aigre que le sentiment au cœur et la sauce dans l'estomac, nous nous étions quittés et il m'avait lancé un « au revoir » aussi mou que son cerveau en état d'ébullition. Alors que j'avais attendu pendant plus d'une semaine ce dîner, il m'avait tardé qu'il finisse le plus vite possible. Je les avais vus s'éloigner  leurs mains moites enlacées. Ils marchaient d'un pas militaire, comme deux paysans lors d'une sortie en ville. Deux paysans que j'enviais. Deux paysans dont j'étais affreusement jaloux. C'était sans doute le drame de la trentaine. Certains se retrouvent mariés, d'autres avec un ou deux cheveux blancs, d'autres encore s'exilent au bout du monde après un chagrin d'amour et certains viennent juste de trouver le travail où ils finiront leurs jours. Moi, j'étais obnubilé par une femme hideuse, abrutie et sans intérêt. Bien pire que mon admiration refoulée pour les Boys II Men. Mon drame de la trentaine.

*

Le succès avait fini par me faire croire que mon talent était véritable. Rattrapé par mon coup de chance, il me fallait la provoquer à nouveau. J'avais arpenté les rues de Paris et celles de province sans parvenir à réitérer l'exploit. Mon objectif s'était posé sur de vieux joueurs de pétanque, des orangers en plein hiver, des impasses habitées par leurs pavés, des animaux sans laisse, des couchers de soleil aux premiers jours du printemps, des mains abîmées qui brodent des nappes hors de prix, des canettes glacées ruisselantes qui tachent des tables en bois de mauvaise qualité, des femmes qui rient à gorges déployées et sans sous-vêtements, des paysages colorés et d'autres monochromes, des jardins à l'anglaise et des tours de béton, des enfants qui hurlent, des mariées qui pleurent, des avenues populaires en mouvement et des poseurs professionnels qui maîtrisent l'effet naturel avec une spontanéité désarmante. J'avais épuisé tous les sujets à sensation, ceux qui auraient pu me mettre sur le chemin d'un second cliché d'anthologie. J'avais conscience que la carrière d'un artiste ne pouvait être une suite de chefs d'œuvre mais l'impertinence avait-elle choisi d'encadrer chacune de mes photographies ? Cartésien à mes heures perdues, je décidai de décortiquer les éléments qui m'avaient amené à réaliser le portrait de Clarisse. Les longues

171

heures de réflexion donnaient naissance à une seule combinaison : la fortune et mon sujet. Était-elle la clef de mon énigme ? Devais-je me mettre à la quête de femmes en uniforme ? De femmes disgracieuses mais photogéniques ? D'infirmières ou de collectionneuses de cochons ? De toutes les créatures idylliques que j'avais rencontrées, pourquoi fallait-il faire d'un être au physique aussi ingrat ma muse ? Coup du sort, coup de grâce.

La conversation avait été entrecoupée par le passage d'un convoi spécial dont les décibels m'avaient fait perdre le peu d'ouïe qu'il me restait. Excité comme une ménagère de quarante ans succombant à ses premières injections d'acide hyaluronique, Jeremy m'annonçait que j'étais parmi les finalistes pour ce prix de photojournalisme pour lequel nous avions postulé. Une candidature que j'avais eu bien du mal à retenir, rapidement à court d'arguments face à l'enthousiasme exacerbé de celui qui avait été l'un des premiers à croire en mon hypothétique génie. Il répétait ses phrases plusieurs fois pour s'assurer qu'elles étaient bel et bien réelles, enchainait les suppositions, me traçait un avenir des plus prodigieux en faisant des plans non pas sur la comète mais sur la galaxie dans son intégralité. Jeremy était une mère juive voyant son fils professeur de médecine après une formation aux gestes de premiers secours.

Persuadé que la foudre ne tombait jamais deux fois au même endroit, je ne misais pas beaucoup sur ma qualification. Avec plus de soixante-dix mille candidats, mes chances de me distinguer de cette armada de véritables photographes étaient aussi fines que les cuisses de Kate Moss prises de profil. J'avais oublié que nous n'étions plus en 1996 et la brindille avait pris un peu de cellulite. Les derniers clichés retenus, j'avais imaginé que le karma m'empêcherait d'accéder au Graal. Ma naïveté se joua une nouvelle fois de moi et j'entendais à présent Jeremy m'annoncer que j'étais le lauréat de cette année. En raccrochant, je m'assis à une terrasse de café, commandant une bière sous l'œil étonné de la jeune serveuse. Elle apprendrait bien assez vite qu'il n'y a pas de buveurs trop matinaux, uniquement des matins qui ont besoin d'ivresse. Face à ces trottoirs sur lesquels j'avais si souvent dévisagé les femmes d'une manière peu élégante, j'étais confronté à ma propre évaluation et j'éprouvais bien plus de difficulté à parvenir à un accord. Peut-être étais-je véritablement doué ? Un talent dont j'aurais ignoré l'existence mais qui aurait germé en mon fort intérieur, attendant qu'on lui laisse une chance de s'exprimer. Et ce moment était-il arrivé ? Je ne serais pas la première révélation incongrue. Si autant de professionnels avaient perçu dans mon travail une certaine forme de mérite, serai-je raisonnable de persister à croire que je ne suis qu'un usurpateur ?

Dès que cette légitimité commençait à s'installer dans mon esprit, mon jugement reprenait le dessus et la pondération que je n'avais pas toujours su m'appliquer venait écraser l'espérance d'avoir trouvé ma véritable vocation. Coincé entre deux murs que je ressentais se resserrer contre moi, je devenais victime d'un succès que je n'arrivais pas à apprécier, menacé d'une épée de Damoclès qui me serait bien plus sanglante que la tête de notre regrettée Marie-Antoinette. La remise du prix se tenait à Amsterdam et j'avais demandé à Charline de m'y accompagner.

Charline m'avait été présentée lors d'un dîner chez Auguste, mon copain de lycée. Pas très belle mais terriblement sympathique, je m'étais moi-même étonné de tomber sous le charme de cette fille à la voix aussi aigüe que le sens de l'orientation d'un scout. Aimant les contradictions sans avoir la réputation d'être une emmerdeuse, elle avait décliné mon verre et m'avait proposé à la place une toile, un film iranien qu'elle m'avait vendu à merveille. Je l'attendais devant ce cinéma, transformé quelques mois plus tard en boutique de luxe où les sièges étaient devenus bien plus confortables. Elle arriva, d'un pas déterminé et presque militaire faisant claquer ses bottes quarante-deux fillette et coiffée d'un chapeau à plumes et à pics, qui ne manqua pas de me rappeler celui de Michael J., Crocodile Dundee pour les intimes. Des cheveux bouclés dépassaient de l'écharpe qu'elle avait dû entourer d'un geste hâtif et le bout rouge de son nez laissait suggérer qu'elle avait sauté la case maquillage. Malgré cet accoutrement des plus atypiques, Charline avait tout de même réussi à m'attendrir et même à m'amadouer. A l'éternel dilemme du choix du pop-corn, elle répondait par un savoureux « mélange des deux » à l'image de son caractère sucré-salé. Elle n'avait cessé de me répéter sur le trajet nous menant à la salle que ce film avait eu des critiques formidables, que le scénario avait été tiré d'une histoire vraie et d'autres informations sur le réalisateur, les comédiens et les lieux de tournage. Je comprenais que cette fille était du style à faire des fiches sur le guide du Routard avant chaque voyage.

Elle avait bien fait de me convaincre. Le film était très réussi. Sentant la séance toucher à sa fin, je tentai de l'embrasser. Dans une maladresse presque chorégraphiée, nos lunettes se cognèrent, ressemblant à deux adolescents expérimentant leur premier flirt. Elle retira les siennes en les posant sur sa tête avant de les faire tomber en voulant déplier ses jambes coincées dans l'espace ridiculement étroit des rangées. Dans un élan de bonté et de galanterie dont je fus le premier surpris, je lui offris les miennes lui laissant la chance d'observer sans floutage l'acteur principal qu'elle avait trouvé à son goût. Dix minutes plus tard, mes binocles furent victimes de son adorable gaucherie en cohabitant avec la moquette caramélisée jusqu'à la fin du film.

En sortant du cinéma, nous nous étions promenés sans savoir véritablement où nous allions, sans avoir envie de mettre un terme à ce rendez-vous qui n'avait pas un goût d'inconnu. Il me fallut quelques semaines pour construire avec Charline une complicité qui allait bien au-delà de celles que j'avais pu rencontrer jusqu'alors. Une complicité que nous n'avions pas réussie à transformer en étincelle. Elle n'était pas celle qui me rendait tout tremblant, me faisait perdre mes moyens ou réfléchir pendant cinq minutes au message à envoyer. Elle était simplement celle qui pouvait voir mes angoisses dans mes sourires, partager mes pensées sans que nous ne disions un seul mot, comprendre certaines failles sans que je n'ai à les expliquer et accepter que je ne sois pas un autre. Charline était apparue dans ma vie comme une tendre bénédiction, ce sur classement aléatoire pour un vol long-courrier, cette caisse sans queue lorsque l'on est pressé, ce contrôle fiscal qui se solde sans redressement. Notre relation était forgée d'évidence, de réponses sans questions faisant presque croire au païen que je suis, qu'il existait plusieurs vies aux âmes.

Pétri d'incertitude et d'appréhension, je n'avais jamais eu autant besoin d'elle et de ses frisottis indomptés. Je pénétrai dans cette salle pleine à craquer et vrombissante de discussions aux mille dialectes. Jeremy m'avait demandé de préparer un discours mais les bouts de phrases que j'avais annoté sur une feuille de calepin arrachée ne me rassuraient en aucune mesure. Si l'improvisation m'avait mené jusqu'à cette situation, elle pourrait peut-être m'aider à m'en sortir. Plusieurs personnes vinrent me saluer, me féliciter et m'interroger sur mes travaux passés (inexistants) et mes futures aspirations (indéterminées). Charline souriait en tentant de cacher son malaise détectable à vingt kilomètres à la ronde, essuyant ses mains moites sur son trench. J'avais fait quelques recherches sur les précédents primés, essayant de trouver un quelconque point commun pouvant me rapprocher d'eux. Je me ralliais davantage à la théorie selon laquelle je finirais démasqué et condamné à changer d'identité pour cette fraude magistrale. Alors que ma coupe de champagne commençait à chauffer comme un tube à essais en plein cours sur la combustion, un des organisateurs invita l'assemblée à s'asseoir et le brouhaha laissa place à quelques murmures étouffés. Mes doigts pianotaient nerveusement sur ma cuisse. La présidente du jury monta sur l'estrade et débuta un discours que je trouvais des plus hyperboliques. Elle avait salué mon travail en le comparant une nouvelle fois à celui de Dorothea Lange et son portrait de Florence Owens Thompson devenue malgré elle le symbole de cette Amérique en Grande Dépression. Clarisse suivait les pas de cette migrante au triste destin romanesque. Son cliché avait ému ce jury habitué aux scènes de guerre, empreintes de douleur et d'atrocité. Leurs œuvres, puisqu'elles valaient de les appeler ainsi, n'avaient pas seulement un caractère artistique mais émanaient d'une volonté de briser des barrières et d'aller là où il fallait aller. Ces hommes et ces femmes avaient souvent eu le courage de prêter à leur vie une importance moindre, le temps d'un instant pareil à une éternité. Je m'abreuvais d'une culpabilité aussi salvatrice qu'un poison au goût de grenadine. Plus cette charmante quinquagénaire m'encensait, plus je ressentais les accusations potentielles se profiler. Était-il encore temps de me récuser ? Il suffirait que ma conscience, mise en veille depuis si longtemps, me pousse à me lever et dénoncer cette escroquerie non-intentionnelle. Des années de vices assumés ancrèrent mes fesses sur la chaise et reléguèrent mon vœux d'honnêteté au rang de fantasme inassouvi.

Son discours prit fin et je me dirigeai la mine crispée et le dos en eau vers l'échafaud. Aussi inspiré que le regard d'un merlan frit contenant du gluten, j'avais recyclé les techniques hautement discutables dont je faisais usage dans les dissertations de philosophie et qui ne me valurent pas l'agrégation, ni même la moyenne à l'épreuve du baccalauréat. Durant les trois heures vingt de Thalys, j'avais cherché des citations sur lesquelles je pourrais broder en restant aussi évasif qu'un homme se cherchant des excuses.

*Une photo vaut mille mensonges*
*Claude Jasmin*
L'aveu était parfait.

*On photographie les objets pour les chasser de son esprit*
*Franz Kafka*
Ce fut pourtant le moment où Clarisse envahit le mien.
*Ce que la photographie reproduit à l'infini n'a lieu qu'une fois*
*Roland Barthes*
Même l'instant en question, j'étais incapable de m'en souvenir.

*Je photographie ce que je ne désire pas peindre, et je peins ce que je ne peux pas photographier*

<u>*Man Ray*</u>

La seule peinture que j'avais exercée servait à camoufler les rayures que je faisais sur la voiture de mon père les soirs où je lui piquais les clefs.

J'avais fini par griffonner quelques phrases sur cette feuille qui ressemblait à présent d'avantage à un ticket de carte bleu laissé au fond d'un sac. Je me lançai, avec davantage de résignation que de courage.

*« La photographie est un prétexte pour être là où nous ne devrions pas être.* Si nous devons ces mots à la grandiose Susan Meiselas que je ne prends pas la peine de présenter à une assemblée aussi érudite, ils qualifient parfaitement l'histoire derrière cette photographie que vous avez décidée de primer aujourd'hui. Devais-je me trouver dans cet hôpital ce jour-là ? Devait-elle se trouver dans ce couloir à cet instant ? Je ne peux vous répondre car je me questionne encore moi-même. Je suis arrivé dans ce métier un peu par hasard, beaucoup par chance. Celle de rencontrer des personnes qui m'ont guidé alors que je cherchais un chemin. Celle d'avoir capturé un moment dont je n'ai réalisé la portée qu'à posteriori. Celle d'avoir réussi à interpeller un jury capable de déceler des éléments qui demeurent encore incompréhensibles à mes yeux. Ne pensez pas que je fais preuve de fausse modestie, ceux qui me connaissent vous convaincront aisément du contraire. Loin de pouvoir justifier l'enthousiasme qu'a provoqué ma photo,

je souhaite néanmoins lui apporter une nuance bien nécessaire. La seule artiste de ce projet est celle qui se trouvait derrière l'objectif. Elle et elle seule. Madame la présidente, mesdames messieurs les jurés, votre récompense me touche mais mon geste n'a été que mécanique et sans intention. Permettez-moi de la remettre à celle qui la mérite réellement. »

Je descendis de l'estrade, applaudi et scandé par cet auditoire qui n'avait visiblement pas interprété mon discours tel que je l'espérais. Charline avait le regard suspendu, ne sachant déterminer si j'avais procédé à ces révélations en pleine conscience de mes actes. Jeremy gardait la bouche entre-ouverte, probablement dans le même état d'incompréhension auquel il avait fini par s'habituer. Le reste des invités continuait de me sourire avec bienveillance, m'offrant des gestes amicaux et des louanges erronées. Comme le conducteur d'un bolide aux plaquettes de frein défaillantes, je fonçai droit vers ma perte, ne maîtrisant plus la teneur de mes propos ni l'ampleur de mes actes. Mes confessions ne m'avaient pas délivré du poids de ce péché : elles m'avaient condamné avec les honneurs. Avant de quitter Amsterdam, j'avais fait un tour dans le quartier rouge comme un ultime hommage aux strip-teaseuses de la Nouvelle Angleterre que Susan Meiselas avait photographiées dans ses premières séries. Enfin un art que je maîtrisais.

*

Sur les conseils de mes amis inquiets qui commençaient à qualifier ma relation avec Clarisse d'obsession, je partis quelques jours à Rome. Après avoir obtenu tant bien que mal notre licence, Armen, Franck et moi avions sillonné l'Europe, de Berlin à Prague, de Budapest à Athènes, de Florence à Barcelone, faisant plus souvent connaissance avec les locales qu'avec les reliques historiques. Vingt ans plus tard, la Ville aux Sept Collines nous ouvrait à nouveau ses portes. Mais en vingt ans, en plus des pattes d'oie et d'une certaine assurance, Armen et Franck avaient gagné une alliance. Conscient qu'il serait bien pénible d'être la cinquième roue du carrosse (surtout avec autant de pavés), je proposai à Angèle, ma voisine de palier, de se joindre à nous et d'être ma dulcinée en intérim. Jeune avocate aux goûts cinématographiques plutôt discutables, elle avait rapidement su prendre ses aises en considérant mes placards comme un garde-manger en libre-service et mes codes wifi et Netflix comme des biens communautaires. Angèle pouvait sonner à vingt-trois heures pour que je lui prête des pinces à linge que je ne revoyais jamais, faire livrer ses colis chez moi lorsqu'elle partait plaider en province quelques jours ou me faire passer pour son ex repris de justice lorsqu'elle voulait se débarrasser d'un amant trop envahissant. Angèle avait également une fâcheuse habitude, celle de penser qu'il était envisageable de manger dans mon assiette. Une pratique qui pouvait me pousser vers des comportements des plus immodérés et dont elle ne mesurait pas les conséquences. J'avais tenté à maintes reprises de lui faire comprendre, passant par des chemins aussi nombreux que variés mais à chaque fois que nous partagions un repas, la fourchette d'Angèle finissait dans mon plat.

En arrivant dans la ville éternelle, je n'avais qu'une hâte : déguster les *carciofi alla giudia*. Ces petits artichauts frits entiers égalaient une nuit en compagnie d'Elle MacPherson dans le classement des plaisirs de ce bas monde. Connaissant l'adoration que je portais à ces chardons croustillants, Franck et Armen avaient réservé dès notre premier soir chez *Piperno*, temple majeur des délices romains. En cette fin de mai annonçant les prémices d'un été chaud et animé, Rome enveloppait ses passants dans un air enivrant de *Dolce Vita*. Cette ville possédait un pouvoir énigmatique, insufflant à ceux qui la traversaient l'aura de ceux qui avaient fait d'elle une légende.

Décidé à ne pas voir cet instant gâché par mon adorable accompagnatrice, je précisai plusieurs fois à l'assemblée que la sacro-sainte spécialité ne répondait nullement aux règles de fraction. Insistant lourdement, je pensais que les consignes avaient été digérées. L'artichaut faisant son entrée à table, je le vis s'extirper pour prendre place entre Angèle et moi. Les quelques instants durant lesquels je reprenais mes esprits suffirent à cette bornée imperméable à la retenue pour plonger ses doigts dans l'assiette et déraciner les pétales un à un, les portant à sa bouche sans se soucier du gras qui luisait à présent sur ses lèvres. Angèle continuait à piocher dans mon artichaut, confortablement installée sous une cloche de verre et immunisée du regard plein de rage que je lui portais. Refreinant mes pulsions tortionnaires, je commandais un second artichaut, surveillant l'arrivée de ce miraculé. Un miraculé à qui cette gorgone affligea le même sort. Au fur et à mesure que je la regardais effeuiller celui que j'adulais, les malédictions prenaient l'assaut de mes pensées et j'espérais, sans qu'aucun scrupule ne vienne troubler ma bonne conscience, que les picots de friture lui raclent la gorge à chaque bouchée. J'attendais son étouffement, brûlant d'envie de voir ma frustration libérée. Angèle demeurait imperturbable et exaspérante, hermétique aux tribulations que je lui lançais comme des rafales. Contrairement à ce que ma sœur s'était toujours entêtée à défendre, j'étais un piètre blasphémateur.

Aigri comme un supporter de l'Équipe de France lors de la Finale de la Coupe du Monde de 2006, je quittai le restaurant sans avoir pu goûter à mon *carciofo* tant attendu. Dans les dernières lumières orangées, nous avions rejoint la Fontaine de Trevi et je reprenais espoir en apercevant le glacier installé sur le côté droit. Mes camarades ayant eu la chance de remplir leurs estomacs des mets aussi riches que J.K. Rowling en pleine *Harry Potter* mania, j'étais seul à céder à cette ultime gourmandise. La sainte trinité : pistacchio, vaniglia, cioccolata. Touriste jusqu'au bout des ongles, Angèle jetait les pièces les unes après les autres faisant répéter les tentatives de *boomerang* à Armen qui semblait bien plus doué pour les fusions-acquisitions. Je m'apprêtai à donner un premier coup de langue dans cette Tour de Pise crémeuse à souhait lorsqu'Angèle s'approcha et trébucha sur le trépied d'un groupe de pèlerins argentins. Comme dans le ralenti d'un mauvais film du dimanche soir, ma glace s'étala sur les pavés et dans un geste incontrôlé mais amplement mérité, je giflai cette fille portant la guigne comme une seconde peau.

Cela faisait plus de quatre ans que je connaissais Angèle et c'était bien la première fois qu'elle était muette. Une main sur sa joue et la bouche ouverte comme un poisson rouge, elle tourna les talons avant même que je puisse exprimer mes excuses auxquelles je n'aurais pas apporté beaucoup de conviction. En rentrant à l'hôtel, je l'avais trouvée en train de rassembler ses affaires, furieuse et vexée, ahurie par une situation qu'elle n'avait pas vu venir et à laquelle sa réponse restait encore indécise : entre me donner une leçon ou profiter de quelques jours supplémentaires de vacances romaines, sa valise cabine hésitait.

« Je suis navré, je n'aurais pas dû te gifler mais c'est parti tout seul...
- Pour une glace ! Pour une glace ! Tu as failli me percer le tympan ! Je suis défigurée !
- Je te présente mes plus plates excuses Angèle mais je te le répète, je n'ai pas fait exprès !

- Mais enfin, on ne donne pas une claque comme ça ! Tu veux que je te donne le fond de ma pensée ? Cette histoire de muse t'est montée à la tête ! Tu ne penses qu'à elle, tu la cherches partout et comme tu es bien incapable de la trouver, ça te tape sur le système et tu deviens exécrable !
- Ne t'engage pas sur ce terrain, c'est mieux pour toi…
- Tu vois ! On ne peut pas dire un mot sur elle que tu tournes comme une girouette !
- Arrête Angèle, je t'ai répété des dizaines de fois que je ne supportais pas que l'on mange dans mon assiette et tu fais exprès de jouer les idiotes pour obtenir je ne sais quelle prérogative de ma part. Clarisse n'a rien à voir là-dedans. Essaye d'être plus éduquée et je t'assure que la folie que tu me prêtes te semblera bien moins présente !
- Elle te rend irrationnel et tu continues à la défendre encore, et encore… Réveille-toi un peu ! Cette fille n'en a que faire de toi et de ton pseudo talent ! Que peux-tu bien lui trouver d'ailleurs ? Ton entourage entier se le demande ! Regarde-toi mon pauvre, tu es intoxiqué par cette femme ! Il te faut ta dose sinon tu deviens incontrôlable mais regarde la réalité en face ! Tu ne l'intéresses pas !
- Angèle, arrête toi immédiatement sinon…
- Sinon tu risques de me gifler ? »

Sa décision semblait être prise et Angèle la culottée n'était pas prête à délaisser sa dignité pour un tour dans les studios de

*Cinecittà*. Sans m'incriminer davantage, mes autres compagnons de route ne m'avaient pas donné raison. Et avec le recul, je ne pouvais leur donner tort. De retour à Paris, j'avais écrit une longue lettre d'excuses à Angèle, accompagnée d'une cagette des légumes de la discorde mais cette mise en scène que je trouvais des plus attendrissantes n'avait pas eu le succès escompté. Depuis, je ne recevais plus de colis au nom de Mademoiselle Atalb et ma population de pinces à linge ne connaissait plus de décroissance démographique. Le jeu en avait valu l'artichaut.

*

C'était bien la dernière personne que j'avais envie de voir. Il avait sonné, acharné et rempli d'une colère froide qui le dépassait. En ouvrant la porte, je ne m'imaginais pas tomber sur lui : Jacques, mon cousin que j'avais rendu cocu le jour de ses noces, se trouvait face à moi. Il avait son air bouffi habituel et la mèche de cheveux qu'il plaquait au sommet du crâne pour cacher sa calvitie, avait dévié de sa route. Je restai muet quelques instants : à huit heures, je n'avais pas encore l'inspiration pour simuler un joyeux étonnement. Et pour la première fois de sa vie, Jacques prit les devants.

« Puisque tu t'es tapé la femme le jour du mariage, tu ne verras pas d'inconvénients à te taper le mari pendant la période de divorce. »

Il me poussa et rentra suivi d'une valise à qui il manquait une roue, laissant derrière son passage, une rayure le long des lattes de parquet. Plus réveillé que lorsque j'avais ouvert la porte, je demeurais silencieux et quelque peu désorienté par cette nouvelle. Dans un autre contexte, j'aurais apprécié le panache de la formule et la mise en scène audacieuse. Mais ce matin-là, la seule pensée qui me venait à l'esprit était de savoir comment avait-il bien pu l'apprendre. Et surtout, combien de temps allait durer ma pénitence.

« Tu veux un café ?

- Oui

- Très bien... Je vais m'en faire un aussi, un expresso bien serré...

- Et n'oublie pas le sucre. »

Je pouvais sentir le poids du malaise qui avait envahi mon appartement. Les fenêtres s'en étaient embuées. Je cherchais une approche diplomatique pour aborder ce sujet sur lequel mes tentatives de mensonges n'auraient visiblement aucun effet. Le déni creuserait un peu plus ce trou à rat où je me trouvais actuellement. Pour quelques minutes d'un plaisir très discutable, je me retrouvais à supporter le pot cassé. Ma provocation me coûtait cher : le prix d'un flashback du plus mauvais goût. Près de trente ans après la colonie de vacances, je devais à nouveau partager ma chambre avec ce parent plus éloigné de moi encore que le chainon manquant. Et aujourd'hui, il avait l'ascendant sur moi. Le savoir mon supérieur ajoutait de l'aigreur à cette situation déjà bien amère. Je posai les cafés sur mon plus beau plateau qui avait encore l'étiquette au dos et sortis toutes les sortes de sucres que j'avais en stock. J'étais même allé chercher au fond du placard le paquet de cigarettes russes qui avait échappé à mes fringales nocturnes.

« Jacques, écoute je suis sincèrement désolé

- Arrête de mentir, nous savons très bien tous les deux que la seule chose que tu regrettes c'est que je sois au courant. Ou à la limite de t'être tapé un aussi mauvais coup. »

Le mariage l'avait au moins rendu lucide. Il n'avait pas tout perdu.

« Je ne peux pas revenir en arrière et j'ai conscience que ce que j'ai fait est abject. Si seulement je pouvais me faire pardonner…

- Ne t'inquiète pas, je vais t'en donner la possibilité. »

Jacques me tenait comme un chien au bout d'une laisse, et je sentais que la boucle du collier venait de se resserrer d'un cran.

« Je vais te présenter mes excuses devant la famille entière et…

- Bien au contraire

- Comment ça ?

- Personne ne le saura

- Jacques, je te remercie, c'est vraiment si sage de ta part de réagir comme cela...
- Ne me remercie pas si vite. »

J'étais comme un gladiateur en pleine arène, dépendant d'un mouvement de pouce pour poursuivre ma respiration. Jacques exerçait une domination qui m'étonnait moi-même. Il était loin le temps où je m'amusais à le ridiculiser sans même qu'il s'en rende compte. La roue dont la réputation n'est plus à faire, avait bel et bien tourné et je sentais qu'elle s'apprêtait à m'écraser comme un mégot de cigarette à un *afterwork*. Jacques finit son café, reposa la tasse délicatement et se leva dans un calme olympien. Il effleura les coussins en velours achetés par ma décoratrice d'intérieur. Les mains dans le dos et l'expression pensive fixée au visage, il fit un petit tour du salon, observant les photos encadrées et s'arrêtant devant l'œuvre contemporaine en acier brossé. Les moyens de rompre ce silence ne se bousculaient pas aux portes de mon cerveau, mis en état quasi végétatif pour l'occasion.

« C'est pas mal chez toi
- Merci, mais je n'y suis pas pour grand-chose
- Oh, ne fais pas le modeste... Tu as tendance à amoindrir ton rôle dans beaucoup d'entreprises. A ton âge, il serait peut-être temps de commencer à assumer qu'en penses-tu ? »

Je continuais d'acquiescer, incapable de trouver une parade au cercle dans lequel il nous avait enfermé et qui se trouvait être bien plus vicieux que je ne l'aurais imaginé.

« C'est vraiment fini avec Amélie ?

- Nous devons nous mettre d'accord sur la maison d'Annecy mais ce n'est qu'une question de temps.

- Et pour les enfants ?

- Nous n'en avons pas.

- C'est déjà ça…

- Tu es rassuré ? Ils auraient peut-être été de toi qui sait !

- Jacques, écoute, je suis vraiment désolé… Je ne sais pas comment me faire pardonner et j'ai bien conscience que ce que j'ai fait est affreux mais…

- Mais quoi ? Tu n'as pas fait exprès ? Tu as pensé que c'était drôle ? Caucase ? Une ultime manière de m'humilier ? La cerise sur le gâteau de toutes ces années durant lesquelles tu as pris plaisir à me rabaisser ? C'est dommage que tu aies oublié qu'il n'y a rien de gratuit dans la vie… Tellement dommage… Nous avons passé le temps où tu pouvais piquer des billets dans le vaisselier de tes parents sans qu'ils s'en rendent compte. Te taper celle qui était ma femme depuis moins d'une heure sans penser qu'un jour ça te reviendrait en pleine face comme un boomerang, c'est un peu naïf… Ca m'étonne de toi… J'en suis presque déçu ! Mais ne culpabilise pas trop rapidement

190

car après autant d'années à tes côtés, j'ai attrapé un peu de ta contagieuse perversion et crois moi que ce que je te réserve sera bien plus douloureux que tes remords auxquels je ne crois pas une seule seconde. »

Ces phrases éclataient devant mes yeux comme les bulles de chewing-gum d'une serveuse de milkshake des années 60. Je compris que Jacques avait préparé son arrivée avec minutie et précision. Il avait digéré l'annonce, prit le temps de penser sa vengeance et trouvé les moyens les plus adéquats pour la mettre à exécution. Je le sentais plus sûr que jamais, gonflé d'une confiance qui donnait l'impression qu'il avait gagné quelques centimètres. Je me sentais minuscule face à cette boule d'assurance et d'amertume. Jacques avait dû être terriblement peiné pour s'endurcir à ce point. Ma culpabilité n'en était que décuplée.

« Jacques, si tu veux rester ici quelques jours…
- Oh mais je n'ai pas attendu ton invitation !
- Tu es le bienvenu et sache que je ferai tout ce qui est en mon possible pour que tu puisses te sentir mieux…
- Tu ne crois pas si bien dire mon cher cousin ! Je vais non seulement m'installer chez toi mais je préfère te prévenir d'ores et déjà que je vais faire de ta vie un enfer. Je serai une plaie, un poison dont tu ne pourras pas trouver l'antidote, une écharde dans le pied qu'il te sera impossible de retirer. Je vais rester ici le temps que je jugerai

nécessaire et tu seras contraint d'obéir à chacun de mes ordres sinon je leur dirai tout…

- Si tu penses que cela te ferait du bien, je veux bien aller tout avouer à tes parents et aux miens…

- Mais je ne parle pas de notre famille. Je sais quel mépris tu leur voues ! Si tu refuses un seul de mes souhaits, c'est à la presse que j'irai raconter notre petite histoire familiale et les titres les plus racoleurs seront sans doute ravis d'avoir une interview en exclusivité au sujet du petit génie de la photographie. »

Il me sourit longuement et c'était à présent un autre Jack nommé Nicholson que j'avais face à moi, sorti tout droit de *Shining*. Je sentais mon bassin s'enfoncer dans le canapé et mes mains devenir aussi moites que celles d'une adolescente des années 80 attendant Balavoine à la fin d'un concert. La crainte de concevoir avec une amante éphémère avait souvent effleuré mon esprit. Le fait de prendre une peine maximale pour un petit adultère que je pensais sans conséquence, beaucoup moins.

« Je mangerai bien une pizza à la truffe à midi ! »


Ma condamnation commencerait par un aller-retour chez le traiteur italien de la rue du Bac.


\*

Mon prix n'avait pas décuplé ma côté de popularité mais l'avait surclassée. Alors que j'attirais jadis les filles aux conversations aussi approximatives qu'un menu de self d'autoroute, je réussissais à présent à aborder des femmes aux ambitions plus élevées. J'avais rencontré Mariana lors d'un gala de charité où j'avais été l'invité d'un magazine fervent admirateur de mes talents usurpés. Elle était directrice de la publicité d'une de leurs publications et avait trouvé place à ma gauche, heureux hasard qui me valut de l'inviter à dîner le jeudi suivant. Cette célébrité en château de cartes avait aiguisé mon palais et je ne me contentais plus des restaurants où il est bon d'être vu, leur préférant les tables pour gourmets initiés. Nous avions été installés près d'un couple d'habitués que le chef était venu saluer personnellement. Elle, sans doute d'une beauté remarquable dans ses plus jeunes années. Ses cheveux blancs étaient coiffés d'un peigne et relevés sur le côté droit, laissant apparaître une peau laiteuse et une paire de boucles d'oreilles en améthyste. Cette femme avait une classe narratrice et en un regard, on se prêtait à imaginer la vie qu'elle avait eue, empreinte de délicatesse et de distinction. Lui, avait le teint plus basané et les yeux d'un bleu doux et apaisant. Son visage imposait par des traits francs et une expression que l'on devinait pleine de force et de fêlures. Ce couple, que je ne connaissais pas, m'avait immédiatement paru attachant et je ne me doutais pas que mes pensées finiraient à nouveau par rejoindre une réalité à la moralité discutable.

Mariana mit un certain temps à choisir, ce qui permit à notre voisin de se frayer un chemin vers ce rendez-vous qui ne manquerait pas de saveur.

« Si je puis me permettre, essayez le turbot il est divin.

- J'hésitais avec le bar !

- Je viens ici depuis près de dix-sept ans et j'ai connu toutes les plus grandes tables d'Europe. Je n'ai jamais goûté un turbot aussi bien préparé que dans cette cuisine ! Laissez-vous tenter et si vous êtes déçue, je vous offre le dîner ! »

Sous le charme de cet octogénaire qui venait de devenir un concurrent insoupçonné mais non négligeable, Mariana écouta ses conseils et nous commandâmes deux turbots. La conversation se poursuivit et Edgar Ferolon nous plongea dans un récit aussi exotique que la tarte tatin à la mangue que j'avais repérée dans la carte des desserts. Fils d'ouvrier, il avait quitté la Bourgogne pour tenter sa chance à Paris où il avait vendu tour à tour des parapluies, des savons, des pommes, du cirage et des perruches avant de faire fortune dans la quincaillerie. Surendetté à vingt-sept ans, millionnaire à vingt-neuf, il avait planté ses clous dans des industries aussi diverses que ses péripéties. Lui-même ne savait plus véritablement qualifier son activité. En écoutant cet homme, j'avais l'impression d'être dans ces films américains retraçant les grandes réussites à coup de *flashback*. Ces vies si invraisemblables que les scénarii les plus imaginatifs paraissent redondants.

« Je vous prie d'excuser mon mari ! A son âge, ceux à qui il n'a pas encore raconté ses histoires se font rares ! »

Son épouse venait de sortir d'un silence plein de grâce, après avoir laissé tendrement son époux accoster le devant de la scène. C'était l'harmonie parfaite. Les regards se croisaient, les gestes étaient orchestrés avec justesse, les phrases s'enchaînaient à celles de l'autre comme un dialogue suave et rythmé. La symbiose de ces deux êtres était palpable. J'observais cette scène comme si elle était suspendue au temps, irréelle et singulière, onirique et exaltante. Le rendez-vous galant que j'avais imaginé sous le signe de la séduction s'était transformé en rencontre aussi inattendue qu'inespérée. Les turbots cédèrent leurs places à une dégustation de liqueurs. La table se remplit ensuite des desserts dont Edgar nous narra tous les secrets : la poire Belle-Hélène était un hommage à la fille du propriétaire, les sorbets provenaient d'une production artisanale de Vendée, le mille-feuille n'était pas toujours réussi, la tatin aux mangues qui m'avait fait du charme dès la lecture de son intitulé valait véritablement ses calories mais l'éclair au café demeurait le favori de sa chère Nina.

Je m'absentai aux toilettes et fis tomber mon porte-cartes au moment de me sécher les mains. En le ramassant, mon esprit se figea un moment. Je retournai le petit étuis de cuir et remarquai qu'il portait mes initiales. Il s'agissait de celui que j'avais fait personnaliser quelques jours avant et qui ne comportait que mes cartes de fidélité et mon accès à la salle de sport. Le liseré doré que j'avais pris pour ma carte bancaire n'était rien d'autre que celle qui faisait de moi un membre *gold* de mon fournisseur de café. La bouche entrouverte, je vis mon reflet dans le miroir veiné. Je vidais mes poches, trouvant quelques pièces et un billet de dix euros. Si j'avais longtemps su m'extirper des boîtes de nuit en laissant ma note impayée, je visualisais mal l'approche pour un tel lieu. Je retournai à la table où Mariana, Edgar et Nina continuaient de refaire le monde, s'étant à peine aperçus de mon absence. Sans même vouloir me rassoir, j'invoquai un avion aux aurores et fis un clin d'œil à mon invitée qui pensa immédiatement que ma petite escapade n'avait été qu'un prétexte à ma galanterie. Mariana se leva et nous quittâmes la salle encore bondée pour une heure aussi avancée. Alors qu'elle retirait son manteau au vestiaire, le maître d'hôtel me dévisagea et m'interpella :

« Monsieur, je suis désolé mais il me semble que vous avez omis quelque chose…

- Nous sommes invités par mon grand-père Edgar. Vous souhaitez peut-être demander au chef qui il est ? »

Je fus gracié par mille excuses mais ne manquai pas d'accélérer le pas vers la sortie. Je donnai mon seul et unique billet au voiturier et démarrai en trombe, pressé de tourner à la prochaine rue, de peur que ma plaque d'immatriculation révèle mon identité. Nous avions apprécié le turbot mais Edgar Ferolon avait eu la parole créatrice puisqu'il nous offrit malgré lui le dîner. En retour, je lui avais fait don d'une nouvelle aventure.

\*

Puisque mes talents artistiques semblaient s'estomper comme l'effet d'une liposuccion après un voyage en Italie, je m'efforçais de chercher une parade me permettant de combler ce manque devenu au fil des mois, un gouffre ensevelissant. Orphelin de mes idées ingénieuses passées, je me tournais vers les pratiques peu recommandables de mes nouveaux collègues mal aimés de la profession. J'avais tenté une première fois de recréer un cadre spontané lors de notre balade dans les rues de Paris mais j'avais sans doute oublié que si le hasard avait joué en ma faveur le jour où j'avais pris le divin cliché, c'était peut-être car mon objectif s'était lui fait plus discret. Clarisse ne savait pas qu'elle était prise en photo : l'inconscient était-il à l'origine de cet état de grâce ?

A court de prétextes, Clarisse avait accepté de me consacrer une journée. J'avais plaidé la nécessité d'une aide précieuse et mes nombreuses relances avaient probablement eu raison de la patience de ma chère infirmière : l'usure avait certains avantages.

J'avais élaboré un jeu de piste à travers les lieux que j'affectionnais. Une chasse aux trésors durant laquelle j'espérais renouer avec l'inspiration qui avait été mon amante d'un soir et dont je poursuivais la quête depuis lors.

Un chauffeur l'attendait en bas de son immeuble avec à bord un chocolat viennois supplément crème fouettée et un pain aux raisins pas trop cuit. J'avais compris que le plus court chemin vers le cœur d'une femme passait parfois par son estomac.

Il lui tendit la première enveloppe contenant la lettre dans laquelle j'avais pris soin de lui livrer quelques explications sur cette journée des plus inattendues.

*Ma chère Clarisse,*

*J'ai voulu mille fois t'emmener dans ces lieux où j'avais trouvé la saveur d'un moment. Mille fois et pourtant, faisant taire l'égoïste qu'il m'arrive d'être, j'ai réalisé que rien n'aurait plus de charme que de te laisser les découvrir par toi-même. Comme une douce promenade, ce charmant chauffeur te conduira d'une destination à l'autre en suivant un itinéraire qui demeurera inconnu....ou presque. Douze enveloppes te seront remises les unes après les autres, chacune dévoilant l'adresse suivante. Douze enveloppes et douze pistes qui te mèneront ici et là, mais surtout ailleurs.*

Première enveloppe :

« *Je ne regrette rien. Ni le dénouement qui me paraît funèbre, ma vie sera tombée dans un gouffre. Mais mon âme a eu sa floraison, tardive hélas. Il a fallu que je te connaisse et tout a pris une vie inconnu, ma terne existence a flambé dans un feu de joie. Merci car c'est à toi que je dois toute la part de ciel que j'ai eue dans ma vie.* »

*Auguste Rodin pour Camille Claudel*

La voiture s'arrêta devant le 77 rue de Varenne. Clarisse fut accueillie par Violette, l'une des guides du Musée Rodin. J'y avais passé de nombreux dimanches après-midi avec mon grand-père. *Le monument des bourgeois de Calais, la Porte de l'Enfer, Les Trois Ombres* ou *Le Baiser*, qui avait sans doute marqué plus que je ne le pensais ma première figuration du rapport amoureux, se succédaient sous les yeux ébahis de Clarisse. Elle buvait les paroles de Violette qui savourait elle aussi cet auditoire admiratif. Les suivant à quelques pas de distance, je pouvais lire sur ses lèvres les explications concernant ces œuvres que j'avais côtoyées aussi souvent que le bureau de la directrice. Je laissai mes deux sujets continuer vers la salle des dessins pour prendre place dans les jardins, là où Violette devait achever sa mission. Quelques minutes plus tard, Clarisse posait devant *Le Penseur* et j'enchaînais les prises, aussi perplexe que mon assistant immobile.

Clarisse regagna la voiture et Victor lui tendit la seconde enveloppe en remontant l'Avenue de Bellechasse. En l'ouvrant, elle découvrit le dos d'un cadran de montre ancienne. Le trajet fut court jusqu'aux marches du Musée d'Orsay. Rassurant ma jeune aventurière que la journée ne serait pas un parcours initiatique aux allures de marathon culturel, je laissai un post-it accroché au billet :

*« Traverse les couloirs et les salles et dirige toi au dernier étage. Si sa face s'admire, c'est son côté pile que je préfère… »*

J'attendais Clarisse près de cette grande horloge devenue culte. Un décor profond et simple, d'un charme aussi inexplicable qu'indéniable. Elle arriva d'un pas réservé, ayant presque peur de déranger. Elle tourna la tête, à gauche, à droite et se pencha pour admirer cette vue qu'elle n'avait peut-être jamais imaginée. Au pied de la rampe, j'avais laissé la troisième enveloppe contenant un billet de cents francs.

Assise confortablement à l'arrière de la voiture, Clarisse frottait délicatement le billet entre ses doigts. En plein cœur de la Rive Gauche, Victor passait d'une rue à l'autre pour atteindre la rue de Furstemberg.

*« Sur ce billet, celui qui habita cette place. Sur cette place, un morceau de légende. »*

Injustement réduite à un haut-lieu du romantisme germanopratin, celle que l'on dénommait plus souvent place de Furstemberg, mais qui est en réalité une rue, avait connu un sacro-saint passé. Ancienne cour d'honneur de l'Abbaye de Saint-Germain-des-Prés, elle avait ressenti les secousses architecturales du Baron Haussmann et avait changé de noms plusieurs fois, de la « rue de la Paroisse » à l'ère des Sans-Culottes à la « rue de Wertingen », célébrant la bataille éponyme orchestrée par Napoléon Ier. Entourée des quatre paulownias en fleur à cette période de l'année et de son légendaire lampadaire à cinq globes, elle avait été le décor sans artifice, mais au combien fructueux, de nombreux rendez-vous galants. Un rayon de lumière vint caresser la chevelure mal peignée de Clarisse et j'étais transporté immédiatement dans la scène finale du *Temps de l'Innocence* de Martin Scorsese. Cette place avait décidément un pouvoir phénoménal pour octroyer à ma petite infirmière à la peau rosacée, le sex appeal de Michelle Pfeiffer. Entre les lattes espacées du banc, j'avais glissé la quatrième enveloppe renfermant un paquet de Gitanes.

Victor tourna dans la rue Bonaparte au son de *La Javanaise* et déposa Clarisse devant le 5 bis rue de Verneuil. La façade mythique de l'hôtel particulier de l'homme à la tête de chou était un évènement à elle-seule. Mon dévoué acolyte lui tendit un livre pour découvrir au-delà des murs, cet antre de l'art et de la décadence. A travers l'objectif du talentueux Tony Frank, Clarisse partit à la rencontre du poinçonneur des Lilas. *Viens petite fille dans mon comic strip*. Serge qui embrasse Jane. *Alors voilà, Clyde a une petite amie, elle est belle et son prénom c'est Bonnie*. Les murs noirs et le portrait de B.B. *Elisa, Elisa saute-moi au cou*. Le total-look denim et les Zizis blanches au pied. *Un petit animal que cette Melody Nelson, une adorable garçonne*. Sur son lit, entouré de ses trente-trois tours. *Je t'aime, je t'aime, oh oui je t'aime*. Avec Bambou, allongé sur le piano. *Je suis venu te dire que je m'en vais*.

En quittant la maison de Serge Gainsbourg, Victor mena Clarisse au Jardin du Luxembourg, à la Fontaine Médicis. Une fontaine qui naquit « grotte » sous l'impulsion de la Reine Marie de Médicis, nostalgique de sa terre natale et des jardins florentins où fleurissent les constructions. L'Histoire et les ambitions architecturales de ceux qui donnèrent forme à la Ville Lumière, lui firent maintes fois changer d'habitat. Aujourd'hui, des arbres aux lisières de son bassin longitudinal, la Fontaine Médicis s'était offert le titre d'une des lieux les plus romantiques de Paris. Dans les ombres et lumières de ce paradis perdu, je capturais Clarisse jetant dans l'eau les quelques pièces que contenait la cinquième enveloppe.

Le trèfle de la sixième l'accompagna jusqu'à la rue des Irlandais. A quelques mètres du Panthéon, le centre culturel se voulait gardien de ses compatriotes de talent : des quatre fantastiques Prix Nobel William Butler Yeats, George Bernard

Shaw, Samuel Beckett et Seamus Heaney aux artistes folk. J'avais donné plusieurs interview dans la cour de cet hôtel particulier qui me paraissait tout droit sorti d'un film d'avant-guerre et d'où on aurait imaginé des écoliers en culottes courtes et mèches rebelles. C'était sur la table en fer rose que j'avais déposé l'indice du prochain arrêt. Dérangée des rayonnages de la bibliothèque, la septième enveloppe comportait un intrus au titre plein de promesse. Simone de Beauvoir et ses *Mémoires d'une jeune fille rangée* nous firent traverser la Seine pour gagner Le Marais et la rue des Mauvais Garçons dont j'adorais le nom et l'esprit. C'était un passage obligé.

J'avais sillonné cette rue des centaines de fois et elle était devenue au fil des années, un rendez-vous presqu'instinctif. Dans cette rue de trente-trois mètres, j'avais écrit ma première lettre d'amour adressée à Louise Tardieu en 1ᵉʳᵉB, avais embrassé Charlotte Krtenzinof le soir de la victoire des Bleus à la Coupe d'Europe en 2000, avais pleuré en apprenant le décès de mon ami Fabien, avais lu d'un trait mon portrait publié dans une revue qu'il est bien vu de lire, avais trouvé l'inspiration pour un roman que j'achèverai sans doute un jour, avais fait les cent pas en attendant les résultats d'un test de dépistage, avais mangé d'innombrables fois le cheesecake de chez Sacha Finkelsztajn et avais regardé passer les minutes en ne pensant à rien. J'avais le sentiment que cette rue avait eu mille vies, habitée sans doute par les bouchers turbulents qui lui ont donné son nom mais pas seulement. En haut des marches qui débutent au numéro 6, la huitième enveloppe fit souffler un vent de magie dans cette balade inhabituelle : *Harry Potter à l'école des sorciers*.

Clarisse remonta dans la voiture, tournant les pages du roman en espérant y trouver une piste plus éloquente. Le 51 rue de Montmorency était considéré comme la plus ancienne maison de Paris. Datant de 1407, elle avait été construite par Nicolas Flamel, le légendaire alchimiste à qui l'on prête la création de la pierre philosophale dont le jeune sorcier de J.K. Rowling fait sa quête. C'est à la mort de sa femme que Nicolas Flamel fit ériger cette maison destinée à accueillir les pauvres du quartier qui en échange du gîte et du couvert, devaient se vouer à un petit moment de piété.

Aujourd'hui, c'était d'une autre religion dont il était question : celle des gastronomes.

« C'est ici que nous avons prévu de déjeuner. Cela vous convient Mademoiselle ? »

Clarisse hocha la tête, la mine curieuse et intriguée. Derrière les vitraux en losanges, je l'observais dégustant son repas dans ce cadre hors du temps où elle semblait se sentir à l'aise. Je comprenais qu'elle questionnait Victor mais j'avais une confiance aveugle en cet associé d'un jour. Victor était le chauffeur que la rédaction m'avait mis à disposition depuis mon sacre illégitime. Ce septuagénaire à la chevelure poivre et sel avait connu mille vies, méritant bien plus que moi les louanges dont j'étais l'objet et dont il était le témoin silencieux et complaisant. Il était arrivé de Grèce avec ses parents lorsqu'il était enfant, avait grandi près du Faubourg Saint-Antoine où son père exerçait le métier de tapissier dans un des ateliers du quartier. Victor avait été un jeune homme sans histoire, embauché comme ouvreur de salle à L'Olympia, il était devenu l'assistant d'une vedette des années 70 qui sous l'effet d'un énième caprice l'avait renvoyé un matin de janvier en plein New-York et sans billet retour.

Victor y avait trouvé un petit boulot comme pianiste dans un hôtel lui offrant un toit et la possibilité d'accumuler les pourboires pour regagner Paris. Un soir, alors qu'il interprétait *Georgia on my mind,* un femme s'approcha de lui et lui proposa une place sur la tournée de concerts qu'elle donnait sur la côte ouest des États-Unis. Cette collaboration dura finalement plus de quinze ans et Victor regagna Paris après avoir fait ses gammes sur les cinq continents. Comme dans un roman à l'eau de rose que l'on aime lire les jours de neige, il retrouva Pénélope, la voisine de son enfance qui avait bien grandi après tant d'années. Héritiers de la révolution sexuelle, ils ne se marièrent pas et n'eurent pas d'enfants mais se firent à la place une promesse : celle de cultiver la vigne en Argentine. Victor avait accepté ce poste de chauffeur en attendant la retraite de Pénélope. Persuadé que j'étais éperdument amoureux de Clarisse, il avait immédiatement accéder à ma demande lorsque je lui avais demandé de la conduire à travers ces lieux qui me tenaient tant à cœur.

Le déjeuner terminé et l'estomac de Clarisse dépassant un peu plus de son pantalon déjà bien étiré, la visite se poursuivit avec une enveloppe contenant un tricot de layette rouge.

Rue du Temple, puis à droite Rue de Bretagne. Arrêt au coin de la rue de Beauce.

Clarisse franchit la grille et pénétra dans le plus vieux marché couvert de la capitale, celui des Enfants Rouges. Une évasion sensorielle que j'avais connue grâce à ma nourrice Martha. Cette femme à l'allure carabinée, m'y emmenait faire un tour chaque semaine après mon cours de violon chez Monsieur Vidal qui habitait place de la République. Dans les allées délicieusement bruyantes, Clarisse se promenait d'un stand à l'autre dans ce palais aux structures métalliques  et à la convivialité de village. Tels des petits coins du monde télé transportés en plein cœur de ce quartier bourgeois-bohême où il est de bon ton d'être locavore et de partir prendre le large à La Rochelle, les baraques à saveurs se partageaient les sens et les envies, dans un vivier d'habitués et de novices, de curieux et d'inconditionnels. J'avais pris soin de ne pas convier de dessert à la table de Nicolas pour que Clarisse puisse découvrir les crêpes d'Alain. Véritable personnage de ce théâtre vivant, ses galettes étaient un rituel auquel je me consacrais avec ferveur et obligeance. La dégustation commençait toujours par le spectacle de cet homme au franc-parler aussi goûtu que ses plats qui font voyager les gastronomes rapatriés par le bouche à oreille des globe-trotters. Sa crêpe beurre-sucre largement entamée, Clarisse quitta le Marché des Enfants Rouges pour une destination tout aussi pittoresque.

Sur le siège arrière de la voiture, la dixième enveloppe et le DVD de l'un des chefs-d'œuvre du siècle passé qui me valut une petite obsession pour les filles à bérets noirs pendant quelques mois : *Coup de Foudre à Notting Hill*.

J'avais photographié plusieurs fois la rue Crémieux, et ce, bien avant que mon talent fictif ne se révèle. A quelques pas de la Gare de Lyon, cette petite rue piétonne polychrome m'avait toujours rappelé le quartier londonien aux portes colorées tranchant avec la grisaille ambiante de la ville où sonne Big Ben. J'étais fasciné par le pouvoir d'évasion que cette parcelle de Paris pouvait susciter. De toutes les merveilles dont la capitale regorgeait, spectaculaires ou historiques, conceptuelles ou inédites, la rue Crémieux remportait tous mes suffrages comme un favori de l'Eurovision sur qui pleuvent les douzaines de points. Cette rue avait un côté sentimental, capable de faire surgir des élans de romantisme aux cœurs les plus asséchés dont le mien. Clarisse avançait lentement, m'aidant une nouvelle fois, malgré elle, à trouver l'angle pertinent. Cette promenade prenait une tournure onirique et il n'était pas impossible que j'ai moi-même adopté la mine pantoise de Hugh Grant face à Julia Roberts. Quel était l'effet que cette fille produisait sur moi ? J'avais connu des dizaines de conquêtes, avais séduit démesurément, avais peaufiné mes approches avec une diligence qui m'avait moi-même parfois inquiété et je me retrouvais à présent béat face à une collectionneuse de petits cochons en faïence. Béat et semé puisque je n'avais pas remarqué que Clarisse avait quitté la rue Crémieux.

C'était à mon tour de me presser pour remonter la rue de Bercy. La onzième enveloppe était un petit colis où j'avais glissé un sachet de barbe à papa, une pomme d'amour et des pralines. J'avais visité le Musée des Arts Forains avec la classe de 6ème3 de Madame Plisson, notre professeure d'Histoire aux faux airs de Catherine Deneuve. A travers les différents pavillons, l'enchantement prenait vie dans cette représentation muette et fantastique. Clarisse m'avait un jour raconté qu'elle n'était jamais allée au cirque. Aujourd'hui, elle était comme une élève de 6ème3, tournant autour des manèges, le regard retrouvé d'une enfant et le coin des lèvres parsemé des cristaux rouges de la pomme d'amour. Les ombres de ce lieu m'offraient un cadre flatteur et imaginé. Subjuguée et étonnement radieuse, Clarisse avait perdu la notion du temps et je dus demander à Victor de venir la chercher si je voulais poursuivre ce parcours dans les temps.

Un parcours qui s'acheva dans les derniers rayons de soleil de cette journée aux mille facettes. Les sucreries de la fête foraine furent remplacées par un paquet de croutons de pains portant le numéro douze.

Rythmée par des trajets courts, cette chasse aux trésors prenait fin par une longue traversée de Paris faisant défiler ses constructions iconiques et ses panoramas aux teintes d'un Cosmopolitain. Dans ce ciel enivrant, nous nous dirigions à l'ouest dans un nouvel Eden. Ultime destination de cette quête, Victor s'arrêta à la lisière du lac du Bois de Boulogne. Clarisse descendit de la voiture et sourit, comprenant que cette dernière escale m'avait été inspirée par nulle autre qu'elle. Loin de se prêter aisément aux confidences, elle s'était laissée aller à quelques-unes et m'avait avoué qu'elle avait toujours rêvé de faire un tour en barque. Un fantasme digne d'une adolescente des années 60 auquel j'avais succombé le premier : il m'arrivait parfois d'être nostalgique des désuétudes. D'ordinaire peu enclin à ramer, je me serais pourtant porté volontaire mais il me fallait endosser un autre rôle et rester derrière l'objectif que je n'avais eu de cesse de balader, lui projetant des angles divers et des postures variées en concentrant l'attention sur un seul et même sujet : Clarisse. Alors que la barque s'éloignait, je m'approchai craignant une dernière fois d'être repéré. J'avais chassé ses profils et traqué ses silhouettes, je voulais désormais saisir son reflet. Trouble, juste et émouvant. Alors que j'avais eu pitié de cette fille, moquant ce que je considérais comme des disgrâces et questionnant sans raisonnement ce sentiment inconnu qu'elle avait déclenché en moi, j'avais occulté le fait invraisemblable, et pourtant si réel, que Clarisse était une héroïne. Une héroïne pour ceux qu'elle soulageait dans une ignorance qui n'avait jamais entaché son engagement. Une héroïne qui m'avait promu au sommet de ce que je n'aurais osé imaginer et que j'avais pourtant accepté avec tant de naturel.

Clarisse portait en elle les regards qu'on ne lui prêtait pas, les silences qu'elle avalait comme des couleuvres anesthésiantes. J'avais dévisagé cette femme des dizaines de fois, la détaillant de la plus acerbe des manières, cherchant à accumuler ses difformités qui n'en étaient que par le prisme par lequel je les considérais. Rieur d'une créature bien plus élevée que je ne pourrais jamais l'être, je l'avais scrutée comme un objet de foire puis contemplée comme un papillon qui s'apprête à sortir de sa chrysalide, dans le seul but de voir l'instant se dérouler pour mieux me l'approprier. Et dans cette entreprise peu glorieuse, je n'avais pas pris conscience qu'il me suffisait de simplement la voir pour pouvoir enfin la trouver. Jamais je n'aurais pensé un jour fléchir devant ces assomptions moralisatrices selon lesquelles la beauté est avant tout intérieure. Et même face à cette femme au magnétisme insoupçonné, je me refusais de le croire. Il me fallait pourtant me rendre à l'évidence, que c'était bel et bien une vertu intrinsèque qui était à l'origine de la force que j'avais capturée dans son portrait.

La barque se rapprochant du rivage et Clarisse le visage plus enjoué que jamais, nos regards se croisèrent et je sentis une complicité, une certaine forme de reconnaissance. Elle était si peu habituée à recevoir, moi si peu habitué à donner. Je rangeai l'appareil photo contenant les centaines de clichés que j'avais pris durant ce jeu de piste.

Durant les quelques minutes qui lui fallut pour me rejoindre à la voiture, je réalisai que cette femme me donnait envie d'avoir confiance. Confiance en elle, puis en moi. Une confiance que je pensais acquise mais qui n'avait été qu'une sempiternelle arrogance cultivée par les cortèges de mises en scène dont j'avais voulu bâtir mes premières années de vie. Convaincu de ma distinction, je l'avais consolidée à la force d'une conviction selon laquelle j'étais supérieur. J'avais juste oublié que l'espérance n'était pas une invitée dans la maison de l'indifférent. Comme une aide involontaire mais terriblement salvatrice, cette femme me faisait grandir telle une leçon de vie personnifiée dans un corps à gaine bon marché. Et pourtant, c'était son altruisme qui lui collait le plus à la peau.

*

J'avais toujours veillé à ne sortir qu'avec des filles aux pieds proportionnés. C'est sans doute la première chose que j'avais remarquée chez Irène. A force de me voir seul, mon voisin avait voulu me présenter une de ses collègues. « *Elle est vraiment charmante et en plus elle en a dans la tête* », m'avait-il dit. Pour moi, la seconde caractéristique restait un détail négligeable. Il m'avait donné son numéro et je l'avais invitée à boire un verre un jeudi soir. Elle avait une voix douce et même un peu grave, sans doute une fumeuse et j'adorais ça. Au moins une qui ne me jetterait pas mon paquet par la fenêtre. Je fus intrigué par la finesse de son visage. Elle ressemblait aux poupées en porcelaine ayant élu domicile dans les vitrines chez ma grand-mère. Un teint laiteux avec de grands cils qui devaient tout de même être faux. Peu importe. Je lui fis signe et elle me sourit en s'avançant. Elle était coiffée comme les actrices de séries B des années 1990 : le brushing voluptueux et le blond peroxydé. Ses dents étaient parfaites, alignées et sans trace de tartre. Ses ongles aussi. Manucurés à merveille, on sentait qu'elle utilisait une crème contre le froid de très bonne qualité.

Elle enleva son manteau et se recoiffa d'un geste gracieux. Nous engageâmes la conversation et les verres s'accumulèrent sur la table. Une fille passionnante. Elle avait fait des études de commerce, travaillait depuis peu comme cadre dans une très grande compagnie de réseaux téléphoniques. Elle était excitée à l'idée de partir en Allemagne à la fin du mois, pour signer son premier contrat. Elle continuait à me raconter sa vie et je n'avais toujours rien dit sur moi. Au bout d'un moment, je lui dis que j'étais journaliste, ce que j'étais, et que j'étais moi aussi envoyé en

Russie pour couvrir les prochaines élections, ce qui n'était pas le cas. Le charme opéra. Les femmes s'abreuvent avec plaisir de ce qui plait à leur imagination. Vingt-trois heures trente, avec trois ou quatre cocktails dans le ventre mais sans rien dans l'estomac. Le seul restaurant que j'avais en tête était cette pizzeria sur les Champs- Élysées : celle où l'on va quand on sort de boîtes mais qu'il est trop tôt pour les croissants.

Après quelques anti pastis, une Margarita pas trop cuite et des spaghettis très piquants, nous remontâmes l'avenue jusqu'à l'Arc de Triomphe. Paris est sans doute l'une des seules villes au monde où l'on peut conclure grâce à un monument qui brille et des arbres bien taillés. Elle habitait Boulevard Haussmann, près des Galeries Lafayette. Je la raccompagnai en taxi et elle me promit de m'appeler à son retour. Je me sentais tout d'un coup très léger, tout léger, sans ce poids que je devais supporter depuis des semaines et des semaines. Au final, un cœur ne reste jamais longtemps seul : cela doit être un autre instinct de survie. J'avais remarqué quand elle referma la porte, un discret tatouage au poignet droit : des chiffres romains et un petit cercle. Elle revenait dans quinze jours seulement. Quinze jours, c'était rien mais c'était un rien qui allait me paraître incroyablement long. Je rentrai une fois de plus dans mon appartement du Trocadéro. Où est mon pot de Nutella ?

*

A force de téléphoner à l'hôpital, les standardistes avaient fini par reconnaître ma voix, ne plus prendre mes messages et même filtrer mes appels. Certaines d'entre-elles m'accordaient encore leur sympathie, ayant pitié sans doute de mon acharnement. Sans connaître la date exacte, je savais que l'anniversaire de Clarisse approchait puisqu'elle était Sagittaire. J'étais certain que mes tentatives répétées me mèneraient vers une âme charitable qui m'aiderait. Ninon, une infirmière travaillant dans le même service que Clarisse, avait regardé sur le calendrier du vestiaire femme : sans succès. Catherine, la responsable du matériel médical l'avait subtilement interrogée mais Clarisse n'avait pas saisi la perche. Dr. Lukin avait cherché son dossier mais il ne pouvait pas y avoir accès. Il ne me restait plus qu'une chose à tenter. « *Là où il n'y a pas d'homme, efforce toi dans être un.* » J'appelai l'hôpital et demandai à parler au directeur. Je tombai sur son répondeur. « Bonjour M. Priton. Je me présente je suis le commissaire Galios. Je vous appelle au sujet d'une délation qui a été enregistrée dernièrement concernant votre service d'urgence. Je suis malheureusement dans l'impossibilité de vous communiquer davantage d'informations mais je vous demanderai de bien vouloir m'envoyer le dossier complet de chacun des membres de votre personnel afin que je puisse dissiper cette accusation qui, j'en suis sûr, n'est qu'un malentendu. Vous ne pourrez pas me joindre dans les jours suivant ce message, me trouvant à l'étranger pour raisons professionnelles. Merci de m'envoyer les documents requis à l'adresse suivant : r.galios@....com. J'apprécierai votre discrétion.

Terminé. »

J'y étais sans doute allé un peu fort. Mes talents d'acteurs avaient ressurgi comme une ex à un dîner de famille.

Je n'avais plus qu'à attendre que le célèbre neurochirurgien Dr. Priton m'envoie la date d'anniversaire de ma petite infirmière sur cette adresse email créée pour l'occasion. Je tournais en rond, rafraîchissant la page toutes les quatre minutes. Aux alentours de sept heures vingt-trois, après huit expressos, un pot de glace au caramel et quelques cornichons, je reçus enfin le document que je cherchais depuis plus d'une semaine. Je n'arrivais pas à croire que cet homme, qui avait fait plus de quinze ans d'étude, qui dirigeait un hôpital entier et opérait quelques-uns des hommes les plus puissants de notre planète, ait pu croire à mon ridicule petit scénario et m'envoyer les dossiers des quarante-six membres de son service des urgences. Le pouvoir de l'orateur est sans limite, celui du crédule sans espoir. Elle était née le treize décembre. Il me restait à peine trois jours pour préparer mon coup. Elle allait avoir vingt-sept ans. Le bel âge. Ni trop jeune pour qu'on lui demande sa carte d'identité, ni trop vieille pour qu'on lui propose des séances de botox. Je m'étais rendu chez le fleuriste le plus réputé de Paris et avais commandé deux cents soixante-dix roses rouges. Plus, plus, encore plus.

J'avais aussi rajouté une fleur venue de la forêt

amazonienne et qui ne fleurit qu'une seule fois par an. « *Vous devez vraiment l'aimer celle-là ! »*. Je les avais fait livrer à l'hôpital pour que tous voient que je tenais à elle plus qu'aux clubs de golf de ma première communion. Le treize décembre, j'ouvrai les yeux à six heures quinze. J'avais demandé une livraison en début de matinée pour que ce bouquet gigantesque vienne illuminer sa journée. Afin de m'assurer que les deux cents soixante-dix fleurs arriveraient à bon port, je partis pour l'hôpital tout de suite après mon petit déjeuner. Nouvelle chemise avec le col ouvert, un pantalon en flanelle et des mocassins en velours. Un peu de parfum, un petit regard dans le miroir de l'entrée et j'étais parti. Je trouvai une place juste devant l'entrée. Une chance de coc… Non. Pour assister à la scène, je montai discrètement et m'arrêtai au service pédiatrique un moment avant de rejoindre les urgences. Le livreur n'était toujours pas là, j'allai aux toilettes me recoiffer. J'entendis un homme arriver à l'accueil et demander Clarisse. J'hésitai un moment à cause du bruit de fond qui couvrait les voix. Au bout de quelques instants, mes doutes s'étaient dissipés et je sortis brusquement pour voir ses yeux s'éblouir, ses pupilles se dilater, sa bouche s'ouvrir d'étonnement et ses mains se coller à ses joues. A la place de la mise en scène digne d'un film de Noël diffusé en après-midi, j'entendis un fracas, des éclats de verre s'écraser sur le sol, des infirmières crier et une odeur insoutenable se disperser. La porte me revint en pleine face et je trébuchai en arrière. Je me relevai d'un bon avec le tournis et du sang dégoulinant du nez. Je poussai encore une fois la porte et découvris la scène dantesque qui s'écoulait devant moi. Les deux cents soixante-dix roses rouges gisaient à terre dans une marre de liquide jaunâtre que je ne tardai pas à identifier comme de l'urine. Des morceaux de verre brisés avaient giclé sur le chariot et même sur certains membres du personnel. Une femme arriva en courant avec une serpillière grise. Elle la jeta sur les fleurs et les ramassa toutes avant de les mettre dans le sceau javellisé. Celles qui avaient échappées à la serpillière avaient été balayées rapidement, sans même que Clarisse puisse sentir leurs parfums ni voir leurs couleurs. Aucun son ne pouvait sortir de ma bouche. J'étais comme un petit garçon prit en flagrant délit. En voulant sortir des toilettes, la porte avait bousculé le livreur qui était tombé sur le chariot où il y avait les échantillons d'urines d'une soixantaine d'individus numérotés 567, 987, 244, 178, 319. Mes deux cent soixante-dix roses avaient volé en éclats en retombant sur le sol qui venait d'être lavé. Clarisse arriva à cet instant, quand tout était gâché. Elle avait un porte-documents et plusieurs fiches d'urgence dans les mains. Elle ouvrit ses yeux d'ahurissement et quand elle me vit, me demanda ce que j'avais encore fait.

« Tu es une véritable plaie ! Il faut que tu mettes le bazar partout où tu passes ! Tu as vu ce que tu as fait ! Il va falloir rappeler tous ces patients pour refaire les tests ! Je ne comprends vraiment pas qu'est-ce qui se passe dans ta tête ! »

Elle tourna les talons et répondit au téléphone l'air agacé.

J'étais sans doute en train de rêver. Je m'étais démené pour connaître sa date de naissance en jouant les agents secrets mythomanes, avais dépensé un SMIC pour lui offrir les plus belles roses de Paris qui avaient fini dans une flaque de pisse et elle me remballait en m'humiliant devant toute une foule de malades imaginaires. Je repartis accablé par cet affront agressif et inattendu. Encore une déception, encore une désillusion, encore une amertume. Cette fille était un vampire, aspirant ma joie de vivre. Je rentrai à la maison, ouvris un pot de glace à la pistache et allumai la radio. « Sophie, les prévisions pour ce vendredi treize. Les béliers, tout va bien avec votre dulcinée. Vous nagez dans le bonheur mais évitez le rouge et les épices… ». Joyeux anniversaire.

*

J'avais atteint le sommet de mes emmerdes. Si les propositions de collaborations affluaient en même temps que mon inspiration qui fondait comme une bloggeuse après une cure de thé détox, j'avais toujours réussi à me dérober en plaidant l'intuition artistique et autres délires du personnage que j'avais adopté. Ce matin, l'échappatoire n'était pas en option.

« Il faut que tu comprennes que ce n'est pas une demande qui attend une réponse de ta part. Tu le fais, tu souris et tu dis merci. Si tu me rates ce coup-là, tu auras tout le temps de chercher ton inspiration et tes états d'âmes dans la salle d'attente de l'ANPE. »

Mes caprices de diva n'avaient plus d'emprise sur Julien. Au fil des mois, il avait ajouté à sa panoplie de compétences celle d'agent, pour le plus grand plaisir de ma nonchalance. J'avais usé de sa patience sans parcimonie, le laissant face à des interlocuteurs enragés et oppressants. Comme à mon habitude, je n'avais qu'une ligne de conduite : la fuite.

Le magazine avait été contacté par un des représentants du service de communication du Ministère de la Justice. Madame la Garde des Sceaux souhaitait que je fasse son portrait. Un coup du sort avec la case prison en message subliminal pour l'imposteur que j'étais.

Une nuit blanche entière et deux Xanax ne suffirent pas à me faire trouver l'issue de secours. Je m'étais rendu dans un studio de la Porte de Vincennes, le lundi matin à neuf heures précises. Je n'avais pas été aussi ponctuel depuis le jour où j'avais attendu l'ouverture de la banque pour encaisser mon chèque d'indemnités après mon accident de voiture.

En poussant la grande porte métallique, je pénétrai dans une véritable ruche où tous attendaient la reine au garde-à-vous. Une assistante passait et repassait le visage perlé de sueur, le service de sécurité scrutait les moindre recoins pour la quatrième fois et la coiffeuse avait sorti tout son attirail, prête à dégainer la laque et les rouleaux mousse. J'avais le sentiment d'être dans une cocotte-minute, embué par l'effervescence de cette foule à la tension artérielle croissante.

A neuf heures vingt-cinq, une voiture s'arrêta devant le studio et un long silence s'installa, faisant taire ce brouhaha pour mieux entendre les claquements des talons aiguilles. Dans un rythme bien cadencé, elle arriva vêtue d'un long manteau noir ceinturé et d'une paire de gants beiges en laine torsadée. Les cheveux au carré et une mèche positionnée derrière l'oreille, elle enchaîna les sourires tout en maintenant une distance suscitée davantage par ce que je perçus comme une forme de réserve que par son rôle officiel. Elle s'approcha de moi le sourcil haussé et le bras tendu, m'offrant une poignée de main dont la fermeté ne laissait pas de place au doute : cette femme n'était pas là pour remplir des quotas.

« Je ne cède pas souvent aux recommandations du Paris mondain mais votre réputation et ma curiosité m'ont donnée envie de voir ce dont vous seriez capable. Je préfère vous prévenir, mon meilleur profil est le droit. »

Sans attendre de réponse, elle leva le regard pour chercher son assistante qui avait dû changer de chemise pour cause d'auréoles. Devant le miroir de loge aux ampoules rondes, sa chevelure aux reflets auburn prenait un mouvement aérien tandis que la maquilleuse faisait disparaître ses cernes en accumulant les fonds de teint dans un geste maîtrisé et rapide. Les yeux rivés sur son téléphone, elle tapait sur le clavier de l'écran comme une dactylo de compétition. Cette femme semblait tout contrôler, chef d'orchestre d'une partition qu'elle connaissait sans la moindre hésitation.

Quelques minutes plus tard, un café noir avalé et la mise en beauté terminée, elle se leva et partit se changer dans une pièce annexe gardée par un homme qui ne devait pas avoir d'escabeau chez lui. Elle en ressortit vêtue d'une robe verte à manches courtes, marquant sa taille que trois grossesses n'avaient pas épaissie, et d'une paire d'escarpins se fondant à la carnation de ses jambes. Face à cette prestance presque palpable, je retrouvais mes réactions de gosse, castré de l'arrogance à laquelle on m'associait à juste titre. Elle s'installa sur la structure en bois qui avait été recouverte d'un tissu blanc. Les jambes légèrement croisées et les mains posées sur son genou, elle se tenait droite comme Louis XIV dans son portrait réalisé par Hyacinthe Rigaud.

Au moment où je déclenchai la première prise, elle commença à incliner la tête, changeant d'expression tout en subtilité. J'accumulai les prises de vue, les mains moites et priant tous les dieux auxquels je ne croyais pas, de m'aider à en réussir au moins une ou deux. Après plus d'une quinzaine de clichés, elle se leva et s'approcha à nouveau.

« Que faites-vous ?
- Je réalise votre portrait Madame.
- Je suis navrée de vous contredire mais ce n'est pas le cas. Si j'avais cherché quelqu'un pour appuyer sur un bouton, j'aurais sollicité ma fille de douze ans qui maîtrise un bon nombre de filtres et les effets de luminosité. Je n'en connais pas la raison, mais mon expérience du genre humain me laisse croire que vous n'êtes pas du tout concentré. Je n'ai pas de temps à perdre Monsieur, alors si cette tâche vous a été imposée contre votre grès, terminons-en là.
- Bien au contraire Madame, je vous prie de m'excuser... Je pense que nous pouvons reprendre...
- Personne n'est là par hasard. Ni vous. Ni moi. Je suis exigeante et c'est ce qui me permet de rarement me tromper concernant les gens dont je m'entoure. Je vais aller répondre à un appel, vous laissant le temps de récupérer l'assurance qui, semble-t-il, vous qualifie d'ordinaire. Et quand je reviendrai, tâchez de ne pas me faire mentir : j'ai horreur d'avoir tort. »

Son discours incisif avait été ponctué d'un regard bienveillant que je n'avais jamais vu dans ses interventions publiques. Je me débarrassai du blazer dans lequel j'étais engoncé et retroussai mes manches, bus une grande gorgée d'un Coca-Cola glacé et fis craquer mes doigts.

Elle réapparut, levant le menton d'une manière inquisitoire. J'haussai la tête et lui souris.

La séance se poursuivit, alternant entre des portraits serrés et des plans plus larges. Oubliant son charisme et son statut, je la faisais bouger, changer de posture, me déplaçant autour d'elle dans une ambiance détendue et apaisée.

« Il n'y a pas une enceinte dans ce studio ? Inès, pouvez-vous brancher ma playlist ? »

Et contre toute attente, les premières notes de *Ce n'est rien* se firent entendre, faisant claquer des doigts Madame la Ministre qui ne cachait pas son admiration sans faille pour Julien Clerc. Les morceaux se succédèrent jusqu'à *Ma préférence* qui vint clore cette séance dans un éclat de rire que je ne manquai pas de capturer.

Inès, reconvertie en DJ pour l'occasion, lui apporta une paquet de M&Ms qu'elle mangea avec distinction sans faire un bruit. La ruche ayant repris son activité, je me dirigeai vers ce modèle qui n'avait été comme aucun autre et qui entama la conversation avant même que je puisse sortir un son de ma bouche

« J'essaye encore de persuader la Ministre de la Santé que le chocolat devrait être considéré comme un fruit mais je pense qu'un quinquennat ne suffira pas.

- Attendez peut-être la sixième république mais les mentalités sont toujours difficiles à changer, ce n'est pas à vous que je vais l'apprendre

- C'est justement pour ça que j'ai cessé d'essayer et que vous devriez en faire autant. Je me suis renseignée un peu sur vous. Vous n'êtes célèbre que pour un seul portrait et vous avez la réputation de refuser tous les autres projets, de jouer les enfants gâtés. Je pensais que c'était une stratégie de votre part, une pseudo exclusivité artistique que vous cultiviez mais j'ai compris aujourd'hui, en vous voyant derrière l'objectif, que ce n'est pas le cas. C'est même tout l'inverse. Vous avez peur de faire moins bien. Vous avez peur de retomber puisque vous semblez ignorer les raisons qui vous ont menées au sommet. Et vous devez chercher comment réitérer un exploit qui vous dépasse. Arrêtez d'essayer. Peut-être que vous ne réussirez jamais à refaire un tel cliché, que vous ne connaitrez jamais la gloire une seconde fois et que vous resterez dans les mémoires pour cette unique photo. Mais à la fin de votre vie, toutes ces suppositions se transformeront en regrets que vous ne pourrez pas évincer et qui finiront par vous faire croire que votre existence a été gâchée. Coup de chance ou coup de génie, permettez-moi de vous dire que vous n'êtes pas apte à répondre à cette question. Alors prenez des risques et cessez de vous prendre pour quelqu'un que vous n'êtes pas : vous n'avez pas encore le talent pour être prétentieux.»

Elle me sourit, me remercia et quitta le studio le téléphone à l'oreille, les talons frappant le sol bétonné.

Aucun cliché ne fut retenu mais je reçus quelques semaines plus tard un tirage des plus inattendus. Le salon d'un appartement à la décoration épurée avec près de la fenêtre un piano quart de queue blanc sur lequel je reconnus la dernière photographie que j'avais prise de Madame la Ministre riant aux éclats. Au dos était écrit à la main

*« Je vous avais bien dit que ma fille avait la fibre artistique. Merci pour votre travail et votre courtoisie : il est toujours agréable pour une femme de penser qu'elle peut encore impressionner ! Amitiés, V. E. »*

\*

Comme des milliers d'insomniaques qui refusent de l'admettre, je regarde les chaînes de documentaires animaliers. Dès que je me fais attraper par l'un d'eux, même l'appel de la télécommande reste inefficace. Mes yeux deviennent lourds et me piquent. La bouche se détend et commence à tomber. Mes doigts ne remuent plus, mon visage se fige. Je reste collé contre un écran invisible qui m'empêche de faire le moindre mouvement. Et j'observe. J'observe un zèbre ou un hippopotame, selon la programmation. La pièce se laisse envahir par le bruit des criquets. Rien d'autre, puisque je ne respire même plus. Je guette un son, qui je sais ne viendra jamais. Tout d'un coup, il bouge l'oreille. Encore ces connasses de mouches. Elles viennent toujours tout gâcher. Alors je souffle en espérant que cela les fera partir. J'ai conscience de l'absurdité de mon comportement mais je ne contrôle plus mes faits et gestes. L'hippopotame sort violement sa tête de l'eau et j'ai droit à un ralenti d'une beauté presque insolente : digne de toutes les publicités pseudo érotiques pour les shampoings excitants, les rasoirs stimulants ou autres dessous affriolants. Remarquable l'hippopotame. Vraiment remarquable. Comme toutes les bonnes choses, le documentaire se termine mais je reste encore un peu, encore un tout petit peu, jusqu'à la fin du générique. Ce soir pas de documentaire animalier. Dommage. Je tombai sur une émission sociale. Les émissions où les gens viennent annoncer qu'ils sont homos, qu'ils ont un enfant caché, que leurs maris sont violents, qu'ils travaillent au Bois de Boulogne pour clore les fins de mois, que leurs chiens les dominent, qu'ils n'assument pas leurs nez, qu'ils vivent avec un fou, qu'ils font partie d'une secte ou qu'ils boivent en secret. Le type d'émissions qu'on regarde pour oublier qu'on préfère les autres, qu'on a eu un enfant non reconnu, qu'on se fait bastonner, qu'on travaille non pas au Bois de Boulogne mais dans le quartier de Saint-Denis, que le chien est un peu envahissant, que notre nez pourrait être différent, que notre conjoint part en cacahuètes, que notre club du dimanche est un peu extrême ou qu'on aime bien un petit rouge souvent, même très souvent. C'est toujours beaucoup plus grave et beaucoup moins simple chez les autres. Au programme ce soir, une nouvelle tendance : des hommes faisant partie d'une confrérie de femmes, et ayant pour but de devenir les Amazones du XXIème siècle. Ces hommes, qui ressemblent à si méprendre à des femmes, séduisent d'autres mâles avant de les tuer et de renvoyer leurs doigts aux familles des victimes. Encore une belle bande de cinglés. Quant aux hommes qui se font avoir, je ne donne pas cher de leurs peaux s'ils sont incapables de s'apercevoir de la supercherie dès le premier regard. Je continuai tout de même à regarder cette émission, puisque l'hippopotame était en RTT. Plusieurs témoins firent part de leur expérience, camouflés derrière une perruque, des lunettes et une voix trafiquée. J'allais m'endormir quand un détail vint me réveiller immédiatement.

« *Comme dans toutes les organisations similaires, bien que celle-ci soit atypique, les membre peuvent se reconnaître par un signe distinctif qui leur est propre. En effet, durant la période d'initiation, ils se font tatouer leur numéro d'adhérent ainsi qu'un petit carré s'ils font partie de la ligue étrangère et un petit cercle s'ils font partie de la ligue française. Ce numéro d'adhérent est tatoué en chiffres romains pour qu'il reste discret et difficile à décoder. Depuis le début de l'année, plus de sept hommes ont été victimes de cette secte*

*qui ... »*

Je restai figé. Rien à voir avec l'effet hippopotame, cette fois. Je commençai à frissonner et je courus vérifier si la porte était bien fermée à double tour. Les fenêtres ensuite. Et de nouveau la porte de l'entrée de service. De toute manière, elle, enfin il, n'avait pas mon adresse et puis elle enfin il ! Il était en Allemagne pendant encore quelques jours. J'étais terrifié... A force de me prendre pour le roi de la jungle, j'avais failli finir comme une antilope.

\*

Pour une fois que je disais la vérité, personne ne m'avait cru. Je connaissais le sort bien triste de ce pauvre petit garçon qui avait fini dévoré par un loup dans la légende urbaine destinée à convaincre les jeunes générations de bannir le mensonge de leurs existences. J'avais tant de fois enrobé ma mythomanie d'une scandaleuse sincérité qui s'était, tôt ou tard, révélée fallacieuse, que mes propres amis souriaient instinctivement à l'écoute des premiers mots de mes histoires. Celle-ci avait pourtant été bien réelle et je restai seul à pouvoir en profiter sans scepticisme.

Il me restait vingt-quatre heures à Mykonos avant de rejoindre les impératifs peu jouissifs de mon quotidien parisien. Le soleil se couchait doucement sur des corps déjà bien réchauffés par les verres de vodka perlés de gouttes glacées. D'une table à l'autre, on apercevait un ballet de personnages insensés et tendrement déraisonnables, nouvelles icônes de cette *Comedia dell'Arte* devenue hellénique. Si les sons se succédaient sans beaucoup de cohésion mais avec une certaine harmonie, le claquement des pieds et les rires incontrôlés donnaient le véritable rythme de ce spectacle improvisé qui ne connaitrait jamais de seconde représentation.

A l'heure où la lune commençait à faire son entrée, j'eus droit à une visite d'un tout autre genre. Une main ferme mais aux doigts fins saisit mon coude et une bouche au goût de miel me narra la suite du menu :

« Peu m'importe la façon dont tu avais prévu de passer ta soirée, tu la termineras avec nulle autre que moi. »

En tournant la tête, je vis une brune au nez droit, dotée d'un sourire en coin faisant apparaître une double fossette au coin de la bouche. Les cheveux tirés dans un chignon posé au creux de sa nuque, une tunique en crochet laissait apparaître une poitrine ronde et ourlée d'une trace de bronzage en demi-cercle. Le regard déterminé, je compris rapidement que ses questions ne se répondaient qu'à l'affirmatif. Une nouvelle tournée de champagne arriva à la table de gauche et ma petite nymphe aux propos ardus s'était évaporée comme le peu de confiance dont mon ami Thomas bénéficiait encore après son quatrième refus féminin.

La mer s'était assombrie pour se fondre dans les teintes du ciel qui, pour se mettre dans l'ambiance, avait retiré ses habits et dévoilé ses astres. Les percussions s'enchainaient parfois synchronisées avec celles des vagues claquant timidement les roches. Dans cette foule semblant si familière mais demeurant fière et hautaine, je reconnus quelques visages que je n'avais jamais connus sans retouche : si la mode n'avait pas de frontière, celle entre le papier glacé et la réalité était sans appel.

Je m'apprêtais à quitter les festivités lorsque le parfum de miel se fit à nouveau sentir, me laissant deviner que les méditerranéennes n'avaient qu'une parole.

« Avance et je te rejoins, il ne faut pas qu'ils nous voient sortir ensemble d'ici.

- Ils ?
- Les paparazzi enfin
- Même si j'ai une certaine notoriété, je ne pense pas que l'on puisse me reconnaître ici…
- Je ne parlais pas de toi… »

Sofia présentait depuis quelques mois un journal télévisé sur l'une des grandes chaînes du pays. Cette promotion aussi inattendue qu'inexpliquée, l'avait propulsée sous les objectifs de la presse à scandale qui scrutait depuis lors les frasques de cette épicurienne issue de la jeunesse dorée athénienne. Cette fille n'avait pas fini de me surprendre.

Chacun de son côté, nous avions rejoint la voiture qui nous ramenait à l'hôtel. Lorsque le chauffeur se retourna pour nous saluer, le quadragénaire auquel j'avais prêté des airs de Pierce Brosnan à l'époque de *Meurs un autre jour*, prit soudain l'aspect d'une petite fille en culottes courtes devant une Cendrillon de substitution lors de la parade de fin de journée. Les yeux aussi brillants que les cheveux gominés d'un parrain de la mafia (ou d'un jeune premier ne maîtrisant pas encore les produits capillaires), la bouche entrouverte et le timbre hésitant, un sourire béat se fixa sur son visage devenu presqu'inexpressif tant il était crispé.

« Mademoiselle Sofia, je suis ravi de vous rencontrer, nous vous regardons tous les soirs avec ma femme ! Et mes enfants ! Tous les soir vous savez ! Vous êtes prodigieuse ! Écoutez, je suis vraiment gêné de vous demander cela mais pourriez-vous me signer un autographe ? »

La bouche entrouverte immigra vers mon visage et c'était à présent moi qui restais sans voix.

Sofia s'exécuta avec une aisance qui ne laissait aucun doute sur le nombre de fois auquel elle avait dû faire face à ce genre de situation.

Arrivés devant l'hôtel, elle me demanda le numéro de ma chambre et pria l'idolâtre au volant de refaire un tour afin qu'elle puisse franchir le seuil de la porte toute seule. Le scénario était parfaitement ficelé, ce qui me laissait peu de doute sur le nombre de fois auquel elle avait dû faire face à ce genre de situation.

J'eus le temps de me rincer le visage et trois petits coups se firent entendre à la porte. L'étoile montante savait soigner ses entrées.

Regardant de part et d'autres du couloir par peur sans doute d'avoir été suivie, je redécouvrais cette fille à la silhouette élancée. La maîtresse au tempérament incandescent avait disparu en laissant place à une femme à la sensualité pleine d'inadvertance, le corps gracieusement adossé au mur. Les bras croisés et le visage porté dans le creux de sa main, son regard sombre se leva lorsque j'ouvrir la porte. J'y avais décelé l'incertitude mêlée à l'envie de braver un nouvel interdit, l'oscillation d'une novice aussi candide qu'espiègle, reine du jeu mais toujours dans la crainte de perdre.

Sans doute habituée des lieux, elle se dirigea vers le balcon ôtant ses sandales lacées le long du chemin. Dans la voiture, elle avait retiré les épingles qui tenait son chignon, me laissant découvrir une longue crinière salée par l'eau de mer. Elle posa son portable sur la table basse et commença à danser. *Wake me up before you go-go*. Encore vêtue de son maillot une pièce, elle semblait tout droit sortie des années 80. Une naïade au charme spontané et enjoué, sauvage et atypique. Sa beauté était évidente, juste et troublante. Oubliant d'allumer les lumières de la chambre, j'admirais la chorégraphie illuminée par les rayons de la lune et les lampadaires bordant la route.

Le reste de la nuit me fit comprendre pourquoi Ulysse n'avait pas résisté à Circé et Pâris avait risqué Troie pour Hélène. En quelques heures, Sofia avait réussi à ressusciter les cours d'Histoire de la 5ème 3, me menant directement au Mont Olympe par une prouesse spatio-temporelle dont elle semblait détenir le secret de fabrication. Au loin, on pouvait encore entendre les derniers fêtards balnéaires. Au milieu du dos, une petite cicatrice d'un grain de beauté passé apportait à cette plastique parfaite un charme supplémentaire. En la regardant s'endormir le visage encerclé de ses cheveux noirs ébouriffés, j'aurais juré fidélité à toutes les moussakas de la côte adriatique.

A Wham ! succéda Norah Jones, et Sofia prit place sur le fauteuil en osier, un pied relevé sur la table basse. La bouteille de vin nous poussa l'un et l'autre à des confidences inhabituelles. Elle me raconta qu'elle avait deux enfants qu'elle aimait plus que tout. Un amour pétri d'un véritable mal-être à assumer ce rôle de mère dont ils l'avaient affublée. Je comprenais alors que ces escapades nocturnes n'étaient pas la fruit d'une aphrodisie mécanique mais le besoin de se savoir encore femme. Encore un peu. De la plus insoupçonnée des manières, je percevais un peu de Clarisse en elle.

A mon réveil, elle était partie en déposant son baume à lèvres sucré par lequel j'avais fait sa connaissance et un mot manuscrit sur le bloc-notes de l'hôtel.

« Mon prénom devrait te suffire à me retrouver... »

En la laissant s'échapper sans le moindre cliché, ma réputation de photographe émérite n'était pas glorieuse, mais en voulant fuir ceux qui semblaient la traquer, j'en avais presqu'oublié qu'il m'arrivait d'être l'un des leurs.

En rentrant à Paris, j'avais raconté cette dernière nuit grecque à mes amis mais leurs réactions avaient été unanimes. Leurs rires illustraient la faible conviction que mon histoire avait suscitée et le sarcasme dont j'étais traditionnellement le maître incontesté avait changé de camp, donnant à présent de l'allure aux moqueries et autres dérisions que cet « énième mensonge » avait engendrées. Comme Sisyphe menant son rocher au sommet de la montagne en sachant pertinemment qu'il y redescendrait, mes aventures les plus grandioses retourneraient toujours rejoindre mes fabulations passées. Finalement, j'avais tout d'un héros grec.

*

Bastien n'était pas réputé pour ses idées de génie mais ce jour-là, son ingéniosité semblait avoir été dopée par des stéroïdes. Officiellement stagiaire au service grand reportage, son poste au sein du magazine avait été aussi varié qu'absurde. Après avoir substitué des légendes (ce qui avait valu à Alberto Garzón, militant du parti communiste espagnol, de devenir, le temps d'un numéro, John Collison, co-fondateur de l'application *Stripe* devenu à vingt-six ans le plus jeune milliardaire du monde), le valeureux Bastien avait mis en copie tout le personnel en transférant un email confidentiel à Jeremy, acheté trente cartons de feutres rouges en cochant la mauvaise case sur le bon de commande, failli empoisonner Christiane notre directrice des ressources humaines allergique aux cacahuètes en lui offrant une part de brownie, effacé des données du serveur commun et révélé à l'inspectrice des impôts que l'on avait passé l'enterrement de vie de garçon d'un rédacteur en notes de frais. Étant le fils d'un des plus grands annonceurs du magazine, ses maladresses avaient été amoindries, excusées et même attribuées à des tiers qui ne cherchèrent pas à se défendre devant des décisions aussi arbitraires. Las de mon inconstance, Jeremy avait chargé Bastien de me seconder dans ce qu'il avait appelé ironiquement « mon œuvre majeure ». Le pauvre garçon n'avait pas saisi la dérision de cette nouvelle mission qu'il associait à une promotion d'envergure.

Ne sachant moi-même que faire de mes journées, occuper ce jeune talent s'avérait être aussi compliqué que de réitérer l'exploit du portrait de Clarisse. Deux chemins semés d'embuches qui finirent par se croiser au plus incongru des carrefours.

« Vous devez avoir une sacrée côte avec les femmes !

- Tout est relatif

- Arrêtez ! Cela fait moins d'une semaine que je vous suis et je vois bien que vous ne les laissez pas indifférentes ! Quand vous passez dans les couloirs, elles se retournent toutes ! De Marine, la stagiaire du service actualité, à Hortense du comité de rédaction. Même la jeune fille du bar à salades de la rue Bleue vous mange des yeux ! Elle connait vos goûts par cœur, mélange votre quinoa délicatement pour bien incorporer la sauce miel moutarde.

- Tu n'as qu'à écrire un livre, je te raconterai d'autres histoires !

- J'aimerai mieux que vous m'expliquiez vos techniques d'approche !

- Les techniques sont vouées à l'échec, rien ne remplace la spontanéité.

- La spontanéité fonctionne lorsqu'on a déjà de la répartie et ce n'est pas tout à fait mon fort, je m'en suis bien rendu compte.

- Comment ça ?

- Je ne comprends pas les femmes et je ne les ai jamais comprises.

- « *Les femmes sont faites pour être aimées, non pour être comprises* ». Demande à Oscar Wilde, il t'expliquerait beaucoup mieux que moi.

- Je me donne du mal. Je prends sur moi, fais des efforts et ce n'est jamais assez.

- Arrête de voir les relations amoureuses sous le prisme de la mise en scène, il n'existe pas de séduction programmée. Tout doit s'enchaîner avec fluidité et parcimonie.

- Pas toujours, il faut parfois forcer un peu les choses.

- Dans quel sens ?

- Il y a quelques années, j'avais fait le pari de sortir avec Stéphanie Jourois, l'une des plus belles filles de la fac. Après plusieurs refus de sa part et dans l'impossibilité de m'avouer vaincu, j'ai cherché des filles qui lui ressemblaient afin de me prendre en photo avec celle qui se rapprochait le plus de Stéphanie. J'ai gagné mon pari et j'ai fini par sortir avec elle.

- Vraiment ?

- Vraiment. Lorsque mes amis ont compris la supercherie, l'un d'eux est allé me dénoncer auprès de Stéphanie. Je me suis planté devant chez elle après les cours, avec un bouquet de roses rouges et une blanche au milieu. Puis je lui ai présenté mes excuses avant de lui déballer un texte que j'avais répété plusieurs fois :

*« J'ai tenté de te chercher à travers d'autres filles, pensant que l'enveloppe extérieure pourrait faire illusion mais j'ai eu tort. Tu es comme cette rose blanche Stéphanie, unique au milieu de toutes et aucune ne pourra t'égaler. »*

Je restai un moment interloqué par ce petit prodige de la manipulation croulant de romantisme arriéré qui venait de me donner une raison valable pour ne pas le renvoyer faire des photocopies. Élaguant ses balivernes mielleuses, je me concentrai sur l'idée principale qui me permettrait de mettre en place une dernière tentative dans cette quête du don retrouvé.

« Ton planning a été modifié, tu vas rester encore quelques jours avec moi et tu vas m'aider à organiser un shooting en studio.
- Qui est le modèle ?
- Tu vas les trouver. Prend un stylo et note, tu posteras cette annonce sur Twitter et Instagram. »

L'annonce comportait les critères physiques de Clarisse et demandait aux participantes d'envoyer leur candidature au bureau. Il suffit de quelques jours pour rassembler une cinquantaine de femmes et qui je l'espérais, me ferait recouvrer le feu sacré.

Dans un hangar aux portes de Paris, Bastien avait planifié ce rendez-vous audacieux. Consciencieux et investi, il n'avait fait aucun faux-pas, sous le regard étonné de Jeremy qui redoutait cette association entre ses deux éléments les plus prometteurs.

La veille, j'avais eu envie de convier Clarisse à cet évènement sans lui révéler l'objectif réel. Elle était arrivée quelques minutes avant le début de la prise de vue, camouflée derrière un trench kaki mal coupé qui tassait sa silhouette déjà peu élancée. J'appréciai qu'elle eut fait l'effort de se laver les cheveux.

Après avoir conversé avec mon nouvel assistant, nous avions choisi un cadre identique pour chaque cliché. Un fond blanc, un tabouret en bois qui me faisait penser à ceux du laboratoire de science en seconde B, et la possibilité de choisir sa pose. Les prétendantes se succédèrent, laissant libre court à leur imagination. Certaines mutines, d'autres réjouies. Certaines figées, d'autres bien plus démonstratives. Quelques-unes me reconnurent et je me prêtai au jeu des *selfies,* descendants illégitimes et parfois compromettants des autographes d'antan. La pause déjeuner vint interrompre cette course, laissant un peu de répit à mes doigts engourdis. Clarisse était assise à l'arrière, près du buffet où Bastien avait installé avec beaucoup de délicatesse les deux cent cinquante viennoiseries qu'il avait jugé nécessaire de commander. La logistique n'était décidément par son fort. Elle avait retiré son trench, plié soigneusement et cachant les trois petits bourrelets de sa ceinture abdominale en hibernation depuis 1997.

« Alors qu'en penses-tu ?

- Elles sont jolies ! Ton stagiaire a été plus efficace que tu le pensais !
- Et pourquoi tu ne participerais pas toi aussi ! Viens, je te prends avant que l'on aille déjeuner !
- Mais enfin, tu vois bien que je ne ressemble pas à ces filles !
- C'est le même style que toi !
- Ah oui ? J'arrive à peine à leurs poitrines et mon poids s'approche davantage de celui de leurs valises pour les vacances d'août !
- Mais regarde l'annonce, c'est tout à fait toi !
- Arrête tes compliments hypocrites, tu vois bien que je ne rentre dans aucun critère !
- Bastien, peux-tu aller me chercher l'annonce ? »

Au fur et à mesure que je lisais les indications que j'avais moi-même rédigées, je voyais Clarisse se retenir de rire. Elle me laissa terminer, se tordant la bouche de la main.

« J'espère que vous avez gardé le même graphiste qui s'est occupé des retouches de mon portrait ! Celui-là, il ne faut pas le laisser partir ! Il a encore plus de talent que toi ! »

Je tournai sur moi-même, observant ces jeunes femmes plutôt agréables mais si différentes de mon modèle original. J'étais à la fois troublé et perdu. Perdu et incapable de comprendre les raisons qui m'avaient poussé à décrire Clarisse de la sorte. Mon esprit oscillait entre le réalisme manifeste de ses arguments et la conviction inébranlable selon laquelle je n'étais pas si éloigné de la vérité. Où était cette femme que j'avais capturée au hasard d'un couloir d'hôpital aseptisé ? Ni devant moi, ni ailleurs. J'avais passé des heures devant ce cliché qui me hantait jour et nuit et qui avait fait de ma vie une quête chimérique ne me menant qu'à la folie.

J'avais toujours voyagé accompagné du mensonge, naviguant d'une fabulation à une autre, nourrissant mon bonheur des tromperies que j'orchestrais avec une jouissance débordante. C'était après la sincérité que je courrais à présent, empressé de la saisir, avide de l'en faire mienne. Et pourtant, à l'image d'une épouse bafouée, elle n'avait eu de cesse de me tourner en ridicule, me faisant espérer une énième chance qu'elle ne me donnerait jamais.

« Bastien, ça ne fonctionne pas. Ce n'est pas la peine de continuer, on remballe.

- Mais il reste au moins une trentaine de modèles !
- Tu les remercies et leur offre les viennoiseries qui restent. Moi je rentre chez moi. »

Je marchai plus de deux heures pour rejoindre mon appartement, porté par mes réflexions et en laissant mon estomac en tête-à-tête avec le seul café que j'avais avalé de la journée. J'étais épuisé par cette poursuite sans destination. L'esprit altéré par des pensées cacophoniques, je me servis un verre de whisky japonais qui avait échappé aux nombreuses soirées arrosées de ces derniers mois. Comme une femme retirant un soutien-gorge trop serré à la fin d'une journée, je me déshabillai et enfilai le survêtement aux couleurs du club privé dont mon grand-père avait financé quelques travaux de rénovation. Mon portable éteint et un pot de glace accompagnant le whisky, j'enchainai les cinq premiers volets de la saga *Rocky*. Clarisse n'était pas la rose blanche au milieu du bouquet rouge. C'était une marguerite, déroutante et pas à sa place. Et pourtant, celle que je préférais parmi toutes les autres.

*

J'avais succombé aux sirènes de la retraite artistique. Les tentatives de Jeremy pour me faire recouvrer le génie créatif s'étaient décuplées au fil des dernières semaines. Il répondait à tous mes caprices, comme l'agent d'une diva ou l'amant d'une femme aux talents cachés. En m'annonçant qu'il m'avait loué une maison en Haute-Provence, j'avais davantage en tête la Croisette que les routes sinueuses me menant à Majastres. Dans cette région anesthésiée des relations 2.0, j'atteindrai peut-être le repos nécessaire à ma reconstruction. Aucune nouvelle, Internet coupé, les chaînes de télévision brouillées et les journaux vieux de trois mois et demi. En suivant la charmante propriétaire me faire la visite des lieux, je remarquai des collants couleur chair légèrement filés au-dessus du talon. Les mêmes que ceux de cette fille que j'avais eu le malheur de voir se rhabiller. Alors qu'ôter ses vêtements était sans doute l'un des contextes les plus prometteurs pour attiser mon désir, les remettre n'avait jamais été aussi douloureux.

Inès était une fille à la beauté interpellatrice. La peau mate, les cheveux d'un noir très dense, les sourcils encadrant un regard aussi foncé que perçant, un nez doté d'une bosse curieusement très harmonieuse avec son visage et une silhouette oscillant entre une grande finesse et des pointes rebondies. Elle semblait presque dessinée. Inès était de ces filles dont on avait forcément un avis : belle ou déplaisante, les deux opinions se défendaient avec autant d'arguments.

Outre son physique, Inès disposait d'une attitude naturellement aguicheuse dont il était fort possible qu'elle ne connaisse pas l'existence. Loin d'être vulgaire, elle rendait les petites actions du quotidien particulièrement sensuelles. Involontairement charmante, son pouvoir n'en était que multiplié.

Aussi libérée que la chanson de Cookie Dingler et les sœurs Kardashian, notre relation avait débuté à son initiative et j'avoue n'avoir pas déprécié ses directives. Inès tenait les rênes, pilote prodigieuse sachant balancer les accélérations et les freinages avec tact et précision.

Un matin, je me réveillai et la vis sortir de la douche, enroulée dans une serviette et gracieuse à souhait. C'était la première fois que j'assistais à cette scène, Inès étant habituellement partie à l'heure où j'émergeais. Une première fois que je voulais observer en silence. C'est une chance de pouvoir regarder quelqu'un qui ne se sent pas observé. Elle s'enduit les jambes de sa crème à l'abricot dans des mouvements circulaires et énergiques avant de mettre ses sous-vêtements et de retirer la pince qui empêchait ses cheveux de se mouiller. Les longues mèches noires tombèrent presqu'au ralenti. J'avais l'impression d'assister à une publicité pour shampoing 2en1 brillance et anti-casse. L'étape suivante ne me ramènerait que trop tôt à la réalité. Elle déroula un morceau de voile qu'elle avait sorti de son sac et posa son pied sur la commode. Elle enfila délicatement son collant jusqu'en haut des cuisses et le drame arriva. Sans que je puisse véritablement me rendre compte de ce qui se tramait sous mes yeux, Inès fléchit les jambes, descendit tout son corps dans une position qui n'était pas sans rappeler celle d'une grenouille prête à s'élancer (ou l'utilisation de toilettes turques) et remonta en étirant ses jambes. Le collant était à présent bien plus distendu et arrivait sous sa poitrine, à la frontière avec son soutien-gorge. Qu'était-il advenu de sa grâce ? Avant même que je puisse repositionner mes yeux dans leurs orbites, elle réitéra la gesticulation. J'avais eu droit, en prime cette fois, à une rotation gauche puis droite afin d'ajuster chaque jambe et d'assurer qu'aucune nanoparticule d'air séparait le collant de sa peau. Emmaillotée comme il se doit et échauffée pour un cours de twerk, Inès poursuivit et en quelques minutes, la demoiselle en serviette était parée pour affronter le froid d'un début février.

Je continuai à faire semblant de dormir, n'étant pas certain si la scène qui venait de se produire devant mes yeux avait été le reste d'un cauchemar ou le début d'une réalité terrifiante. Suite à ce malheureux épisode, je n'arrivais plus à voir Inès de la même manière. Elle avait perdu son aura. J'avais prétexté un contexte familial compliqué mais Inès avait saisi qu'une autre raison était à l'origine de ce détachement plutôt brutal. Je préférais qu'elle pense que j'allais voir ailleurs car si elle avait connu la véritable raison de mon dégoût, je serai assurément passé pour un déséquilibré. Et elle n'aurait pas eu tout à fait tort…

Au bout de quelques jours, je me décidai à aller faire un tour et roulai finalement jusqu'à Nice. Les trois heures de route s'accompagnèrent au rythme des Beatles, de Michel Delpech, de Michael Jackson et des Rita Mitsouko. Sur la Promenade des Anglais, je me pavanais en dégustant une glace vanille pistache.

Sur le chemin du retour, mon regard fut capté par la une d'un journal national. Plusieurs infirmières de région parisienne avaient été assassinées. Le tueur en série pas encore arrêté. Ayant toutes été violées puis battues à mort. Toutes les mesures ont été déployées sans aucun succès pour le moment. C'est pas ma mère, c'est pas ma sœur, c'est pas ma femme, ni même ma voisine. C'est une petite infirmière grosse et inculte. Je devais rentrer. Je ne pouvais pas supporter l'idée d'avoir un doute. Je ne pouvais pas supporter d'imaginer qu'elle souffrait et que j'étais loin. Loin d'elle, loin de sa gaine rose et de ses collants en lycra, de ses seins semblables à deux hémorroïdes et de son caractère exécrable. Son col roulé orange, son stick pour les lèvres qui pue, sa couleur qui a viré, ses points noirs sur le nez, son vocabulaire pauvre, son rire qui me lacère les tympans, ses petits doigts hideux, ses vergetures à la poitrine, sa blouse tachée, ses ongles en deuil, sa bague oxydée, ses dents entartrées. Je ne pouvais pas me résoudre que quelqu'un lui fasse du mal, qu'elle souffre, l'idée même qu'elle puisse crier me tordait de douleur. Je savais pertinemment qu'il fallait qu'elle sorte de ma vie, de ma tête, de mes pensées puisqu'un garçon comme moi mérite mieux : des ongles manucurés, des dents alignées, des seins bondissants, des lèvres cousues, des chemises blanches et propres, des petites culottes en dentelle, des bas et des porte-jarretelles, des rouges à lèvres hydratants, un rire mélodieux, une encyclopédie perchée sur des pattes lisses et longues. C'était si dur d'oublier ce parfait mélange entre une boule de graisse et une tête aussi creuse que les jarres de l'Égypte Antique. J'étais par terre, sur le trottoir granuleux. Je me levai et pris la direction de l'aéroport. La fille aux bas nylon n'aura qu'à me renvoyer ma valise par la poste.

*

Clarisse était injoignable, insaisissable, invisible. J'avais fini par appeler l'hôpital qui m'avait rassuré en me disant qu'aucune de leur infirmière n'avait été victime d'agression. J'avais dû lui laisser plus d'une vingtaine de messages sans que cette garce daigne me rappeler. J'étais inquiet pour une fille qui me méprisait. J'en avais marre de me prendre des claques, des baffes, des coups en pleine figure. Son absence me rendait funeste, le fait de ne pas savoir où elle se trouvait, de ne pas entendre sa voix, de ne pas écouter ses aberrations. Puisqu'elle ne voulait plus me voir, c'est moi qui l'observerais comme une meute de lions pendant un safari. Paris était assez grand, j'étais assez discret. Au bout de quelques jours, je m'étais rendu devant l'hôpital à l'heure où elle sortait d'habitude. Cette fille était d'une épuisante ponctualité. Elle rentrait par le même chemin et à la même cadence. Avant de tourner, elle baissait la tête et ne la relevait qu'après la boulangerie. J'avais toujours peur que quelqu'un l'agresse, lui vole son sac, lui fasse peur ou la menace. Je volerai à son secours comme Clark vers Loïs où l'équipe médicale de Miley Cyrus à l'époque de Wrecking Ball. Ce petit moment de la journée était si intense que j'en rentrais épuisé. Je marchais doucement et

247

accélérais quand il le fallait, ne laissant personne me la faire perdre de vue. En rentrant dans le métro, je remarquais qu'elle tenait son sac fermement contre elle et tournait sa bague au doigt, bien que celle-ci n'était sertie que de vulgaires zircons. Elle sortait son cahier de sudoku et finissait sa grille juste avant d'arriver à destination. Clarisse était réglée comme une horloge de village. Elle mangeait à telle heure, ne faisait des courses que tant de fois par semaine, ne reprenait jamais trois fois du même plat. Elle sortait du wagon et je continuais à la suivre, comme l'amoureux déchu que j'étais. La suivre jusqu'à ce qu'elle rentre dans son taudis, retrouver son bon à rien. J'attendais même de voir la lumière s'allumer dans la pièce que je guettais depuis la rue. Au bout d'un mois, j'avais fini par faire connaissance avec l'épicier qui faisait l'angle. Un soir, en bas de l'immeuble et attendant que la lumière s'allume, je sentis une main me compresser le bras et me retourner violemment. J'eus peur d'une agression. Clarke avait quitté mon corps pour s'envoler vers d'autres galaxies. C'était un homme grand et brun, exactement comme dans les films du jeudi soir. Il m'entraîna dans une voiture où un autre homme grand, mais blond, mangeait une poire sur le siège conducteur.

« Avis à toutes les centrales, le suspect a été arrêté. Je répète, le suspect a été arrêté. Nous l'emmenons au poste. Terminé.

- Pardon ? Excusez-moi Messieurs mais il y a une erreur, je ne suis suspect de rien du tout moi ! Je n'ai rien fait, d'ailleurs je ne fais jamais rien…

- Ils disent tous ça.

-Mais non ! Vous n'avez pas compris !

- Monsieur, je vous conseille de ne plus dire un mot. »

J'écoutai son conseil. Ils m'emmenèrent au Commissariat du XIIIème et me mirent dans une pièce aux murs blancs, sales et fissurés. Au bout d'une vingtaine de minutes, un homme avec une chemise aux manches retroussées entra dans la pièce et jeta son gobelet vide. Il était mal rasé, avec des cernes aussi violets que des colchiques et une cravate défaite. Il s'approcha de moi et tourna un petit moment.

« - Vous pouvez me dire pourquoi des infirmières ?

- Des infirmières ? Vous voulez parler de Clarisse ?

- Oui moquez-vous de moi, continuez.

- Mais monsieur, je me tue à dire à vos collègues depuis le début que je n'ai rien fait et que j'étais en bas de cet immeuble pour attendre Clarisse, une jeune femme que j'ai rencontré il y a quelque mois et qui est infirmière à l'hop...

- C'était la prochaine ?

- Et bien non ! Elle ne veut pas de moi !

- Ah parce que maintenant vous leur demandez leur avis ?

- Pardonnez-moi si je me trompe mais je ne peux pas l'obliger à vous savez... se rapprocher...

- Pourtant les neuf autres vous vous êtes bien rapproché d'elles sans qu'elles le veuillent ? Pour les battre à mort, il a bien fallu se rapprocher. Vous vous êtes bien rapproché pour faire cela ?

- Mais je n'ai jamais frappé personne, qu'est-ce que vous racontez ! Écoutez cette histoire est totalement ridicule. Je ne sais pas si c'est un canular ou encore une blague foireuse de Florent, mais c'est bon maintenant, je suis fatigué et j'aimerais bien aller manger un morceau. Il est presque neuf heures.

- Vous n'irez nulle part avant d'avoir avoué les neuf meurtres que vous avez commis. Il vous arrive de repenser à ses neuf jeunes infirmières mortes et à leurs familles ? Ces familles qui sont à présent détruites à cause de vous, petit pervers aux fantasmes délurés !

- Mais monsieur, je n'ai rien fait ! Vous confondez lamentablement ! J'étais au fin fond de la France quand il a fait ça! Vous pouvez le vérifier !

- Je vous pose une dernière fois la question : que faisiez-vous à suivre cette jeune infirmière ces dernières semaines ?

- Clarisse ? Vous allez rire mais cette fille qui ne veut pas de moi, je l'aime et dès que j'ai entendu qu'il y avait un malade, tueur de petites femmes en blouses blanches, je suis rentré immédiatement de peur qu'elle ne soit une des victimes. Ça fait un mois que je l'appelle, que je lui envoie des messages pour savoir comment elle va, mais elle ne me répond pas ! Il n'y a rien à faire !

- Harcèlement à rajouter au dossier…

- Mais non, vous ne comprenez pas ! Cette fille, je l'aime à en mourir ! Elle a fait de moi un homme talentueux et reconnu.

Elle m'a mené au succès comme aucune autre n'aurait pu le faire. Je la suis car j'ai une peur indescriptible qu'elle se fasse agresser, racketter, heurter, vous pouvez appeler ça comme vous voulez ! Tellement peur qu'elle ait des problèmes, qu'elle soit malheureuse, trompée, triste. J'ai plus peur de son malheur que de ma propre fin. Vous comprenez ? Je respire cette fille, je vis à travers elle, dans le secret terrible et terrifiant qu'elle me résiste alors que toutes les autres ont succombé ! Personne ne sait que je l'aime, personne ne sait que je pense à elle partout, tout le temps ! Personne ne s'imagine que j'ai pu craquer pour une fille aux cheveux gras et aux yeux morts alors que j'ai eu plus d'un mannequin dans mon lit et dans mes bras ! Vous imaginez ce que je ressens ? D'autant plus, qu'elle est folle d'un homme aussi bête que pingre et qui réussirait à rafler tous les premiers prix d'un concours de beaufs! Vous ne le connaissez pas vous, mais moi j'ai dîné avec lui ! J'ai partagé un dîner, avec ce butor ! Un dîner que j'avais à l'origine prévu pour elle et moi uniquement ! Mais la bête est venue fourrer ses pattes dans ce moment d'intimité qui aurait pu me conduire à passer à la nuit, ou le reste de mes jours, avec celle qui me rend insomniaque, boulimique, atrabilaire et épouvantablement saturnien. Alors oui, avec tout ce qu'elle m'a fait endurer, je pourrais avoir envie de la tuer et la ruer de coups mais j'en suis bien incapable. »

Il ne parla plus et sortit à son tour de la pièce. J'attendis vingt minutes et un gardien vint m'annoncer que j'étais libre de m'en aller. Je voulus faire de l'humour en lui demandant le prix de la nuit, mais mes lèvres étaient trop lourdes pour s'entrouvrirent. Je sortis du commissariat pour attendre le taxi qu'on m'avait commandé. Je pris ma dernière cigarette et l'allumai. Elle tomba dans une flaque d'eau et le feu vint me brûler le haut du pouce. Je déteste les light.

\*

On dit que les hommes sont forts. C'est vrai. Néanmoins, il y a des jours où je doute de ma masculinité. J'ai envie de fraises, j'achète compulsivement une chemise à fleurs que je ne porterai jamais, je reste toute une matinée chez le coiffeur en optant pour le soin complet et la manucure. Parfois, je fais même des quiz pour savoir quel type d'amoureuse je suis. Le parfum de glace me trahit toujours. Je bois des sodas allégés, je mange des chips sans matière grasse et j'ai une balance qui affiche deux kilos de moins. Je suis un homme, un vrai, un fort, un musclé, un ténébreux, un courageux, un réaliste, un ambitieux. Un homme, comme on n'en fait plus. Aujourd'hui, j'avais promis de déjeuner avec un vieux copain avec qui je faisais de la boxe au lycée. Antony Vogt. Ça faisait bien quatre ans que je ne l'avais pas revu. Il avait compris très jeune que son cerveau avait été branché en mode veille et que la recherche du bouton de dépannage lui prendrait toute une vie. J'admirais ce garçon puisqu'il avait eu la bravoure d'admettre le désert intellectuel qui s'était formé à la place de sa matière grise : c'était peut-être la preuve d'une réelle perspicacité. Au lieu de perdre son temps entre les théorèmes que nul ne retient, et les faits si subjectifs de l'Histoire, il s'était mis à la boxe en travaillant jour et nuit son crochet, son uppercut et son jeu de jambe. Tous les jours après les cours, il courait attraper son bus et s'entraîner jusqu'à ce que le service de ménage le vire pour qu'il rentre chez lui. Faisant attention à tout ce qu'il mangeait, je ne l'avais jamais vu siroter une seule goutte d'alcool quand d'autres buvaient au goulot jusqu'à l'étouffement. Antony n'était pas un fils à papa mais toutes les mères auraient rêvé de l'avoir pour gendre. Je ne pouvais pas compter toutes les filles qui lui tournaient autour et encore moins toutes celles qu'il renvoyait chez elles en pleurant. La boxe, c'était tout ce qui comptait pour lui. A chaque fois que je revenais de vacances, il me lançait un petit « *tu vas bientôt être plus bronzé que moi si tu continues !* ». J'ai un douloureux souvenir de la première réunion parents professeurs. Sa mère était venue rencontrer les enseignants en sachant pertinemment qu'ils lui feraient tous l'éloge de la désinvolture, de la nonchalance, du manque de travail et du m'en-foutisme de son fils. Cette pauvre femme assistait sans un mot aux critiques en écoutant d'une oreille négligente les conseils qui ne seraient, bien évidemment, jamais appliqués. Quelques jours après, Monsieur Mondu eut un comportement indescriptible. Nous étions en classe, tous présents y compris Antony qui aurait, sans nul doute, préféré être absent. Ce jour-là, Monsieur Mondu sorti une carte énorme qui lui retomba sur la tête et la colla au tableau. Il commença le cours par une référence grotesque sur le Banania. Personne ne rit à part Jean-luc, le petit fayot du fond. Puis, au bout d'un quart d'heure, il se retourna vers Antony et lui dit.

« Il n'y a pas meilleure Histoire que l'Histoire racontée par ceux qui l'ont vécue ! Antony, racontez-nous un peu ce que vous savez sur la colonisation française au Sénégal entre 1950 et 1960. Venez au tableau s'il vous plait.

- Je ne suis pas sénégalais.

- Oui bon, vous êtes peut-être d'à côté, c'est pas très grave.

- Je vous répète que je ne suis pas sénégalais mais français.

- Oui vous êtes français peut-être maintenant. Vous êtes français mais venez nous parler de la colonisation. Allez ! Nous n'allons pas vous attendre toute la journée.

- Monsieur Mondu je vous répète que je suis français et donc que je n'ai rien à voir avec la colonisation française en Afrique.

- Mais mon petit vous vous êtes regardé ? Regardez votre peau et regardez la leur ! Vous ne voyez pas ? C'est trop sombre peut-être ? Arrêtez de faire votre cirque et venez nous parler de la colonisation sinon je vous mets un zéro !

- Je ne suis ni sénégalais, ni africain Monsieur Mondu ! Je suis français. Ma mère est martiniquaise, mon père allemand donc si vous voulez, je peux vous parler de la République de Weimar, de la montée d'Hitler au pouvoir, du mur de Berlin. Je le ferai, mais certainement pas de la colonisation française au Sénégal où dans les pays à côté comme vous dites. Vous savez Monsieur Mondu, j'ai la chance de ne pas prêter beaucoup d'attention à vos cours ni à vos remarques qui sont aussi mesquines que vous. Ce qui nous manque nous instruit. Alors instruisez-moi, bien que je pense ne pas être celui de nous deux nécessitant le plus d'éducation.»

Antony se leva, prit son cahier et un stylo pour s'installer au premier rang. Il fixa Monsieur Mondu jusqu'à la fin du cours. Ce jour-là, son ardeur avait pris le relais là où ses poings n'auraient pas fait autant de mal. Depuis ce jour, Antony incarnait à mes yeux, le héros que j'avais connu. Je me sentais aussi fier que ceux ayant côtoyé Rosa Parks, Martin Luther King ou Nelson Mandela.

Antony avait voulu qu'on déjeune dans un restaurant où l'hippopotame était roi. Rien ne le comblait plus qu'une viande grillée avec une salade à la sauce allégée. Un homme, un vrai.

Un t-shirt démodé et un jogging qui retombait sur ses pieds. Antony avait toujours gardé son allure d'adolescent à prolongation. Il me raconta qu'il était proche du rêve de toute une vie. Le mois prochain, il affronterait le champion du monde de boxe poids lourd léger. S'il gagnait, il atteindrait le sommet de la boxe puisque le titre n'avait pas été remporté par un français depuis plus de quarante ans. Il avait des étincelles dans les yeux. La boxe était la seule maîtresse à qui il accordait du temps. Après avoir fréquenté des clubs de sports pendant toute ma jeunesse, je n'avais jamais connu un tel enthousiaste. Antony était ivre de son sport, il ne vivait qu'avec l'espoir d'aboutir, de gagner encore un match, de grimper jusqu'en haut, d'y arriver pour le seul plaisir de narguer ceux qui le voyaient échouer. Sa persévérance et son inattaquable acharnement avaient réussi à lui bâtir une carapace que nul ne pouvait percer. Il me demanda ce que j'avais fini par faire de ma vie et je lui avais raconté pour le magazine, le portrait, le prix mais pas un mot sur Clarisse. Lui n'avait personne dans sa vie. Il m'avait dit qu'il ne cherchait pas pour le moment et qu'il n'y aurait, dans aucun cas, assez de place pour deux histoires d'amour. Antony était la seule personne à qui je n'avais jamais menti. Au lycée, c'était sans doute de peur de me prendre un coup de tête dans les dents ou de me retrouver avec une jambe qui boite. Pourtant, cette crainte s'était progressivement transformée en une affection insondable. Cette estime avait probablement été l'instigatrice de mon infaillible véridicité à son égard. Au bout d'une heure en face de lui, j'avouai.

« Je suis amoureux.

- Pardon ?

- Je t'ai dit que j'étais amoureux de quelqu'un. D'une fille.

- Et bien c'est bien pour toi. C'est très bien.

- Oui mais ce n'est pas réciproque.

- C'est plus embêtant.

- En plus elle ne veut plus me parler, ni me voir.

- Encore plus embêtant. Mais dis-moi, cette fille comment elle s'appelle ? Je la connais ?

- Non, tu ne la connais pas, elle est infirmière et elle s'appelle Clarisse.

- Comment elle est ?

- Petite, grosse et pas des plus distinguées.

- Et tu es amoureux d'une fille aussi charmante ? Elle a d'autres qualités ?

- Elle collectionne tous les objets sur les cochons.

- Très attirant. Et depuis combien de temps tu la connais ?

- Depuis un an, deux mois et vingt-huit jours.

- Je dois t'avouer que je ne comprends pas totalement cette situation… Qu'est-ce qui te plait chez cette fille ?

- Elle est radieuse. C'est elle qui m'a sauvé la vie après mon accident et qui m'a permis d'atteindre la réussite que j'ai aujourd'hui.

- Oui mais à part ça.

- J'adorais quand elle s'occupait de moi. Elle était tellement délicate, tellement patiente ! Elle riait à toutes mes blagues et souriait sans arrêt !

- Et bien tu n'avais qu'à rester malade !

- Mais oui ! Tu as totalement raison ! Elle m'aime quand je suis malade.

-Tu n'as qu'à te choper une gastroentérite ou une bonne grippe bien chargée ! L'indigestion ça peut aussi marcher si tu y mets la dose !

- Tu es vraiment fantastique Antony !

- Et toi, vraiment tordu. Qu'est-ce que je t'ai donné comme idée ?

- Si j'arrive avec une grippe ou une indigestion, elle m'enverra au service en-dessous mais certainement pas aux urgences ! En plus, une grippe, ce n'est pas charnel, ça se soigne à coup d'antibiotiques.

- C'est vrai qu'un bon pin c'est tellement plus lubrique.

- Un œil au beurre noir et peut-être quelques griffures ici et là, ça ferait plus naturel.

- Vas-y, tape toi la tête contre un mur mais attends qu'on sorte du restaurant s'il te plait.

- Mais tu me prends pour qui ?

- Pour le déluré que tu es.

- Non, je ne vais pas me taper la figure contre un mur pour m'amocher enfin !

- Je savais que tu retrouverai tes esprits incessamment sous peu...

- Quand on sort du restaurant, on rentre dans ma voiture et tu me fous une bonne raclée.

- Je savais qu'il fallait tourner ma langue sept fois dans ma bouche...

- Oh, je te demande que deux ou trois bleus et un beau cocard.

- Tu veux un doigt cassé aussi ? C'est compris dans le prix.

- Oui si tu veux mais pas à la main gauche.

- Bon je finis mon île flottante et on y va.

- Génial. Je savais que je pouvais compter sur toi en cas de besoin. »

Nous partîmes du restaurant et marchâmes jusqu'à ma voiture. Antony s'arrêta brutalement.

« Écoute, je pensais que tu rigolais. Ne compte pas sur moi pour lever ne serait-ce que le petit doigt sur toi ! Tu as compris ? Ouvre bien tes oreilles décollées et écoute ce que je te dis : je ne te frapperai pas ! Mes poings sont considérés comme une arme blanche !

- Mais c'est pour mon bien !

- Non ce n'est pas pour ton bien et tu n'en as conscience pauvre idiot ! Tu es juste désespéré par une petite conne qui t'a ensorcelé et tu penses qu'en voyant ta gueule déformée elle va t'épouser ? On est plus au collège où il suffisait de tourner une bouteille pour embrasser la plus belle fille de la classe, mon petit !

- Tu parles comme ça parce que tu ne la connais pas !

- Mais je n'ai pas besoin de la connaître ta nana ! Tu la veux parce que c'est la seule fille qui t'a résisté depuis la Cinquième République !

- Non ! Elle est incroyable cette fille ! Elle m'a rendu fou je te dis ! Fou !

- Et bien ça se voit !

- Je t'en supplie Antony, frappe-moi !

- Non je t'ai dit.

- Frappe-moi Antony ! Frappe-moi, même une petite claque ou un coup  de coude accidentel ! S'il te plait ! Il n'y a que toi qui puisses redonner un sens à ma vie !

- Il faut que tu te reprennes ! Tu as vu dans quel état tu te mets ?

- *Met-moi un flingue sur la tempe et décore les murs avec ma cervelle.*[1]

- Ne me prends pas par les sentiments.

- *C'est pas tragique de mourir pour ce qu'on aime. Si tu veux atteindre le sommet, faut être disposé à en payer le prix.*[2]

- *Ne me prends pas pour un voyou mec ! Je ne suis pas une pute qui vole !*[3]

- *Y'a tellement de tarés dehors qui font des horreurs et qui se rendent compte qu'ils voulaient pas les faire.*[4]

- *Mieux vaut régner en Enfer, qu'être esclave au Paradis* c'est ça ?[5]

- C'est ça. »


Il me prit par le bras et nous rentrâmes dans la voiture. Je roulai jusqu'à une petite rue en cul de sac en prenant soin de bien me garer. Je tendis la joue. Un pin. Sous l'œil gauche. Déboîtage d'épaule droite. Ça allait être efficace. L'annulaire et l'auriculaire

1.FINCHER, David, *Fightclub,* 1999
2. BIGELOW Kathryn, *Point Break,* 1991
3. DE PALMA Brian, *Scarface,* 1983
4. FINCHER David, *Seven,* 1995
5. HACKFORD Taylor, *L'Associé du diable,* 1997

broyés. Et pour finir le tout, quelques griffures sur les joues et une morsure profonde dans le

cou. C'était un vrai chef d'œuvre. Un travail de professionnel. Je n'avais presque rien senti, tellement il avait été rapide ! Quand il eut fini, il me regarda et ria.

« Viens conduire maintenant que tu m'as esquinté !

- Tu savais que je ne résisterais pas aux répliques de films…

- Aller dépêche-toi de m'emmener à l'hôpital avant que je sois marqué à vie. »

Il démarra et, arrivés au coin de la rue, nous descendîmes. Il fit mine de me soutenir et moi, de boiter n'ayant pas besoin de forcer sur la simulation. Nous montâmes dans l'ascenseur et je lui racontai la fois où il s'était bloqué. Arrivés aux services des urgences, je me dirigeai directement vers le comptoir. Je demandai, en essayant de postillonner le moins de sang possible, si Clarisse était là. On me fit attendre sur la banquette. Ils avaient engagé une nouvelle standardiste qui ne me connaissait pas. Je la vis revenir une demi-heure plus tard.

« Levez-vous je vais vous amener en salle pour vous nettoyer toutes vos petites choses.

- Merci Mademoiselle. Oh, une dernière chose. Vous avez un chewing-gum ou une pastille à la menthe ?

- J'ai une dragée au réglisse si ça vous intéresse…

- Oui ça fera l'affaire.

- Mais vous ne voulez pas vous rincer la bouche avant ?

- Non c'est bon ça ira. J'attends là ?

- Oui, ne bougez pas, ça ne va pas tarder.

- Merci Mademoiselle. »

Je m'installai confortablement sur la table lit aussi rigide que les couchages de classe verte. J'étais persuadé qu'elle oublierait tout en me voyant abîmé de la sorte. J'étais fougueux, gesticulant et faisant balancer mes jambes. Je commençais à m'impatienter. J'entendis la porte s'ouvrir et vis l'ombre d'une silhouette derrière le rideau. A première vue, elle avait minci. Le rideau se tira et la silhouette apparut en chair et en os. Ce n'était pas Clarisse.

« Bonjour Monsieur ! Mais qui est donc le vilain qui vous a fait ça ? Commencez par vous nettoyer la bouche avant que je fasse quelques points.

- C'est très gentil Monsieur mais j'attends Clarisse. C'est elle qui s'occupe de moi normalement.

- Ah vous voulez parler de Clarisse la gaine rose ?

- Oui ! Exactement ! Elle ne va pas tarder, la standardiste l'a prévenue que j'étais là.

- Mais vous ne savez pas ce qui lui est arrivé ?

- Que lui est-il arrivé ?

- Et bien Clarisse n'est plus parmi nous.

- Quoi ? Non, attendez ! Vous devez sans doute faire une

erreur ! Ce n'est pas possible !

- Ne vous inquiétez pas, elle n'est pas décédée.

- Mais c'est ce que vous venez de me dire pauvre con !

- Surveillez votre langage Monsieur !

- Excusez-moi mais dites-moi ce qui est arrivé à Clarisse !

- Mais je ne vous connais pas et il est formellement interdit de divulguer des informations sur les membres du personnel hospitalier.

- Je commence à avoir des palpitations ! Dites-le moi ! Je suis son producteur ! Elle fait partie de la troupe de théâtre des Jeunes Matassins de la Petite Place Biscornue !

- Ah ! Vous êtes producteur ! Vous savez que j'ai failli faire une grande carrière en tant que comédien ! En Seconde, j'avais joué le rôle de Dorine dans la Tartuffe!

- Félicitations, mais qu'est-il arrivé à Clarisse ?

- Et bien, je ne suis pas là depuis bien longtemps, mais je l'ai vu la semaine dernière et je dois vous avouer qu'elle avait un sale teint ! Il est vrai qu'elle est assez blanche de peau mais quand même !

- Que lui est-il arrivé ?

- Je l'ai vu la semaine dernière et elle semblait malade... Le lundi suivant je ne l'ai pas revue alors que nous prenons toujours le café du lundi matin ensemble en alternant celui qui apporte les croissants, vous voyez, une semaine elle, une semaine moi...

- Vous allez me dire où elle est immédiatement, sinon j'écris un rapport sur vous et vos pauses cafés, en sachant qu'il est formellement interdit d'introduire toute forme de nourriture étrangère dans le service des urgences.

- Elle est en maladie. »


J'avais quémandé une rouste pour la reconquérir le jour où c'était elle la malade. Sans voix. Je réfléchis à ce qu'Antony m'avait dit auparavant. Il avait raison. J'étais fou. J'étais prêt à tout pour cette fille car elle était la première qui ne m'était pas tombée dans les bras, qui ne m'avait jamais envoyé un texto pour savoir où j'étais encore parti. Ma réputation de crooner en prenait un sacré coup. Je ne sentais presque plus la douleur en dessous de mon œil et mes doigts avaient commencé à désenfler. L'infirmier s'approcha de moi et j'eus un geste de réclusion.


« Restez calme, ça ne pique pas.

- Non, vous n'avez pas compris.

- Allez, allez. Fermez l'œil et respirez par la bouche parce que l'odeur de la bétadine…

- Ne me touchez pas. Je vais très bien. Je rentre chez moi d'ailleurs !

- Vous n'irez nulle part dans cet état.

- Touchez-moi et je vous fais le même maquillage !

- Ne venez pas vous plaindre si vous vous retrouvez avec une infection !

- Je n'ai certainement pas besoin de vous pour savoir ce que je dois faire. Alors si vous permettez, on m'attend !

- J'appelle la sécurité !

- Je pense que vous n'avez pas saisi la teneur de mes propos : vous allez me laisser partir tranquillement sinon je vous jure que vous n'aurez plus de jambes pour aller chercher les croissants une semaine sur deux. »

Il perdit ses couleurs en un instant et je quittai la pièce dans un silence de mort. Je repris encore une fois l'ascenseur. Cet ascenseur où je m'étais fait tant de films… Je suis pitoyable. Lamentable. C'était moi d'habitude qui faisais fantasmer. C'était moi le bourreau des cœurs, moi le connard, moi le petit morveux qui faisait pleurer. C'était moi qui partais avant, moi qui ne répondais pas aux appels insistants, moi qui prétendais être occupé. On m'avait volé ma place. Je n'étais pas l'assassin mais la victime. C'est moi que les gens plaindraient, c'est à moi que le médecin prescrirait des antidépresseurs, c'est moi qui devrais prendre du recul, tourner la page, passer à autre chose. Pourtant, j'avais l'impression de parler d'un autre homme. Il était parfaitement impossible que je n'arrive pas à mes fins. J'avais toujours réussi à obtenir ce que je voulais - le temps était le seul facteur. Mon appartement, mon travail, mes tablettes de chocolats, ma carte Platinum. Alors Clarisse, il ne me restait plus qu'à attendre la saison de la récolte.

*

Je ressentais l'incurable douleur du regret. Celle pour laquelle le seul remède reste l'oubli. Un oubli tortueux et contradictoire. Un oubli dont on désire la sensation salvatrice mais dont on pleure la douce perte d'un bonheur illusoire. J'avais atteint l'apogée de cette souffrance. Le stade avancé de la diminution cérébrale et de l'hypertrophie sensorielle.

Cette douleur je ne la devais qu'à moi-même. Je l'enterrais chaque jour un peu plus et je remplissais ma tête de toutes les futilités possibles en pensant qu'elles finiraient par l'engloutir. Mais elle revenait, discrète et impériale, en prenant chaque fois plus d'importance qu'avant sa mise en terre. J'avais choisi une tactique médiocre : rien ne donne plus de sens à une chose que lorsqu'elle réside parmi le néant.

Il ne me restait qu'une carte en main. Qu'une partie à jouer. Celle qui déterminerait toutes les autres. Je savais que Clarisse adorait les sushis. C'était une de ses rares qualités. Elle avait des cuisses épaisses mais un palais plutôt fin. Je savais à quel point une femme malade pouvait être influençable. C'était une situation, inespérée. Elle malade et Timothée en train de risquer sa vie dans les quartiers mafieux de la Capitale. Je n'avais qu'à lui rendre visite, avec des sushis, et un bon cappuccino peut-être aussi, m'installer à ses côtés et lui jouer la sérénade. Elle tomberait dans mes bras en se rendant compte qu'elle avait perdu beaucoup trop de temps à faire la capricieuse. Je n'étais pas allé travailler. C'était mon jour de grève. J'avais acheté une double portion au cas où elle ne pourrait pas sortir de chez elle dans les prochains jours. J'avais tout pris, comme si le fait d'avoir huit sacs remplis de poissons crus et de riz collé me permettrait de recoller les morceaux et de naviguer sur les océans du bonheur le reste de mes jours. Pour le moment, le seul liquide à l'horizon était la sauce soja qui avait transpercé le sac et coulé sur mon pantalon beige en lin tout neuf. Mais ce n'était pas grave puisque j'allais devenir heureux. Heureux pour de vrai. En bas de chez elle, un chien était en train d'uriner sur le mur et un vieux, assis sur un banc, faisait des mots fléchés. C'était un vrai quartier. Je sonnai et je prétendis être un livreur. Elle m'ouvrit, je montai. Je savais qu'avant d'ouvrir la porte, elle s'était regardée dans un miroir et s'était aspergée d'un peu de parfum dans les paumes de main. Elle tira la porte avec un grand sourire. Le même sourire qu'à l'hôpital au moment où elle venait me changer le pansement. Pourtant, je préférais que l'histoire ne recommence pas... Quand elle me vit, elle fronça les sourcils et referma la porte. Je restai le doigt sur la sonnette jusqu'à ce qu'elle la rouvrit. J'avais contracté son caractère exécrable. C'était ça l'amour : donner ses meilleurs qualités et prendre ses pire défauts. Elle finit par céder.

« Je suis venu parce qu'on m'a dit que tu étais malade.

- C'est gentil de te préoccuper de ma santé.

- Je peux entrer où tu préfères qu'on discute en compagnie du paillasson ?

- Rentre mais essuie tes pieds. »

Elle me fit entrer dans son petit chez-elle. Je me croyais dans l'appartement du *Père Noël est une ordure*. Je lui trouvais même quelques ressemblances avec Zézette. A l'entrée, il y avait un guéridon recouvert d'un napperon jauni et de quelques cochons en porcelaine. Ses rideaux étaient verts sapin. Il y avait des bibelots partout : sur les étagères poussiéreuses, sur la cheminée, sur la table de salon en bois bon marché ou encore sur le piano désaccordé. Des petits lutins, des anges, des soliflores, des coquillages, des serre-livres, des grenouilles, des chats, des mains, des petites tasses de dînette et des œufs colorés en céramique ici et là. D'un goût parfaitement médiocre. Elle me fit asseoir sur un des canapés sortis tout droit des puces ou d'un musée des objets de 1840. Un chat traversa la pièce. Un chat gris, au poil hirsute, aux yeux morts et au ventre par terre.

« Il est mignon ton chat !
- Giffen, vient ici !
- Comment tu l'as appelé ?
- Giffen.
- Giffen ?
- Oui ! Giffen !
- Je ne savais pas que tu aimais autant l'économie...

- Je n'y comprends pas grand-chose.
- Mais ton chat s'appelle Giffen…
- Et alors ?
- Pourquoi tu l'as appelé Giffen ton chat ?
- J'ai ouvert le dictionnaire au hasard et j'ai posé le doigt sur Giffen.
- Quelques pages plus loin et il se retrouvait en Veblen ! »

Elle ne ria pas. Pas même un sourire. Elle n'avait sans doute pas compris la subtilité de mon propos. Je ne pouvais pas trop lui en demander. Elle retourna dans la cuisine et revint avec un plateau rose aux anses en fourrure. D'un raffinement et d'un chic indescriptibles. Les tasses sans soucoupes et les cuillères avec des traces de vieux café séché.

« Un sucre dans le café ?
- Oui s'il-te-plait.
- Du lait.
- Non merci. »

Elle me renversa quand même un peu de lait en faisant mine de ne pas avoir entendu ma réponse. Elle se rassit, toujours en faisant une gueule de six pieds de long -peut-être même sept et demi. Je lui tendis les paquets qu'elle n'avait pas remarqués, tant elle ne voulait pas croiser mon regard.

« Je sais que tu aimes bien ça et comme tu ne peux pas sortir, j'en ai pris assez pour quelques jours. Le vendeur m'a dit que si tu les mettais au frais il n'y avait aucun risque.

- C'est gentil mais…

- J'ai bien vérifié qu'il n'y avait pas trop de sel et assez de sauce soja pour faire un bain !

- Tu as même commencé à ce que je vois…

- J'espère que tu n'as pas encore mangé.

- Non pas encore.

- Si tu veux je peux te faire une petite assiette…

- Non, c'est bon…

- Ne bouge pas je reviens, c'est où la cuisine ?

- Tu restes là. Écoute-moi maintenant.

- Mais qu'est-ce que j'ai encore fait. J'ai l'impression que quoi que je fasse, tu es mécontente, tu me dénigres, tu me méprises. J'ai le sentiment d'être un boulet incapable de la moindre bonne intention et…

- Mais ce n'est pas toi le problème ! Arrête de ramener tout à toi, tout le temps !

- Alors dis-moi ! Dis-moi ce qui ne va pas si ce n'est pas de ma faute ! Vas-y j'écoute Clarisse ! Il ne me reste que ça à faire puisque depuis un an tu me rends fou !

- Je suis enceinte ! Enceinte tu comprends ? Cloquée, engrossées, bientôt encore plus grosse que grosse !

- Félicitations ! C'est une bonne nouvelle !

- Merci mais je préfèrerais que tu t'éloignes de moi pendant cette période et même après…

- Pour quelles raisons ? Clarisse, si je t'ai fait quelque chose, j'en suis navré, je n'ai jamais voulu te faire de mal…

- Ce n'est pas tout à fait de ta faute…

- Je t'en prie, je suis totalement perdu, je ne comprends pas ce que tu essayes de me dire. Éclaire moi…

- Ce portrait qui t'a rendu célèbre, qui t'a mené au sommet de ta profession, qui t'a accordé la reconnaissance de tes pairs, n'est rien d'autre pour moi que le souvenir d'une douleur que j'espérais ne jamais connaître. Lorsque tu as pris cette photo, tu t'apprêtais à changer de vie pendant que je perdais celle que je portais en moi. Les larmes qui auraient dû couler sur mon visage, coulaient entre mes jambes, rouges et pleines d'amertume et de désolation. Les médecins m'avaient répété des dizaines de fois qu'une grossesse relèverait du miracle dans mon état et maintenant que la nature leur avait donné tort, le sort reprenait ses droits et me vidait de l'espoir de devenir mère. Cette photo placardée partout et plébiscitée de toute part a prolongé mon déchirement comme un souvenir cauchemardesque que l'on repasse en boucle. J'ai détesté cette image, je l'ai maudite et déchirée dans tous les magazines où elle apparaissait. J'avais envie de briser les abribus, d'arracher les affiches que je voyais passer dans les rames de métro. J'ai tenté de toutes mes forces de me rendre amnésique de cette journée mais ta photo me replongeait encore et encore dans cette horreur. A la hantise que ton œuvre provoquait chez moi, a succédé la curiosité. Une curiosité malsaine et destructrice. J'ai essayé de m'intéresser à cette photographie que je ne trouvais pas si spectaculaire, pardonne mon honnêteté… Et si tu veux le fond de ma pensée, je pense que tu as été l'heureuse victime d'un effet boule de neige comme notre société sait si bien faire et dont elle se gargarise en plébiscitant une chance déguisée en génie. Tu as peut-être du talent, dans un domaine ou un autre, mais qu'est ce qui a suscité un tel engouement autour de mon portrait ? Un portrait qui ne me ressemble aucunement d'ailleurs ! Toi-même tu te poses la question ! »

Elle avait les larmes aux yeux alors je me tus. Dans ce cas, les mots ne feraient qu'empirer les choses et c'était une situation qu'il ne fallait surtout pas envenimer. Elle reprit le plateau et le ramena à la cuisine sans que j'aie le temps de finir mon café. Je me pris la tête entre les mains. Elle mit vingt minutes pour revenir, portant la marque des larmes qu'elle avait essuyées. En s'asseyant, elle toucha son ventre qui commençait à rebondir.

« Tu peux refermer tes recueils de poèmes et prendre ta veste et tes sushis. Je n'ai pas le droit au poisson cru.

- Tu veux que j'aille te chercher une pizza ?

- Tu vois ! Tu recommences !

- J'ai rien fait !

- Si, bien au contraire ! Tu fais toujours tout ! Tout ! Tu es trop gentil, trop attentionné, trop présent ! Je te traite comme un moins que rien et rien ne semble t'atteindre ! Tu reviens peu importe ce que je te dis ou fait ! Arrête d'être comme ça ! Sois un peu méchant, radin, hypocrite, menteur ! Sois un peu normal ! Sois un homme pas l'illusion d'un ! Je n'ai pas besoin d'une personne comme toi ! J'ai besoin de quelqu'un qui s'affirme, qui m'insulte, qui me contredit !

- Mais je suis menteur, mythomane, affreux, moqueur, méchant ! Je déteste mes parents, je leur pique du fric, j'ai couché avec la femme de mon cousin le jour de son mariage, je suis sorti avec une fille pendant l'enterrement de mon grand-père, j'ai fait du chantage à mon patron, j'ai raconté que j'étais le petit-fils d'Édith Piaf ! J'ai rayé la voiture de mon voisin avec ma clé de voiture, j'ai séduit une mère et sa fille ! Toutes ces choses je les ai faites ! Je suis un homme parfaitement ignoble ! Ignoble tu entends ! Je méprise les gens avec mon argent et je couche avec des filles que je ne rappelle jamais ! Je fuis, je suis incapable de rester fidèle ! J'ai le vice pour seule conscience !

- Ça suffit. Ça ne sert à rien de me mentir pour m'amadouer encore une fois. Je ne tomberai plus dans le panneau. J'ai décidé de retourner chez mes parents. Ma mère est à la retraite donc elle pourra me garder le petit et en plus j'ai trouvé une place dans le cabinet d'un médecin. Ca me changera des urgences de l'hôpital.

- Mais tu ne peux pas partir ! Pas maintenant en plus ! Qu'est-ce que je deviens moi ? Je t'aime ! Je ne comprenais pas ce que je ressentais pour toi, mais je t'aime Clarisse ! Je me surprends à trouver un certain charme à tes gaines, ta maladresse me subjugue, ton ignorance m'intrigue, tes fautes de goûts me fascinent. Je t'aime !

- Tu ne m'aimes pas. Tu aimes l'idée de m'avoir parce que notre rencontre a coïncidé avec ton ascension mais tu t'es persuadé d'une corrélation qui n'est qu'un hasard ! Ce que tu aimes véritablement, c'est l'effet que j'ai eu sur toi. J'ai fait ressortir le meilleur de toi-même, des prouesses que personne n'aurait soupçonnées, toi le premier ! C'est de cette personne dont tu es épris. Tu t'attaches à celle qui a fait de toi celui que tu as toujours voulu être : celui qu'on admire, que l'on vénère, qui domine de son piédestal ceux qu'il aime tant humilier. Mais cette personne n'existe que par ton besoin de lui donner vie. Tu ne m'aimes pas, ni moi ni une autre car pour aimer, il faut être capable de le faire sans raison. Tu n'as jamais cessé d'en chercher une. Tout cela ne s'apparente en rien à un sentiment, ou sinon, à nul autre que l'amour propre. Continue à vivre ta vie et je continue la mienne. Et si je décide d'avorter, je te rappellerai. Tu pourras immortaliser l'instant. »

Nous avons discuté tout l'après-midi jusqu'à ce qu'elle finisse par craquer et qu'elle me foute à la porte en hurlant de nerfs. C'était terminé. J'avais déposé ma dernière carte et j'avais perdu. Je descendis les escaliers en me tenant à la rampe de peur d'être entraîné dans ma chute. Mon téléphone sonna. Le commissariat du VIIème arrondissement. Ils avaient reçu une plainte contre moi de

Monsieur Yannis Platier, infirmier urgentiste qui m'accusait de propos homophobes. Je n'attendais même pas qu'ils finissent de m'énoncer la suite. Arrivé en bas de l'immeuble, je jetai mon portable dans le caniveau. Je marchais rapidement. Je courus. Je tombai. Je voulais l'oublier, la renier, me détacher de ce miracle devenu malédiction. Elle était rentrée dans ma vie, elle devait à présent sortir de ma tête. J'avais oublié des centaines de filles : une de plus ne s'avérerait pas une tache compliquée. Je marchais dans les rues bondées de gens heureux. J'en étais la seule souillure. J'étais comme le point noir sur le nez, la rouille sur le banc public, la saleté sur le col de la chemise blanche, le calcaire sur le pommeau de douche. J'avais tout fait, tout essayé, tout tenté et tout échoué.

J'étais prêt à tout ce qu'un homme est prêt à faire. J'aurais mangé un asticot mort, j'aurais sauté du pont Alexandre III, j'aurais changé de couleur de cheveux, j'aurais renoncé à la vodka cerise, je serais parti m'exiler en Alaska, j'aurais suivi des cours de cake design, j'aurais appris à faire des squats, j'aurais regardé en boucle l'intégralité des *Ch'tis* et des *Marseillais*, j'aurais fait tatouer son numéro fétiche sur mon poignet gauche sans devenir une amazone des temps modernes, j'aurais écrit des poèmes en 280 caractères rien que pour ses yeux, je serais resté toute ma vie silencieux pour ne jamais la couper, j'aurais goûté tous ses plats pour que jamais elle ne se brûle, j'aurais gardé ses secrets pour que jamais elle n'ait à les divulguer, j'aurais marché devant elle pour que rien ne puisse la blesser. J'aurais voulu être celui qu'elle aime mais j'étais celui qui la renvoyait à son malheur. J'aurais voulu être celui qui essuyait ses larmes mais j'étais celui qui provoquait ses pleurs. J'aurais voulu être le seul et pourtant, j'étais celui qu'elle aurait voulu ne jamais rencontrer. La vie est ainsi faite. On tire le bon numéro mais il nous mène à notre perte. Certains diront que j'ai bien réussi ma vie. Ne les écoutez pas. Ils m'ont donné la vie dont ils rêvaient mais ont pris au passage les petites étincelles qui me rendaient heureux : celles que l'on voit une fois perdues. Mon bonheur aurait été simple. Aussi simple qu'une fille disgracieuse, inculte et irritable. Aussi simple qu'une vie dont on se moquait mais dont on meurt d'envie à présent. Aussi simple, si simple, beaucoup trop simple. C'est sans doute cela le problème. Je suis comme tous les hommes puisque je ne ressemble à aucun d'entre eux, à personne mais surtout à moi-même. Moi qui avais toujours méprisé les vertus, ridiculisé le bien et glorifié le vice, je rampais à présent devant la terrible banalité. J'admirais ce que j'ignore maintenant. J'enviais ce que je dédaigne aujourd'hui. Le venin de la médiocrité m'avait contaminé, coulant lentement en moi, sans épargner nulle veine. Je suis tombé du piédestal sur lequel je m'étais posé. Pendant ma chute, j'avais perdu autant d'assurance que j'avais gagné de lassitude, autant de grandeur que de petitesse. Je suis comme tous les hommes : je laisse passer le train mais fini par lui courir après.